凤尾鱼

唐韵 —— 著

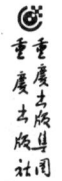

图书在版编目（CIP）数据

凤尾鱼 / 唐韵 著. —重庆：重庆出版社，2012.7
（月光之爱）
ISBN 978-7-229-05373-4

Ⅰ.①凤… Ⅱ.①唐… Ⅲ.①长篇小说—中国—当代 Ⅳ.①I247.5

中国版本图书馆CIP数据核字（2012）第138697号

凤尾鱼
FENGWEIYU

唐韵 著

出 版 人：	罗小卫
策　　划：	华章同人
出版统筹：	陈建军
主　　编：	贺绍俊
责任编辑：	陈建军　张好好
特约编辑：	黄卫平
责任印制：	杨　宁
营销编辑：	张　颖　魏依云
封面绘画：	车前子
封面设计：	奇文云海

重庆出版集团
重庆出版社　出版

（重庆长江二路205号）

投稿邮箱：bjhztr@vip.163.com
三河九洲财鑫印刷有限公司　印刷
重庆出版集团图书发行有限公司　发行
邮购电话：010-85869375/76/77转810

重庆出版社天猫旗舰店
cqcbs.tmall.com

全国新华书店经销

开本：880mm×1230mm　1/32　印张：11.875　字数：226千
2013年2月第1版　2013年2月第1次印刷
定价：32.00元

如有印装质量问题，请致电023-68706683

版权所有，侵权必究

序

贺绍俊

月上柳梢头,古今中外多少爱情之花是在月光下绽放。月光无限,爱情永恒。这正是我们将这套书系命名为"月光之爱"的用意。月光还象征着女性的温柔,它表明了这套书系均出自女性作家之手。当我们浏览古今中外的优秀小说时,也许会发现这样一个奥秘:女性作家讲述的爱情故事更加美丽、更加打动人心。正是这一缘故,促使我们下决心来编辑这套女性作家爱情小说书系。

社会意义和经典意义,是我们编辑这套书系的两大目标。

这套书系主要以新时期以后的小说为收录对象。新时期文学开启了中国当代文学的新纪元,中国社会从此也开始了以改革开放为标志的新的历史时期。新时期初始,女作家张洁的一篇

《爱，是不能忘记的》，曾经引起全社会的关注，人们从作品中感受到了作家对美好爱情的向往。但伴随着社会的变迁，我们越来越感到这篇作品的寓意深远，张洁仿佛是一位预言大师，当她在社会复苏的时刻，就预见到了富裕起来的人们逐渐会把爱情遗忘，因此她告诫人们：爱，是不能忘记的。事实印证了作家的预见，经济的发展带来欲望的膨胀，物质主义盛行，爱情越来越不被人们珍惜，但唯有文学始终与爱情相伴，作家始终在为爱情呐喊。作家们以富有魅力的叙述，保存着爱情这一人类最美好、最神圣的情感。那些在现实中迷失了爱情又渴望寻找到爱情的年轻人，或许能够从文学中获得勇气和力量。我们尤其不能忽略女性作家对爱情的书写，她们是爱情最真诚的守护人。因为正是从新时期以后，女性意识得到空前的觉悟，女性作家可以走出过去的思想迷津，对爱情被亵渎、被消费、被欲望化、被商业化的现实困顿看得更加清楚，批判也更加有力，她们凭着女性特有的敏锐和细腻，能够发现在恶浊的现实环境中爱情是如何顽强生存的。女性作家新时期以来对爱情的书写，不仅真实地记载了在社会大变迁中爱情的遭遇，而且对爱情做了现代性的思索。这恰好是我们编辑这套书系的出发点，我们力图使这套书系彰显其社会意义，读者阅读这些爱情小说，或许能够对当代爱情有更形象和更深切的理解，或许会对爱情更加充满信心。

  我们的第二个目标是追求其经典意义。新时期以来的三十余年，女性作家所创作的爱情小说，经过岁月淘洗，逐渐形成了不少经典性的作品，如王安忆的"三恋"，铁凝的"三垛"。有的还介绍到国外，融入世界文学的谱系之中，如徐小斌的《羽蛇》。我们希望这套书系能成为一套打造经典、激发原创的书系。我们想以选编这套书系的方式促成经典的成型，同时也以这套书系集合女性作家的智慧，激发女性作家的原创力，不断推出新的以爱情为主题的作品。因此，从经典意义上说，这应该是一套承前启后的书系。"承前"，就是要把当代女性作家已有的成果集中起来，展现在读者面前。承前也是为了启后，"启后"，意味着这套书系注目于女性作家在当下和未来的写作，为女性作家的原创性提供实现的平台。因此我们同时还要期望女性作家们思索爱情所面临的新问题，为这套书系写出新的作品。而新的经典也必将在这种承前启后的不断积累中锻造出来。

海上明月共潮生，当女性作家对于爱情的优美叙述会聚到"月光之爱"时，一定是"激滟随波千万里"的壮丽景色，我们更期待，女性作家共同建构起的爱情的理想家园，能够成为每一个人的心灵栖息之处。让爱的月光照进每一个人的心灵，也许这才是古人所憧憬的"何处春江无月明"的真正含义吧。

目录

序（贺绍俊）/ 1

前奏："V计划" / 1

第一章

　　5月，夕阳 / 13

　　美国男孩与伦敦先生 / 26

　　还是偷情了 / 44

　　《法医学图谱》/ 57

　　萼齿花的芳香 / 66

第二章

　　迷恋女人乳房的孩子 / 76

　　"来吧，我的孩子！" / 91

　　五岁那年的风筝 / 102

　　记住今夜吧 / 113

以蓝天的名义 / 122

疼痛的雁阵 / 136

第三章

党校单人宿舍 / 142

会偷情不会恋爱 / 152

就做了扑火的飞蛾 / 161

沉睡的初夜 / 172

毕业生 / 183

并蒂之爱 / 192

愤怒罗生门 / 199

第四章

我撒谎失去了贞节 / 209

美国病人 / 221

想像阿甘一样 / 229

不堪一击的语言 / 235

如丝带般的血 / 244

换妻俱乐部 / 253

"果" / 264

第五章

小不点之死 / 280

结束前的仓皇 / 294

恰同学少年 / 307

空空荡荡的坟茔 / 318

御风而飞的蚕 / 335

尾声：西藏的欢床 / 349

前奏:"V计划"

我后来想,也许穆晨锤是对的。他错就错在当初没有要去我的贞节,使我成为一个女人。不然的话,此刻,我应该以穆太太的身份和穆晨锤一同出现在欧洲。我们会在古老而美丽的大学校园里漫步。我们会躺在细密如织的草地上,透过舒朗有致的阔叶乔木仰望如洗的蓝天。我们会因为那些将自己的尖顶庄重地刺向天空的哥特式建筑而谈起《圣经》。我们的心会因此获得宁静,幸福地彼此轻轻拥抱一下,以示对上帝的感激。

而现在,穆晨锤独自一人流落他乡,苍老和生活无望一定使他晚景备感凄凉。

穆晨锤说:"舒展,我好后悔当初没有跟你发生关系。如果我出国前就跟你发生了关系,那情形就大不一样了。"

可当初,我听到这话时有多么的气愤啊!我气得目瞪口呆,不敢相信自己的耳朵。我不能相信,这样下流无耻的话竟出自自己深爱的男人口里。那个人，他曾经那么高尚、那么优雅、那么温存、那么隐忍，而且还坐怀不乱，所以我才爱他的。

穆晨锺是我的导师，博雅医学院神经生物学研究室主任，留英博士。

我们认识那一年，我21岁，穆晨锺52岁。第二年，我们成为情人。

那时，我们整天整天在一起。我们谈天说地、纵横八荒，我们心灵相通、情投意合，我们有说不完的话。当然，我们也做爱。相爱的男女在一起总是要做爱的，何况我们那么相爱。有一段时间，我和穆晨锺住在了一起。就我们两人，住在冬日里一幢孤独的房子中。我们像两条相爱的棉铃虫，带着绵长湿润的黏丝相互纠缠、充满爱意。我们彼此拥抱，摩擦着爱抚着吸吮着蠕动着，刻意逢迎和不禁挣扎，发出欢快与痛苦的呻吟。我们用了很多姿势。我们遍尝百草、花样翻新。我们欲仙欲死、欲死欲仙。我们灵魂出窍、魂飞魄散。我们壁立千仞、高潮迭起。

我们的高潮像潮水一样迭起。可我们就是不发生关系，我们一直没有发生关系。

——我是指，那种真正意义上的男女关系。一个人的生殖器进入另一个的，彼此嵌合、水乳交融的那种。

穆晨锺是一名基督徒，我的贞节是他的禁忌。

同居的第一个晚上，穆晨锺赤裸着跪在我面前，告诉我他不要现在动我，而要把我的贞节留到他离婚以后，我们到国外，一起走过红地毯步入教堂,接受上帝祝福的那一刻。

——是的,那时穆晨锤是有婚姻的。他有一个家庭、一个妻子和一个女儿。

我们是情人。

其实,早在17岁时,我已经从一具男性尸体身上细致入微地掌握了包括性在内的人体全部秘密。人体解剖学是医学院的开门课,我因为勇敢地第一个走进解剖室,而分到一具高大健硕的尸体。尸体是一个男人,这一目了然。我给他取名"BROWN"。我和BROWN朝夕相处了六个月。半年后,BROWN被我搞得支离破碎,像一堆用败了的棉絮。通过他,我也将人体每一部分的名称位置结构功能条分缕析地记在了脑子里。从此,我练就了一双"透视眼",看人就像庖丁看牛一样,通透明了、一览无余。

我是博雅医学院英语医学系89级硕士班的高才生。我喜欢知识、喜欢智慧,喜欢了解未知的事物。

我喜欢了解男人,因为他们的构造和我是不一样的。

同居的那段日子,穆晨锤有时候也很想,几乎克制不住,他问我:"你真的就不想吗?"我看着穆晨锤,无辜地摇摇头,说:"不啊!"

我的身体很好、很健康,男人一碰就跳起来,像当时风靡的韩国"跳跳糖",碰到黏液和温度就跳起来。穆晨锤出国后,我患上了"高潮依赖症",每天睡觉前都要来上一次,否则便无法入睡。高潮成了我的生活必需品,就像维生素C和E。

然而，我的那里很冷静，它从没有过冲动。——你知道我说的什么地方，我指的是那里。

那时候，我那里整天湿漉漉的，像一条呼吸窘迫的凤尾鱼，张着湿润的唇，搞得周围一片都湿乎乎的。但它骨子里是冷静的。它的内心很冷静，它头脑很冷静，不想被进入。

一条冷静的凤尾鱼，谁也拿它没办法。

在两性观念上，我是一个道德至上者。我主张节制、崇尚禁欲、反对婚前性行为。我欣赏柏拉图式的恋爱，它以它对性的拒绝塑造了理性的高贵与卓尔不群。即使柏拉图的爱情难以实现，柴科夫斯基和梅克夫人之间那种隐忍的爱情也足以令人羡慕。那种岩溶般克制的爱情和时刻忍受疼痛的欲望，那种被道德之刃雕刻的高尚和因之而生的超拔，多么的感动人心啊。

与这些相比，我实在不能接受想象中一个男人和一个女人交媾的样子。那个样子很丑陋。真的，特别恶心。

然而，我并不保守。我在中国最著名的医学院里待了7年，接受过完备而严格的医学训练，这个过程让我有机会从最生理的层面了解男人和女人，这对我认识人生很有意义。大三时，我们上临床课。有一项检查男性自主神经的"提睾反射"试验，正常情况下受检者的睾丸会收缩上提，但有患者的阴茎也会突然竖起并无法控制。女生遇到这种情况往往生气，觉得受到侮辱。我就不介意，我很大方。我去到病床前，一边跟男患者聊天，一边伸手到他们的腿中间，用手掌拖起他们的睾丸，中指抵住睾丸系带根部，在两侧附睾侧神经上出其不意地突然用力，他们那截竖着的东西立马就软下来了，像一截失意的面条。

——男人实际上是很软弱的，从这一点上我已经深刻认识到。我从病人身下抽手出来褪掉乳胶手套，拍拍他们的肩表扬说："瞧，你一放松就好了吧。"病人低头看看自己委靡的下体，又看看我，一脸诚惶诚恐："小医生，想不到你真有两下子！"我就笑，说："岂止两下子，我有好几下子呢！"

因为这个，每天早晨查房，我总要在整条病区里跑来跑去，被我难为情的女同学喊着，替她们做原本该她们自己做的活儿。

只是，我可以在病房里对意外勃起的男患者关怀备至，也可以在知识领域内跟任何陌生人讨论性话题；但在日常生活里，我完全是另外一个样子。我语言文明、用词考究，从来不说脏话。我不随便跟异性打情骂俏，也绝不允许他们乱开玩笑、行为放肆。大学时，同学给我起外号"CH_3"。"CH_3"是医学试剂甲醇分子的甲基，借用过来就是"假装纯洁"的意思。因为我一会儿大方、一会儿又不大方，一会儿开放、一会儿又不开放，很长时间里，同学都以为我在装。

他们后来发现，我不是假装纯洁而是真的纯洁。一次，我和梅丹冰去逛秀水，路边电线杆上贴满了广东老军医包治性病的小广告。上面有一条"金枪不倒大补丸"的标语，我觉得上口，一路上就挂在嘴边。回到学校后，我又在前面加了一句父亲常做的菜名"豆豉鲮鱼油麦菜"，像京剧里漂亮的道白，动不动就来上一嗓子，特别铿锵有力。

同学听我这样叫都面露惊愕，不知道我葫芦里卖的什么药。最忧虑的要数梅丹冰。梅丹冰和我同宿舍，我们中学就是同学，一起考到博雅，是最要好的朋友。梅丹冰当时有一个男朋友叫隋天意，她担心别人误以为我暗指她和隋天意之间发生了什么苟且的事。梅丹冰猜出我不懂"金枪不倒"的含义，但又不敢点拨我，怕我知道了反会变本加厉，揪住她不放了。——依我的性格，我是会这样的。

好在没过多久，我又有了别的什么切口，把这句话给丢掉了。梅丹冰这时才说出她的烦恼，埋怨我说："我就想不通！你学医这么多年，怎么连这个都不懂啊？"

这件事发生在我大学四年级。当时我就快要上研究生了，医学院所有的课程我都学完了，男人所有的东西我都见过，每一个器官我都了如指掌，可我还是不懂"金枪不倒"指的是什么。

向毛主席保证，我真的不知道。

所以啊，你可以想象，当穆晨锤隔着千山万水，从奥地利的萨尔兹堡打来电话，说他终于想明白了，我们之间全部问题的症结不是别的，而在于他没有跟我发生性关系时，我会气成什么！

我简直给气疯了！真的，我真的气疯了！

穆晨锤说那话前一点征兆都没有，他是突然那么说的。之前，我和穆晨锤之间发生了一件事。我们在这件事的认识上产生分歧，我认为它伤害了我，可穆晨锤不这么认为。我们各说各的理，无法达成统一。

我感到了失望，觉得这样的争吵很伤神、伤感情，就决定结束和穆晨锤的感情。穆晨锤却不同意。穆晨锤说他为我失去一切：名誉、地位、家庭、钱财，我不能就这样离开他。穆晨锤这样说时已经离婚了。我说可是你之前说你离婚不是因为我，你说你的家庭是一座监狱，为了自由，一切名誉、地位、金钱、权势你都可以抛弃。穆晨锤说我那是骗你的，他说："如果没有你，我干吗不要它们！"

我心脏的地方"嘎嘎"响了一声，搞得我一疼。我忍住疼，说："我不再爱你了，你不会要一份没有爱情的婚姻吧。"

"我要！"穆晨锤说，"你不爱我我也要你跟我在一起。除了你，我什么都没有了。就算你可怜我，你也不能离开我！"

心脏的地方又疼了一下。我知道那个地方，我不看也知道。那是左心室后壁动脉根部的一束纤维，心脏的起搏点。当初我解剖学结业考试得了年级的最高分99分，唯一丢掉的1分就是把这个结构错认成了子宫内膜纤维。

有时候，它们还真有点儿像。

我开始烦躁。我以前认识的穆晨锤是一个多么体面的人啊，他那么高尚、那么体面，像极地冰川一样兀自高洁，他怎能说出这样的话呢。穆晨锤的话让我鄙夷，这鄙夷让我烦躁，我说："你既然知道我的重要、离不开我，你就应该先解决掉'那件事'。否则，我们不可能继续下去。"

绕来绕去，我们又回到了最初的分歧点上。突然，穆晨锤好像很懊恼，他激动地说他终于想清楚了，我这么跟他闹，非要离开他，根本原因就在于我们之间没有发生过关系。

"舒展，我就是太看重你的贞节了。如果我出国前就要了它，我们真正有了性关系，你就不会纠缠在那件小事上不放，就会死心塌地爱着我、离不开我了！"

我的脑袋"轰"的一下，像小时候在大操场看电影，胶片放到最后屏幕上遽然现出的空白。接着，我听到轰隆一声巨响，心脏的地方终于狠狠地疼了起来。

天哪！我想，闹了半天，我这么苦口婆心、声泪俱下，我这么晓之以理、动之以情，我发自肺腑、呕心沥血，我袒露心扉、深及骨髓，我指给他看我的伤。可这一切对穆晨锤全没作用，他就是认为我们之间发生的那件事是"一件小事"，是我小题大做、无理取闹，他没有错。——如果有，唯一的错就是当初没把我给干了！

穆晨锤就是这么说的，他说他后悔没干了我！

哦！上帝！怎么会这样！我想起《圣经》里通天塔的故事。那个故事是穆晨锤告诉我的。穆晨锤说古代巴比伦人想要建造一座通天塔，以便达到天堂。他们齐心协力、进展迅速，眼看就要成了。这件事引起上帝的嫉妒，祂搞乱了他们的语言，使他们无法彼此沟通、不能相互理解。他们停下手里的活儿，争吵、纠纷、分裂，然后各奔东西，通天塔最终没有建成，半途而废。至今,那件未完成的工程还像一截燃尽了的烽燧,孤独,残破,寂寞,遗落在旷野,无人应答。

那是一则多么深刻的寓言啊!我不由得叹服:原来,男人和女人真的是不可能沟通的啊。我原以为我和穆晨锤是一个例外,我以为我们是上帝的选民,是受祂眷顾的。但是我错了。我现在才发现,我们不是例外,恰恰是例证。我和穆晨锤恰恰证明了男人和女人根本就是两种人、两类动物、两件毫不相干的事。我们不能像一只手和另一只手合在一起一样严丝合缝凸凹有致,也不能像手掌和它们印在沙滩上的模痕一样丝丝入扣如出一辙。我们是分开的、相悖的、陌生的和不可亲近的。无论我们怎样说话、怎样交流,我们都彼此陌生、不能懂得,像冰块一样陌生和不能懂得。因为,……因为,我们说的从来就不是一种语言。

这是最要命的:我们说的不是一种"语言"。

那个古老的神秘的用希伯来文写在羊皮纸上的寓言,它多么残酷、多么本质,对人类做了最初始的警告和最终极的宣判,不留一点余地,令人绝望。

绝望,使我生出莫名的冲动,想要破坏和孤注一掷。有时候,我是很喜欢破坏的。我喜欢把自己推到绝境,以期达到玉石俱焚的效果。我的骨子里一直有一种深刻的绝望。因为这种绝望,我更愿将自己献给一出悲剧,让它成为流传千古的赞美诗。只有悲情和跌宕的生活才能吸引我,使我觉得值得一过。

当然,我对爱情是有要求的。它很简单,就是要做这爱里的

"最爱"。我原以为我是穆晨锤的最爱,他曾给了我那样的感觉。所以,即使他苍老、衰微、身败名裂、不名一文,被所有人拒绝和抛弃,我也还是爱他。可是,"那件小事"让我发现了我原来不是穆晨锤的最爱。这一发现使之前整出戏码被改写,所有细节都被重新诠释。我感到了荒谬,有种被愚弄的虚无和疲惫。当穆晨锤提到性,提到性交,提到所有的男女都能做和都在做的那桩事,提到那种不洁和不雅、身体来回鼓涌、表情不可思议地扭曲,还发出很大气味的行为,穆晨锤说我们之间的问题就在于此,他后悔没跟我那么做时,我就觉得我们两人历尽磨难千辛万苦搭起来的通天塔上,最要紧的一块石头被用力抽去了。

通天塔,它终于坍塌了。

然而,坍塌并不就是结局。如果之前面对就要抵达天堂的通天塔,我可以毫无留恋地转身离去,全部原因只是我发现这座爱情之塔上有一块砖搭得不够完美,那么现在我却要留下来。我要留在这片废墟上,用已然坍塌的石块再垒起一座新塔。我要给塔以装扮和粉饰,让它绚烂夺目、光彩照人。然后,当着穆晨锤的面,再把它摧毁一次。好让破碎的石头狠狠伤到穆晨锤,让他感觉到和我一样的疼。

这塔有一个名字,叫"贞节"。

我从没有像那一刻对我的贞节那么愤怒过。我咬牙切齿、义愤填膺,想要丢掉那东西,让它去见鬼!我恨恨地想:好吧,穆晨锤,你不是说我所以要分手、离开你,就因为你没有要去我的贞节吗？好！我会出国去跟你在一起。我会照顾你的生活，用我蓬勃的青春滋养你日薄西山已露出败相的生命。

但是，唯一的，你将得不到我的贞节。

读研究生时，穆晨锤教给我一条原理：要论证一个参数对某一现象的作用，只要设计一组对比实验，保持其他条件不变，分别让这个因素存在和阙如，对照试验结果即可得出结论，这种空白对照的实验方法是科学研究中很重要的一个方法。那么现在，我就要用我的贞节做这样一个实验。我告诉穆晨锤，我会把实验的每一步过程写信告诉他，就像之前向他汇报论文课题一样。它是我的一个新课题，我甚至已经给它起了一个名目，叫"V计划"。

"是的，你猜对了。"我对穆晨锤说，"它是英文Virgin的首字母。"英语里，"Virgin"是"处女"的意思，还表示"纯洁"。

穆晨锤在电话那头哭了。他说舒展，你千万不要这样，你不要失去你的贞节。你是一个好姑娘，你那么看重它，你千万要珍惜它。我在这边也哭了。穆晨锤说得对，我是一个好姑娘。我像一粒紫水晶晶莹透明、纯洁无瑕，拥有着完整的形式赋予的美感。现在，我就要失去它了，我怎能不泪流满面呢？

巨大的悲怆反而让我平静。我仿佛已经看到试验成功的那一刻，我感到莫大的虚弱和快慰，像躺在海滩上的一只水母。我对穆晨锤说我一定要这样做，我说到做到，我说：

"我就是要以一个失贞女人的面目出现在你面前。只有这样，你才能知道，你拿不拿走我的贞节不是我们两人问题的关键。我们之间问题的全部关键是：你爱自己超过了爱别人。"

"你对你自己的爱，超过了对我的。"

就这么回事。他妈的！

第一章

5月，夕阳

穆晨锺第一次走进我的生活时，我正坐在1993年博雅医学院图书馆二楼资料室西侧临窗的一张书桌前，浏览学校新印制的《英语医学系（89级）硕士研究生专业暨导师名单》。按照学校规定，我们七年制英语医学系学生应该在第四学年结束前为自己选定一个导师，以便在未来三年的学业上有一个追随的目标。

那是5月初的一天，时间接近傍晚。我漫无目的地在校园里走，因为季节和时光搭配得过于美妙，也因为一时无事，我突然改变了前进的方向，决定到图书馆去坐上一坐。同时，等待食堂开饭。

偶然和随意使我没有认真阅读任何一篇论文的愿望。我沿着阅览架上一路走过，最后停在屋子尽头一个架子面前，拿起我刚才提到的那本小册子,走去坐到我前面坐着的那个位置。

我依然心不在焉。

对于读研,我已经有了打算。之前,尚尧说要收我做研究生,我答应了他的。尚尧是博雅病理解剖学教研室主任,中科院院士,学校学术委员会、职称评审委员会、研究生答辩委员会主任委员,博雅最有名的教授。尚尧出生在南洋一个望族,父亲尚逸臣是著名华侨领袖,抗日战争时与陈嘉庚一道花重金招募了一支志愿军,回国投入滇缅公路运输线,为国家做了很多事。尚尧在美国接受教育,是哈佛的博士。

在博雅,做尚尧的研究生是一件很有面子的事。

我和尚尧相识在附属医院的尸体房里。大二第一学期,我们上病理解剖学。病理教研室有一项常规工作是替临床科室做尸检。我跟主课老师孙朝晖关系好,常央求他带我去看尸检。看的次数多了,一些不重要的步骤我也被准许操刀。一次,我给一位死者剥脸皮。这是我特别爱做的活儿,但是那次我犯了一个错误。死者生前罹患癌症,长期营养匮乏使他体内的水分和脂肪消耗殆尽。他的脸皮被从前额发际的地方割开掀起,却阻挡在眉弓怎么也过不去。我双手拽住死者的脸皮,一直使着力,但它就是纹丝未动。

我和死者僵持在那里。有那么一瞬间,我甚至以为他活了过来,正聚集力量要把我拉到他怀中。这个念头把我惊出一身冷汗。我想松开手,手臂却像灌了铅,跟死者紧紧焊在一块儿,怎么也分不开。大约过了一分钟，——也许没那么久吧，我突然就崩溃了，失声尖叫起来。

周围人不明白出了什么事，只有尚尧发现了我的恐惧。尚尧原先站在隔着我两个人的地方，双手插在白大衣口袋里，冷静而不无挑剔地看着我操作；他这时拨开孙朝晖和另一名助手，一步上前拿起解剖台上的手术刀，替我在关键的地方"刷刷"补了两下。

"嗞啦"一声，那人的脸皮被我猛地掀起，倒扣着兜到他的下巴上。

这股力量如此巨大，以致我像射出了子弹的弹壳反弹出去，踉跄着向后跌倒。又是尚尧眼疾手快，在旁人本能地向外躲闪的同时，退步到我身边，一个海底捞月将我稳稳揽在他的怀中。

尚尧这样做之前，还能够从容地放下手里的手术刀，不致让它伤害到我。

"Are you ok？"尚尧低头注视着他怀里魂飞魄散的女学生，万般温存。

我一页一页翻动着册子，不时举起贴在鼻子上轻轻嗅上一下。新鲜油墨散发出的醇厚香味让我愉快，我于是抬眼向窗外，欣赏着5月的天光和夕阳。

我喜欢5月，以及夕阳。

5月的天气是一年中最舒适的，它不仅远离了残冬的萧瑟和冷酷，连春天里万物复苏带来的忙乱和嘈杂也没有了。5月的每一片叶子都是持久的，你可以一直期盼它们坚持到秋天，甚至从中结出果实。我喜欢5月，因为这个月里有我的生日。我的生日在这个月的16日，5月16日。小时候，我常被母亲斥为"五一六分子"，因为我惯于破坏和制造混乱。母亲这样说时我总抗辩，说要是那样，陈子东才是真正的"五一六分子"呢。陈子东是我家楼下的邻居，比我大8岁，恰巧在1966年5月16日这天出生。陈子东是一个孤儿，他妈生他时难产死了，他爸是空军司令员，"文革"一开始也自杀死了。

陈子东后来被我家楼下的李婶收养。李婶是一个独居的女人，她以前做过妓女，后来被一个相好的国民党军官赎了身。北平解放时，李婶的丈夫把大老婆和孩子送去台湾，自己随傅作义起义投了诚。20世纪50年代，李婶的丈夫在一次运动中被枪毙，签署命令的恰是陈子东的父亲陈克。李婶在危难之时收养杀夫仇人的遗孤，这件事令大院里的人对她多少生出些敬佩。

而之前，他们对这个阴郁妖娆的女人一向是不齿的。

我说的这个大院在北京的西城。类似的院子附近还有几个，都是部队的机关单位。我父亲何盛章是司令部机要参谋，空军最优秀的飞行机械安全专家。母亲舒立在大院机关医院工作，是一名药剂师。因为父亲，我家住在北院临街一排双层洋房二楼的一套四居室里。那房子原先是修给苏联专家的，有着极高的净空和镶嵌仔细的橡木地板，房顶贴着石膏雕花纹饰，门楣厚重、窗棂阔大，每一扇门窗上面都压着半个发条橙子的拱圆，十分漂亮。

我的房间是最西北的一个小间，因为我是家里最小的孩子。

我还有一个哥哥何雨。他比我大4岁，我是他的妹妹。

4岁那年，一天何雨神秘地来告诉我，说我们的身体里有好几种血统。何雨说："闹闹你知道吗，我们的祖父是汉族人，我们的祖母是维吾尔族人，我们的外公是满族人，我们的外婆是朝鲜族人。"

闹闹是我的小名。因为我从小比较爱哭，很闹人。"这样算下来，"何雨总结说，"我们的身体里就有1/4汉族血统、1/4满族血统、1/4维吾尔族血统，和1/4朝鲜族血统。"

那是我第一次听到"血统"这个词。我因为错误地把它跟当时广播剧中频繁出现的"军统""中统"相混淆，而浑身不自在。我进而又联想到"水桶"——这你得原谅我，我那时才4岁，还不怎么认字，不知道这个"桶"和那个"统"不是一个字，而何雨说的几分之一几分之一什么的，更让我有理由把它们放到一个桶里。家里有一只大木桶，是父亲洗衣服和夏天存水用的，由一片一片弯曲的厚木板组成，被两个铁圈上下箍在一起。我因此就想，我和何雨身体里这些乱七八糟的血统，又是靠什么拢在一起的呢？——我担心的是，它们会不会哪天突然散开，或者"吧嗒"缺掉一块坏了呢？

我家的水桶确实发生过这样的事，父亲用生铁片和钉子勉强修补好，但之后总漏水，无法再严丝合缝。

我愁容满面,问何雨哪里得来的这消息。何雨翻了翻眼睛,说:"这是秘密,我不能告诉你,但是千真万确。"

何雨像一个克格勃,整天热衷于收集家庭的秘密。何雨聪颖、敏感,生性多疑,且坚信自己的判断。何雨13岁就进了清华,他现在人在美国。我则不同。我心思缓慢,生活中的许多事要被我装在脑子里很久才可以想明白。

原本,我的生日不在5月。我的生日应该在7月1日这天,但是我早产了。我出生那天晚上,空军一个负责调查"林彪反党集团"的专案组突然闯进我家带走了父亲。母亲受到惊吓,提前45天把我生了下来。深夜,陈子东摸黑绊倒在我妈身上时,母亲已经昏死过去很久。她的肚子底下,压着一双崭新的43码男式军用胶鞋。父亲被人粗暴地带走后,母亲想起他还穿着拖鞋。母亲希望父亲有一双新鞋子,就别着她的大肚子,费力地从茶几下的储物柜里翻出一双新胶鞋追了出去。

我前面提过,陈子东的生日和我的生日是同一天,而他的生日又是他妈妈的忌日。每年这天,李婶都带陈子东到南院小树林里给他妈烧纸。这种行为在当时是不被允许的,所以他们总是趁黑偷偷摸摸地来去。在陈子东的帮助下,李婶把我妈拖到她家中。李婶折腾了很久,最后用旧时代秘密流传在她们那个行业里的一包什么东西给我妈灌下,母亲才把我生了下来。

我出生时没有呼吸,脐带在脖子上绕了两圈半,并鬼斧神工地打了一个结实的猪蹄扣。

早产和难产影响了我的发育。我的前庭神经系统不好，走路很容易跌跤；感觉系统也不好，过于敏感、怕疼。我牙釉质发育不全，牙齿像最差劲的豆腐渣工程，很爱长虫子。我有异食癖，喜欢抠食潮湿的墙皮和泥土，喜欢苯环类制品和来苏水的气味，喜欢啃手指甲。此外，我还患有数盲症、思维奔逸症和严重的词语释义分裂症，——14岁时，我又得了美尼尔氏综合征。这些毛病在后来的日子里，给我带来无尽的麻烦。

五岁半那年，父亲把我送到山西太行山北麓一个叫旺宁的村子。父亲早年认识旺宁一个叫秦怀玉的民办教师，我得以入了旺宁村小。半年后，我转学回城，成功绕开了当时还十分严格的七岁入学制度，插班进入空军蓝天小学。我是班上年龄最小的学生，父亲很以此为得意。

父亲觉得，在我的人生道路上，他为我开了一个好头。

不过，除了之后纠正我顽固的左撇子，父亲不再对我的学习寄予厚望。从小到大，我永远不能让自己在上课的时候看上去像是坐在一张上面没有图钉的椅子上。我控制不了不和同学交头接耳、不接话把儿、不传字条，不把前面女同学的辫子绑在什么东西上，让她起立回答问题时发出惊叫。为此，我没少被老师惩罚，我爸妈也没少被学校传唤过去训诫，他们然后又让我再接受惩罚。如果究其原因，现在众多仁慈的育儿专家们会将问题的症结指向我的早产和难产经历，以及我后面将要讲到的我母亲以42岁高龄强行生下我的事实。然而在当时，除了我自己，没有人替我分担责任。

不过，你看，我并没有一败涂地，还是考上了博雅医学院。博雅是中国最著名的医学院，我所在的英语医学系更是这所学校的"金字招牌"。英语系每届只招收不到20人，学制七年，双语教学，毕业直接获硕士学位。走在海淀大学城，只要你说自己是博雅英语系的，没有人不高看你一眼。我中学以后，学校引进西方机考模式，都是选择题。这对我十分有利。很多时候，我并不确切知道问题的答案，只凭直觉，结果却出人意料的好，连X型题都难不倒我。

有时，我怀疑我对事物是有预感的。

我最早发现自己的这种能力，是在唐山大地震那晚。凭借在空气中闻到的一股特别气味，我预先知道了大祸将要来临。但我无法恰当表达我的预感，所以当楼下有人喊"地震啦，快逃命"时，我和家人还是显得异常狼狈。

之后，类似的事情又陆续发生过几次。我逐渐发现，我的预感只是预感而已，我不能阻止任何事情的发生——如果我不让它更加麻烦的话。我预感的唯一作用只是让我比别人更清楚地目睹生活中一切躲避不过的宿命——兑现。

明白了这一点，我很伤心。有时，我感到孤独，仿佛站在荒漠上，只有自己和半个将落的夕阳。我心里充满了旷世的决绝和快感，如同一块被遗弃了的玉。

啊，终于说到夕阳了。说到夕阳，离穆晨锺就不远了。

如果说我喜欢5月，多少还有些自恋的成分在里面，那我对夕阳的迷恋就难以启齿了。倘若晴空万里下的那种夕阳或许还算一个交代。那种情形下，天空一半碧蓝如洗一半彤云灿烂，仿佛盛宴的天堂，让人心驰神往。但我最喜欢的，是无风的傍晚，混沌沌灰色的天空里，如同一枚陈旧的鸡蛋黄粘在枝丫上的那种夕阳。那种陈旧的、暗淡的、带着忧伤和苍茫之感的夕阳。

那个5月的傍晚，我在那本散发着新鲜油墨香气的小册子上看到穆晨锤的名字时，心里什么地方被碰触了一下，发出一阵震颤。我停下，让自己的目光抬起，透过图书馆不洁的窗户投向远方。这时，恰巧有一枚橘色的夕阳悬挂在因为逆光而暗淡的树梢上。我不由得打了一个激灵，浑身传过一阵难抑的瑟瑟。

那夕阳有着完美迷人的轮廓，平静中略显暧昧的色彩变化，映在天空里，显得孤独而诗意。这时的夕阳完全没有了早晨的蓬勃和正午的恣肆，它不再强势，对世界指手画脚，它只仿佛一个过客，不事张扬，不躁动不安，带着优雅的高贵和一些依依不舍，即将离去。

不久后我见到穆晨锤，又想起这一天的夕阳和我看到它时周身不止的战栗。

穆晨锤有一头和他年龄十分不符的花白头发，这使他看上去比实际年龄至少大上十岁。乍一看，穆晨锤跟微软新闻发布会上的比尔·盖茨很有些像，他们都戴着宽大的褐色眼镜，明显驼着背，头发花白，神情专注，笑容坦诚。后来，我在《NATURE》

杂志上看到英国物理学家霍金的照片，也觉得他和穆晨锤像。霍金坐在轮椅上别别扭扭的笑容，天真、纯洁、竭尽全力，像浩渺宇宙中一缕清洁的尘埃。

但是，穆晨锤身上另外有一种气质，是盖茨和霍金都没有的。那就是忧郁，很深的忧郁。正是这种忧郁，使我见到穆晨锤的第一眼，不由得想起我的父亲。

早年，父亲留学苏联，在莫斯科大学学习飞机制造，差一点儿就拿到副博士学位，却在最后时刻被组织召回。原来，父亲在湖南乡下的父亲在土改中被划成地主自杀身亡，组织上怕父亲知道后会叛逃掉。按说，像父亲这样的人是该被清除出部队的。但父亲没有。父亲的脑袋里装满了飞行机械数据，实在难得，组织上只好把他留下，内部说好"控制使用"。可实际上，谁都想用父亲，所有梦想拥兵自重的人都想用这个人。就这样，许多年里父亲被一些看不见的手从这个部门抢到那个部门，都是要害部门。然而，身怀绝技并没能保证父亲生活的安稳和平静。父亲像一个被魔鬼诅咒的人，每次运动都在劫难逃。每次他都要动用全部的智慧和意志力，才能死里逃生、勉强不致被吞噬和消灭。

关于父亲的这些往事，我多是从何雨那里听来的一鳞半爪，父亲自己从来不说。我那时还小，不懂事。有时就想，也许是父亲不好，哪里做得不对，不然，世界这么大，人家干吗总跟他过不去呢？

说实话，我并不喜欢我的父亲。父亲性格古怪、不与人为善，常常将别人的心思揣度得险恶。记得我刚上大学不久，一次学校组织学生献血放了半天假。我回家在饭桌上提起这件事，父亲立即紧张，问我有没有献（血）。原本我因为年龄不满18岁没有被要求，但看到父亲急火火的样子，我忽然就不想告诉他实情，而是背了一段宣传口号，告诉父亲献血是每一个公民应尽的义务。父亲不以为然，说："凡是舆论拼命让人做的事都不是好事，都千万不要做！"

我横了父亲一眼，知道他接下来会说什么。果然，父亲又第N+1次地讲起"反右"、"大跃进"、"文革"什么的陈年往事，总之，就是说总有一些阴险的家伙，总是先欺骗鼓动老百姓干这干那，然后再把屎盆子扣到他们头上，叫他们承担后果。

父亲讲得气咻咻嘴角泛起白沫，我就厌恶，想父亲平时是极文明的，也心软，在餐馆见到乞丐自己就吃不下。可就是一说到运动他便像换了一个人，睚眦欲裂、义愤填膺，仿佛跟谁有世仇。我不悦，用筷子敲着饭碗打断父亲，说："您说的这些跟我有什么关系？什么'反右'啦'文革'啦'上山下乡'啦，这些事跟我有什么关系？"我心想，我才17岁耶！我这么年轻、这么空白、这么簇新，像一团原生质，充满了希望、充满了可能。过去的一切，跟我什么关系呢？什么关系都没有！

"这都是历史，以后一定还会重演，你要了解了到时才不会吃亏。"父亲说。

"不忘又怎样呢？"我讥笑父亲，"像您隔岸观火、烛照人生,到头来不也还是一棋子,人家想用了拿来垫一垫脚,不想用了您就一边儿歇着,您还以为自己是高山顶上一棵葱?"

从我出生那天起,父亲受过5年政治审查。审查结束后,组织上仍允许父亲做飞行安全方面的研究,可他的论文却不再能发表,整个人等于被废掉了。我点到父亲的痛处,他却脸色如常,毫不为我所伤。

看着父亲一脸木然的决绝,我忽然沮丧,想我为什么没有一个普通的父亲呢?他不一定是博士、不一定有高薪,不一定给我们住有橡木地板和雕饰顶棚的大房子。我们可以住在胡同、住在厂区,只要我们的生活里没有运动、没有斗争、没有让人烦心的故事。我试着劝父亲:"爸,您总这样猜忌别人、抵触社会,有什么好处呢?您总得看到些值得的东西吧。不然,您活着有什么意思啊?"

"社会就是这个样子的,很坏!"父亲仍不改口,粗砺地说。

突然,我就火了!我觉得父亲太顽固、太不可救药,不值得同情。我把自己扔到靠背椅上,恶狠狠地瞪着父亲,刻毒地说:"爸,说白了吧,不就是因为你爹被打成地主,您才这么仇恨社会主义吗?你爸要没剥削,别人干吗把他打成地主?他自己要死,怪得着别人吗?还有,您主动跟你爹划清界限,那未必是共产党逼您的吧?一个死了的人,怎么说也是你爹啊,这事儿您也干得出?!"

我7岁时，楼下伙伴董小山告诉我，父亲从苏联回国后向组织递交过一份声明书，说跟他死去的父亲脱离关系。董小山比我大两岁，个头比我猛，但我当时就跳起来，把她推了一个跟头骂她胡说。我父亲从来不写思想汇报、不写决心书，因为这个，父亲始终没有入党。在空军总部那样的核心单位，像父亲这样"白脖儿"绝无仅有，所以我根本不相信父亲会写什么决裂书。

董小山坐在地上抽抽嗒嗒，她的手蹭破皮渗出了血。她说："我没有胡说。我爸是干部处长，我爸管着你爸。我爸说的，不信你去问你爸！"

我没有去问父亲。这件事如此严重地伤害了我，以致一向被同伴叫做"电报嘴"的我，始终对它守口如瓶。

父亲不想我突然提起决裂书的事，他的脸痛苦地扭曲到一起，如同一张旧床单在洗衣机里被狠狠绞过。父亲难过地低下头，眼睛像坏了的荔枝，红红地蒙上一层污浊的泪水，嘴巴一瘪一瘪地，仿佛随时会哭出声来。我后悔失言说出秘密，扭头到一边，难过地默不作声。忽然，我耳边传来父亲平静而坚定的声音："不管怎样，你要记住：千万不要去献血，一滴血都不要献！"

有那么一瞬间，我几乎呆住了。我注视着父亲，像不认识他，心里满是愕然和痛惜。我忽然软弱下来，几近哀求地说："可是，爸！您今天不要我给别人献血，将来您自己需要救治怎么办？"

"那我就等死！"父亲慨然道。

我像猛地给人抽了一嘴巴，眼泪霎时夺眶而出。我视线模糊，但盯着父亲，一字一顿地说："爸，共产党当年怎么没把您也给毙了？"

母亲抬手给了我后脑勺一巴掌，呵斥道："放肆！怎么说话的！"

我被打得一栽歪，仍气愤地瞪着父亲。父亲却没有生气，他瞟了我一眼，转头向别处，脸上甚至闪过一丝不易察觉的微笑。父亲是一个意志坚强的人，过去几十年他饱受磨难，从未想到过死。父亲觉得他活过了许多人，他活过了时代、活过了历史。这就是他的胜利。

可是，有时候，我真的希望父亲死。

因为，我实在不忍看着他活受罪。

美国男孩与伦敦先生

实施"V计划"，我第一个想到了尚尧。

我很早就相信，我和尚尧一定会发生关系。或迟或早，我们肯定会的。

尚尧后来成为我年龄最大的情人。尚尧大我43岁，跟我父亲年纪相仿。——不过，看到尚尧，我却从未想到过父亲。一次都没有。

我决定改考穆晨锤的研究生后，曾为如何向尚尧解释煞费脑筋。我不知道怎样向尚尧开口，我不能想象他的反应。尚尧一定会勃然色变，把我从他办公室撵出去，叫我以后再不许踏进。我也不能指望继续保持和尚尧的友谊了，尽管我曾经那样的为之荣耀。但当时，我心里就好像有一种冲动，非这样做不可。

出乎意料，尚尧对我变卦的缘由只字未提。他坐在办公桌后面的高背沙发转椅里，俏皮地举起双手制止我的喏喏所言，表示一切尽在不言，他什么都可以理解。

我张了张嘴还想辩解，看到尚尧的神情，忽然笑着摇头，决定放弃。

尚尧就是这样，聪明得让人无话可说。

我跟尚尧又聊了一会儿，起身告辞。尚尧送我到门口。他转动把手把门打开了，却忽又关上，转身将我紧紧抱住，目光灼灼，说："舒展，我喜欢你！"

我僵在尚尧怀里，像那次在尸体房跌倒被尚尧救起，一时不知所措。

之前，我是很听到过关于尚尧风流成性的传闻的。尚尧是博雅最才华横溢的学者，也是最绯闻缠身的教授。因为这个，他在"文革"中吃了不少苦头，直到当选中科院院士，级别还比同资历的人低二三个档次。尚尧是凭借他在"运动系逆行性神经病变"研究的突出成就，先在国际上获得巨大声誉，转而才被国内学术界接受的。我和尚尧在非常态的情况下相识，他对我也一向有礼，所以我不像讨厌其他不道德的人那样讨厌尚尧，甚至还因为他的不羁和率性对他怀有好奇、另眼相看。我在最初的惊吓之后很快镇定，笑着看尚尧，像对待偶尔犯错的孩子，宽容地等他自己醒悟。

我们相互对看了半分钟，尚尧突然松开我，又举双手做投降的姿势，笑着用英文连说对不起。——那神情，不似做错了什么的惭愧，倒仿佛经验丰富的老鹰轻易俘获到一只鲜美的兔子，未免兴味索然，觉得辱没了自己一世枭雄的名声。

尚尧伸手掸了掸身上挺刮的藏黑色西服，习惯性地整了整他标志性的漂亮领结，然后重新替我拉开房门，退后半步微微鞠躬，摆出一副优雅的绅士派头，笑说：

"小姐，请！"

我看着尚尧的诙谐表情，"扑哧"一笑，冲他点头还礼，闪身夺路而走。

其实，促使我改变主意投考穆晨锤的原因，并不因为他的忧郁，以及在某种程度上像我的父亲。我做出这个决定时还不怎么认识穆晨锤，不确切知道他长什么样。

穆晨锤是博雅59级学生，"文革"后第一个考取公费留学，到英国伦敦大学皇家科学院院士、著名的神经生物学家玛格丽特·文森特博士的实验室做访问学者。1989年，中国大陆发生动荡，许多留学生借机滞留海外，穆晨锤却结束了11年游学生涯，谢绝文森特教授的挽留，在那年冬天回到博雅医学院。

博雅党委敏锐意识到穆晨锤的政治价值，他们发明和命名了"穆晨锤现象"，赐给穆晨锤诸多古怪荣誉，并决定突击发展他入党，以使他的行为看上去更有信仰支持。然而，当组织上把一张空白入党表放到穆晨锤面前时，他们才尴尬地发现，穆晨锤早在留学欧洲期间就皈依了基督。他的灵魂被上帝捷足先登啦。

实际上，穆晨锤更愿意退回到实验室，过他伦敦式的生活。归国之初，穆晨锤用自己从国外带回的基金和物资创建了国内医学院校第一个神经生物学研究室，开展与国际最先进水平同步的哺乳动物中枢神经系统研究。

穆晨锤刚回国时，我和我的同学正在外地军训；等半年后我们回到博雅，穆晨锤已经被屏蔽在学校公众生活之外而销声匿迹了。神经生物学研究室没有本科教学任务，穆晨锤又深居浅出，是以我虽听说了穆晨锤的故事，却并未见过其本人。

那天，打动我的是夕阳，以及夕阳背景的映衬下，"穆—晨—锤"这三个字的组合和发音。

因为夕阳的缘故，这个名字听上去那样悦耳和仁慈，像一声来自上天的问候。后来成为我导师和情人的穆晨锤，就这样带着一种遥远的、缥缈的，极具色彩和穿透力的回声，来到我的面前，将我猝然击中。

研究生面试时，穆晨锤没有在神经生物学领域内考察我的知识水平，而是问了两个与专业无关的问题。穆晨锤先问我是否知道红舞鞋的故事，穆晨锤说，从事科学研究的人就像穿上了红舞鞋的舞者,要一辈子不停地跳下去,直到力竭而死。

"做我的研究生,你愿意穿这双鞋子吗?"穆晨锺问。

我迟疑了一下,摇摇头小声说:"我,可能不愿意。"

我的回答让穆晨锺意外,也把我自己吓了一跳。我从进到穆晨锺办公室见他的第一眼,便热切地想要做他的学生。我甚至担心自己会失败,因为同宿舍的张静也报了穆晨锺的研究生。张静是我们那届的高考状元,学习一直名列前茅。我怎会头脑发蒙,说不愿意呢?我的脸"腾"地热了起来。

穆晨锺倒没怎么不高兴,而是温和地要我给他一个解释。我强迫自己集中精力,我说一生的时间太长了,我不能肯定未来是否还有别的什么在等着我,我说:"不过,有一点我向您保证:在跟随您的时候,我会认真地跳您教我的每一支曲子。如果有一天我不想跳了,我会告诉您的。"

穆晨锺若有所思,点了点头,又问:"你相信上帝吗?"

"不相信!"我说。

穆晨锺依然问我理由。我说,我恰恰没有理由,我需要上帝向我展示祂存在的证据。穆晨锺研究地看了看我,欠身从桌上一只仿青花瓷笔筒里取出一管水笔,探进一瓶"鸵鸟"墨水瓶中蘸了蘸,小心地在瓶口挡掉多余的墨汁,停顿了一下,在一张纸上轻轻画了两笔,然后笑着对我说:"谢谢,你可以走了。"

从我坐的那个角度,我看见穆晨锺在我的名字上打了一个重重的叉子。

我的脑袋"轰"的一下,一片空白。

我懊恼极了,想我要不是一个白痴就是脑子进水了。英语系的基本学位是硕士,只要考试合格都能顺利升读研究生,故而选导师时同学间往往互通信息以免撞车。我在宿舍宣布了要考穆晨锺的研究生后,张静找到梅丹冰说她一直属意穆晨锺,追踪他的研究已久。张静为难向我启齿,请梅丹冰代为通融。梅丹冰也觉得若张静报考了穆晨锺,我最好不要跟她争;况且我得到尚尧的青睐,那是多少人羡慕的机会,没有理由放弃。

我一口回绝了梅丹冰。我做出决定原本就率性,这会儿理性的考量同样难以答应。

可是,你看,我现在遇到麻烦了。

躺在宿舍床上,我又想起尚尧。我想穆晨锺那儿肯定没戏了,他一定会录取张静的;或许我该再去找找尚尧,看他还肯不肯要我?一想到为这事去找尚尧,我不由得头大。之前发生在尚尧办公室的那件事,丝毫没有影响我对尚尧的看法。这很奇怪。我是一个极端的道德主义者,但就一直不反感尚尧,不觉得他是坏人。去找尚尧,我并不担心被他侵扰。尚尧虽然好色,但绝不下作,他不会借我此刻的困境对我有所企图——即使有,他也一定会等到以后。这一点,我是有把握的。我担心的,倒是自己如此出尔反尔,会伤害到尚尧的自尊。尚尧是一个极自尊的人,他上次所以没追问我何以改主意投考穆晨锺,我后来想,恰恰因为他特别的敏感和自尊。倘若我告诉尚尧我被穆晨锺刷掉,尚尧是会考虑再接纳我的；但这样一来，我就必须解释自己当时为什么选择穆晨锤了。可我怎么能够把那天下午的全部细节说得清楚呢？5月、夕阳、诗意的忧伤、诗意的苍茫，以及……哦，那太复杂了，简直说不清！

"我现在不去想吧，明天，到明天我再去想它。"我放弃了晚饭，无比郁闷地扯开被子钻了进去。

尽管我知道，今天是研究生面试的最后一天，我若要改专业，是应该立即去找尚尧的。

次日一早，我还睡在被窝里，系辅导员吕秀莲就在宿舍对讲机里嗞嗞啦啦地宣布了我被穆晨锤录取为研究生的消息。同时，吕秀莲要张静去一趟免疫教研室找科主任顾嘉辉教授。

穆晨锤向顾嘉辉推荐了张静。顾嘉辉是穆晨锤的大学同学，留学过美国。20世纪90年代，神经生物学、分子生物学和免疫学是全球医学界最炙手可热的三大前沿学科，张静转去顾嘉辉门下，不失为一个很好的结果。只是，大家不明白我何以竟胜过张静而被穆晨锤相中。梅丹冰后来悄悄问我，我除了虚荣地沾沾自喜，也不明就里。

之后的两天，班上同学都各自有了分属。315宿舍一共六名同学，除了我和张静，梅丹冰去了药理教研室，欧文珮到微生物教研室，贺兰若静和白灵灵选择了临床专业，一个在神经内科、一个在消化内科。

正式拿到录取通知书后，我去穆晨锤办公室向他致谢。穆晨锺说每次研究生面试他都要问考生"红舞鞋"的故事,我是唯一说"不"的人。回想当时的情形,我仍心有余悸,笑说:"我看您在我的名字前面打了一个叉,我想这下完了。"

"恰恰不是。"穆晨锺说,"那天,我在你的名字前面打了两个勾。"

"知道你哪句话打动了我吗?"穆晨锺问。

我摇头说不知。穆晨锺说你说你跟随我的时候会认真跳每一支曲子,如果哪天不想跳了你会告诉我的。穆晨锺目光如水充满期待,说:"舒展,你能保证一直这么真诚吗?"

我爽快答应,说:"您放心好啦。我最能保证的就是我的真诚了,我会一直对它负责的。"

因为这一句无关的承诺,后来,当我通过越洋电话延迟而嘈杂的电波,告诉远在奥地利的穆晨锺,我将不再跟随他"跳舞"的时候,我的内心是平静和坦然的。

除了,涌上心头的,一丝深刻而痛楚的遗憾。

成为穆晨锺的研究生后,尚尧非但没有疏远我,反而比以前更进一步,见面总要跟我亲热。尚尧后来说,那天他初一听到我不读他的研究生而要跟穆晨锺,第一反应确实有些生气,但只一下就好了,之后心里反而喜悦。我问为什么,尚尧说他有一个原则,那就是绝不跟学生谈恋爱。尚尧顽皮地说:"你不做我的研究生,我就可以追求你啦。"

我故意岔开话题，说："为什么，师生恋很时髦的耶。"

"噢，当然不。"尚尧显得煞有介事，"老师就是老师，学生就是学生，这个伦常是不能僭越的。"

"想不到您也有禁忌？"我笑着揶揄尚尧，"我以为您捡到篮子里就是菜呢。"

"嘿！什么话！"尚尧佯装恼怒，冲我瞪起眼睛。坦白说，我是愿意跟尚尧有一些"适当"身体接触的。尚尧生于世家，从小接受西方教育，特别懂得照顾女性，绅士派头十足。但我不愿意跟尚尧发生更多的身体关系，我觉得那样不好。问题是，我没法儿阻止尚尧。尚尧不是那种举止粗鲁没有教养的人。尚尧要跟我亲热，我若拒绝，他也不会强求，但我不想每次都要由我来拒绝。我每次都被要求，然后再拒绝，那样弄得我很烦。

这种烦恼与日俱增，有一次，我就爆发了出来。

那是我读研的第一年。开学不久的一天下午，白灵灵跑到网球场来找我，劈头就说她的导师破格晋升被穆晨锤卡住了，要我帮忙。

每年的九、十月份是博雅医学院职称评定的季节。前一年，博雅实行优秀人员破格晋升制度。破格者不占指标、没有名额限制，唯一风险是不得同时申报当年的正常职称评定。白灵灵的导师贾鸿图是博雅80级学生，他读书时成绩一般，两次考研都没考上，因为是学生干部得以留校，在附属医院消化内科时恰巧同事有一个到日本京都大学进修的机会，但是因为老婆生孩子不能成行，贾鸿图遂捡了个漏去了。

在日本，贾鸿图临回国前半个月，适逢博雅党委副书记吕正荣随团出访，他陪吕正荣四处好好玩了玩，令吕正荣十分满意。一年后，吕正荣升任博雅党委书记，贾鸿图从此平步青云，很快提升为消化内科副主任、学校最年轻的副教授。这一次，贾鸿图申请破格晋升正教授，也是在吕正荣的授意下，是呼声最高的人选。

答辩会由尚尧牵头担纲，他另外邀请了四位专家组成答辩评审委员会，穆晨锺亦在其中。轮到贾鸿图时，穆晨锺在所有评委提问发言之后，礼貌地问了一个"小问题"，要贾鸿图说明他的一篇论文中一条参考文献的出处。

贾鸿图先说是在校图书馆查的，后又说在医科院图书馆找的。穆晨锺依次纠正了他，说据他所知，不但博雅图书馆和医科院图书馆没有这种期刊，整个中国大陆都没有这种期刊。贾鸿图这时红了脸，终于难为情地坦白，该条文献是他从《麦氏》联机索引中看到的。穆晨锺问贾鸿图是否知道，按照国际惯例引用参考文献必须掌握全文而不只是摘要。贾鸿图喏喏连声，表示知道。穆晨锺又追问，关于这篇文章，他是否还有什么要向评委会补充的。

贾鸿图说没有了。穆晨锺沉吟片刻，说："那么，我没有问题了。"

人们奇怪，宽容温和的穆晨锺何以为一篇引文穷追不舍，这不是他一向的风格。在之后的专家评议会上,穆晨锤道出了实情:原来,穆晨锤在审阅贾鸿图的申报材料时,发现他的一篇论文抄袭了一位国外学者的实验结果。贾鸿图如此粗心和不负责任,竟然连原文中的一处笔误也丝毫不改地照搬了过来。

评委们佩服穆晨锤掌握资料的功夫,但也陷入两难。谁都知道,吕正荣积极推促贾鸿图申请破格,目的希望在他任上创造博雅历史上正教授的年龄新低,以此作为自己的一大政绩。如果不让贾鸿图通过,无疑会得罪吕正荣。吕正荣与贾鸿图的利害关系被人委婉地传递给穆晨锤,穆晨锤说他所以没在答辩会上拆穿贾鸿图抄袭,就是为了让他好继续做人,但穆晨锤坚决反对给吕正荣"面子"。

按照规定,破格申请晋升职称必须得到评审委员全票通过、校学术委员会三分之二委员通过才可获准。由于穆晨锤的坚持,贾鸿图的评审暂时没能举行投票。

白灵灵风风火火地找到我,要我去游说穆晨锤放贾鸿图一马。我听了摇头,说导师之间的事做学生的怎能参与,况且穆晨锤是一个极讲原则的人,他认定的事没有人能改变。

"那是面儿上的。"白灵灵嬉皮笑脸地说,"谁不知道你是穆晨锤跟前的'新宠',你去跟他讲他一定肯听的。"

我恼火白灵灵说话放肆,拉下脸来。白灵灵见我不高兴,忙改口道:"宝贝儿,对不起,对不起!但我求求你了,你真得帮我,不然我就死定了!"白灵灵来自重庆一个很乡下的地方,却比哪一个城里同学都头脑灵活。她当初报考贾鸿图，就是看重他的政治前途，压他是一支"潜力股"。我不欣赏白灵灵的势利钻营，但她点中了我的两个命穴：虚荣、爱滥施同情。经不起白灵灵的哀求，我答应去穆晨锤那儿试试。

这件事，成了我后面诸多麻烦和命运改变的一个隐患。

我决定先去尚尧那儿打听打听情况，他是评委会主任，知道的情况肯定全面。

尚尧的办公室是一套里外间，秘书丁薇坐在外间。丁薇一本正经地问我是否有预约，我说没有。丁薇便用电话对讲告诉了尚尧，然后才放我从她堵在里屋门口的办公桌前进到尚尧的房间。

"Oh! How beautiful!"尚尧远远在办公桌后面张开双臂做了一个惊艳的表情，站起来绕过办公桌走到我面前，打量着我："好久没来了，把我这个老头子忘掉啦？"尚尧给我了一个拥抱。

我从尚尧怀中脱出闪过他，走到会客区在乳白色真皮沙发的扶手上坐下，嗔笑说："有人关心您，我还怕来搅了局。"

尚尧坐回自己的高背大班椅里，前后轻轻晃悠着，看着我笑而不语。尚尧知道我话中有话，但他不准备安慰我。尚尧当上院士后，学校专门给他配了一辆奥迪车和一个秘书指标，待遇比校长和党委书记都高。丁薇是附属医院理疗科主任丁文满的四女儿，联大文秘专科毕业。尚尧招丁薇做秘书，学校里很有人反对，并拿国家规定男上司不准配女秘书为由加以阻挠。尚尧不屑，说那是针对领导干部的，自己既非党员也非领导，不在此限制范围。

"最近忙什么？"尚尧问起我的学业。我告诉他正在上基础课，预实验做完了，已经开了课题。

"小穆的实验做得很好，你可以跟他多学学。"穆晨锤读博雅时，尚尧已经在校任教，是以尚尧始终以"小穆"称呼穆晨锤。尚尧赞赏穆晨锤的实验水平，一边是由衷之言，一边也间接表达了对他才学的认可。

尚尧聪明绝顶，一般人他是不放在眼里的。这里面的意思，我听得出。

"您呢？"我反问，"好久没见您去网球场了。"尚尧年轻时就打网球，是博雅的网球健将，这令花甲之年的他身体仍十分有型。有时在球场上碰到，我也会陪他打上两局。

"一塌糊涂！"尚尧摊开双手，说，"你看到的，上周参加国家自然科学基金评审。博雅报了好几个项目，我必须去给做工作，不然回来又有人怨我。这一周学校搞职评定，我是评委会主任。月底还要去汉堡参加国际病理学年会——嗨，苦命人啊！"

我听惯了尚尧诉苦，知道他只是嘴上说说。尚尧对工作的热情和旺盛精力，手下的年轻人都无法望其项背。我们谈起刚刚结束的美网公开赛，尚尧因为主持职称评审错过了决赛转播。我描述桑普拉斯三盘直落阿加西的情形，忍不住手舞足蹈。尚尧笑着指点我，说："我知道桑普拉斯是你的偶像。"

"我就是喜欢桑普拉斯。"我说,"桑普拉斯多优雅啊。天知道那些美国人为什么喜欢罗圈儿腿阿加西。他整个一痞子,扎一单边耳朵眼儿,像一同性恋。"

"这就是典型的美国风格,"尚尧说,"毛糙、冲动,但有激情。"

"要是那样,我更喜欢欧洲人,含蓄、内敛,气质高贵。"

"所以你喜欢穆晨锺,去上他的研究生?"尚尧话锋一转,突然说。

我心里咯噔一下,想,尚尧还是介意了啊。在博雅,尚尧有一个绰号叫"American Boy"。尚尧年少时生活在美国,说着一口流利的美式英语,风趣、轻佻、随意、时尚,和他的性情十分相像。穆晨锺留英十一年,他的英语功力在博雅也是出了名的。穆晨锺的英语是地道的伦敦腔,庄重、优雅、矜持、高贵,学生们私底下都叫他"Mr. London"。

我说我喜欢欧洲人,尚尧一下子就想到了穆晨锺。这是尚尧第一次跟我谈起我转读穆晨锺研究生的事。我急于解释,说:"面试前我几乎没见过穆晨锺,并不了解他。"

"哦?那么就是心仪已久了?"尚尧诙谐又无不嘲讽道。

"那倒谈不上。"我无奈地笑。尚尧思维敏捷、言语犀利,我和他说话常常这样刀光剑影、锋芒毕露。

"那为什么要转去他的门下呢,你一定是有理由的。"尚尧有点认真地问。

"为什么？"我从扶手上坐到沙发里，下意识地把自己放到一个更安全的位置。我四顾了一番，无谓地吹了吹刘海儿，看着尚尧，表示说不上来。尚尧看我的样子，也不想难为我，遂换了一个话题。一会儿，我把谈话引到贾鸿图的事上。我问尚尧的看法，尚尧猛击座椅扶手一掌，愤然道："真是荒谬！中国的学术精神已经彻底崩溃了。这样的事如果发生在国外，一定会受到终身取消科研资质的惩罚，还何谈破格晋升！"

"那您准备怎么办？"我问。

"唉，这件事很复杂，就看小穆怎么跟吕正荣交锋了。"尚尧说话严丝合缝、滴水不漏，但我立即听出他的态度。显然，尚尧不愿意为这件事与吕正荣作对。我同情穆晨锤，想他像孱弱的堂吉诃德，手持长矛独力与风车搏斗，充满了孤独的悲剧意味。

因为穆晨锤，我忽然不喜欢起尚尧，对他心生拒斥。

这时，丁薇推门进来给尚尧续咖啡。丁薇放下杯子时，身体故意向前倾斜试图挡住我的视线，她同时冲尚尧指了指腕表，做了一个催促的动作。我坐在丁薇的侧后面，这个情形清楚地看在眼里。

丁薇成为尚尧的秘书不久，学校就开始出现关于两人关系的传闻。有人说丁文满头脑发昏，生生把女儿送进了虎口；也有人说丁薇有心计，将尚尧抓在了手里。有人给丁薇起了一个外号叫"病理二号"，在病理教研室，从研究生到技术员都得买丁薇的账看她脸色。

丁薇转身往外走，我的目光下意识地跟随着她。忽然，我心里一惊，暗叫道："噢！原来，丁薇已经不是……她已经不是……处女……了啊！"

我同屋的白灵灵有一种本事，可以从女生的外表判断她有没有过性经验、还是不是处女。在学校公共浴室洗澡时，白灵灵常对着周围赤裸的身体指指点点，从她们乳房的形状、乳晕的颜色、腰肢的线条、小腹的弧度、胯下脂肪层的厚度以及体毛的浓密程度等等细节上捕捉蛛丝马迹，向我们佐证她的判断。

我不喜欢白灵灵对别人身体粗俗地评论，但有时也忍不住按照白灵灵说的，偷偷观察周围女生的身体，判断她们是否是处女，可我总是一头雾水、不得要领。此刻，我忽然领悟了白灵灵之前所说的要义。我的"透试眼"一下子变得雪亮，像一架升级版的X光机，尖锐地穿透了丁薇的外衣，看到她身体最隐秘的地方。

是的，丁薇已经不是处女了。她肉质的腰身和走路时不自知的夸张扭动，泄露了她不断和异性发生关系的事实。性激素是不会撒谎的，它像铭文一样难以磨灭。可我被这个发现惹恼了。我被我"看到"的东西惹恼了，忽然怒火中烧。

之前，我一直为没有接受尚尧的赏识做他的研究生心怀歉疚，心里却又有一种说不清道不明的委屈，叫我非要做出忤逆尚尧、惹他不高兴的事。我不曾细想那委屈缘于什么，心里只是不痛快、闷闷不乐。刚才，就在我看穿丁薇身体秘密的刹那，我的"透视眼"也同时内射，看到自己曾经隐秘的内心：那就是对尚尧难以言说的迷恋，以及，对丁薇无法克服的嫉妒。

是的，我迷恋尚尧，我像蚂蚁迷恋枫糖浆一样迷恋尚尧。如果没有丁薇，我可能会爱上他。

——在我失去贞节成为一个真正女人之前，我一直有一个愚蠢的根深蒂固的观念，认为智慧的男人是不会看上那些没脑子的女人的。他们应该喜欢那些同样聪明的女人才对，只有她们才配得上他们的智慧不是吗？可看得出尚尧喜欢丁薇，我从心里瞧不起丁薇，却嫉妒她有机会跟尚尧亲近。

这恰恰让我生气。我想我怎么能跟丁薇那样的人争风吃醋呢，那个脑子像鞋盒一样空洞的人，真是丢脸至极。我于是决定离开尚尧。我像一颗任性的行星，因为不能将围绕着的恒星拉入自己怀中，而选择了出轨、逃离。

那行星想用这种方式惩罚恒星对它的忽略，让它因为发现它不再在它周围，而想起它曾经的旋转和迷离，想起它离去时反作用在自己身上的那一道鞭笞般的冲击力。

在那个5月的傍晚，因为夕阳的缘故，穆晨锤成了我的另一颗恒星。

事情就是这样。它其实和夕阳无关。

"教授，您知道我为什么要去做穆主任的研究生吗？"我待丁薇关门出去，转头看着尚尧，对他说。尚尧睁大眼睛，做了一个疑问的表情。我说:"教授,您知道的,我一直渴望做您的学生,我以此为荣耀。可是,我不想每次见到您,都要越过重重障碍才能来到您面前;我也不想和别的什么人争夺、分享拥有您的权力。所以,我宁可走得远一些,远远地欣赏您!"

尚尧先是一怔,继而靠在椅背上仰头大笑。"Jane—!"尚尧学着乔榛多年前低沉沧桑的声音喊了我一声。尚尧何等聪明,一下就听出我在套用电影《简·爱》中,女主角在深夜花园里对罗切斯特说的那段经典独白。尚尧笑着摇头,起身绕过办公桌,将我从沙发里拽起来拥入怀中,说:"舒展,我告诉过你的,你很优秀。你漂亮、聪明、善解人意,是一个很好的谈话对手,我真的很喜欢你。你该看得出来,跟你在一起,我非常愉快。"

"可我还是不能满足您对吧?"我在尚尧的拥抱中身体僵硬,冷傲地说。

"问题是你不能天天待在我身边啊。"尚尧避重就轻,故意狡辩。尚尧低头欲吻我的脖颈,我极力仰身向后,这个姿势凭空给了我一个傲慢的视角。

"我就是天天在您身边您也一样不会满足的。"我说。

"哦,舒展,我是一个老头子啦。"尚尧态度诚恳,"我比你大40岁,你比我女儿还小二分之一年龄,我过去的生活怎么可能一片空白,一直等到你呢?"

我一时无言,有点被尚尧说服。尚尧从我的肌肉上感觉到我态度的变化,他手上使了一下劲儿,把我往他身上紧了紧。我碰到了尚尧的身体,它突兀地顶着我、刺痛了我,我猛然推开尚尧,说:"不!别这样!"

"Hi, My lady! How can I make you understand?"尚尧在我身后喊。

我走到门口停住,回身看尚尧。尚尧挺拔地站立着,张开双臂大声说:"我告诉过你的,在我眼里,你是无可替代的!"

尚尧的样子很像巴西里约热内卢郊外科特瓦多山上的耶稣像,传递出一种诗意的悲悯和柔情。我希望我能记住这个画面,但我还是等尚尧说完后,转身决然离开了房间。

走出基础大楼好远,我才发现自己一直在颤抖。我停下四处看了看,去到翠湖边找了一条石椅坐下。我需要休息一下,我想我需要静一静。

我终于向尚尧说出了心里最真实的想法,这让我欣慰。我不想用"道德"搪塞尚尧,也不想他误以为我是贞节女。我只是一个自私而任性的女孩,对感情要求独占而已。

现在好了,我把想说的都说了,事情了结了。

还是偷情了

我跟白灵灵说我不准备帮她了。白灵灵却不死心,百般纠缠央求我只要把她引见给穆晨锤就行。

"好吧。"我想,我倒要让白灵灵碰碰钉子,见识见识什么是真正的男人。我这时又想到了尚尧，气不打一处来。

吃过晚饭，我带白灵灵到科里。我让白灵灵在楼道等候，先叩门进到穆晨锤的办公室。答辩会后，贾鸿图第一时间就得到消息。他携重礼登门，痛哭流涕求穆晨锤放他一马。接下来，穆晨锤竟陷入始料不及的人情轰炸之中，连贾鸿图的老主任，30年前穆晨锤在博雅读书时的教授，年届80的姚泽铎老先生也亲自打电话给穆晨锤，替贾鸿图说情。穆晨锤坚持己见，始终没有同意在贾鸿图的破格晋升评审表上签名。

麻烦还不止这些。在之前的正常晋升中，科里的副教授黄锡麟和副主任马炳财都申请了正高职称。两人不可能同时都上，学校要求科里提出一个意向。穆晨锤反复权衡，决定把黄锡麟排在前面。因为黄锡麟这次若评不上正高职称，年底就得退休了。穆晨锤征求马炳财的意见，马炳财表面上同意穆晨锤卖好给他，背后却将穆晨锤对黄锡麟的一些评价曲意传递给黄，反令他结怨于穆晨锤。马炳财又散布穆晨锤压制后进排挤同人的言论，一来二去竟有不少人信以为真。穆晨锤辗转听到，心里很是难过。

穆晨锤向我诉说着这些烦恼，心情沉重、一脸倦容。我几乎再次动摇了来的目的，但想到门外焦急等候的白灵灵，又觉得没法向她交代。许久之后，我还是吞吞吐吐，告诉穆晨锤我的一个同学想见他。

穆晨锤问什么事，我说不出口，只说，"唔，她是贾主任的研究生。"没想到，穆晨锤脸色陡变，敏锐地说："她不会也是来游说的吧?"

"这个……我不太清楚,好像是吧。"我闪烁其词。

穆晨锤抚案而起,愠怒地看着我,说:"舒展,我原以为你是一个纯洁的学生!"

我羞愧难当,脸涨得通红,眼泪顷刻涌了出来。升读研究生以来,穆晨锤对我一直欣赏有加;此刻,穆晨锤却如此严厉,他那种失望的语气让我难以承受。如果这时地上有条裂缝,我一定会一头钻进去再也不出来的。

穆晨锤见我窘迫,缓和了下语气,说:"你那位同学我今天就不见了,请你转告她:'认认真真读书,踏踏实实做人。'如果以后她有别的事,无论学业上还是生活上,需要我帮忙随时可以来找我。"

我用手背抹了把眼泪,什么也没说黯然离开房间。白灵灵在外面等得不耐烦,她抓住我问情况怎样,我甩开她气呼呼地说:"都是你!这一回,我导师对我印象肯定不好了!"

"操!"白灵灵狠狠骂了一句粗话,从后面跟上我,前后离开基础部大楼回宿舍。

身后,穆晨锤站在他办公室的窗前目送着我们,表情若有所思。穆晨锤不知道,他此刻已被一个人深深地记恨。未来的某一天,他将为此付出惨痛的代价。

最终,吕正荣不得不亲自出马,找穆晨锤谈话。吕正荣正是当年树立穆晨锤典型、"穆晨锤现象"的始作俑者。他先是好好夸奖了一番穆晨锤认真负责的工作态度，然后说："我听说，外面很多人在传，说贾鸿图是我的'人'，我非要让他破格。这其实大大误解了我，连贾鸿图自己都四处否认是我的人嘛。我不计较这些，恰恰相反，贾鸿图这个年轻人我还是主张要帮助他、扶持他。为什么？因为贾鸿图是博雅培养起来的人才。我虽然没上过大学，没读过多少书，但这些年跟博雅培养起了深厚的感情的，说句心里话，我认为我有资格算做一个'博雅人'了。目前，博雅正申请从'医学院'更名到'医科大学'，明年又要迎来八十周年校庆，后面紧接着是国家教委首批'211'工程评审。这些都是大事，都关系到博雅的荣誉地位。至于具体工作中的一些小矛盾小问题，我看倒可以灵活一些，'稳定压倒一切'嘛！在这个节骨眼儿上，我们一定要精诚团结，不能有半点差池啊。否则，我们就是对不起博雅，成了博雅的千古罪人了！"

　　吕正荣的话感动了穆晨锤。穆晨锤想，吕正荣并不像许多人盛传的，是一个结党营私、不学无术、一心只会玩弄政治的人啊。穆晨锤忽然有一股冲动，向吕正荣敞开了关闭许久的心扉，坦言许多关于学校建设的忧思与建议。吕正荣耐着性子听了两个小时，终于发现，自己的心思全白费了。

　　当晚，穆晨锤接到校办室通知，要他第二天一早赶去北戴河参加卫生部一个紧急会议。——这期间，博雅的一切工作照常进行，包括破格晋升的评审工作。由于穆晨锤出差，学校临时更换了一名评审委员。两天后，穆晨锤回到学校，这一工作已圆满完成。晋升名单里，贾鸿图赫然在列。

此事让穆晨锤大为失望。他预言不久的将来，学术腐败将像中世纪肆虐欧洲的黑死病，败坏和摧垮中国学人在国际学术界的声誉。几年后，穆晨锤的预言成为现实。他却如一片深秋的藤叶，飘零无归随风而逝了。

这是几年以后的事。在当时，我和穆晨锤的故事还没有真正开始。它因为有了这样那样人的介入，而显得非常坎坷，危机四伏。

就像我之前说过的，我那样刻薄地告诉尚尧我为什么弃他而去，却也没有界定住我们的关系。我的赌气和任性，在风月无边的尚尧眼里，反是一种调情，令他更感到兴趣。而我也没发现，我那样激烈地想要离开一个人，其实正说明我怎样地想靠近他。

我在一个月之后向尚尧作了妥协，允许了他。

那天下午，我给孵育切片加上第一抗体后下到二楼病理教研室。一周后是尚尧的64岁生日，我给他准备了一份礼物。尚尧喜欢这种情调。

丁薇说尚尧去政协开会，白天不回科里了。没有见到尚尧，我拐去看望孙朝晖。升读研究生之后，我没再去过附属医院的尸体房，也好久没见孙朝晖了。

我敲开孙朝晖办公室的门，他正在同两个人聊天。我认识其中一个，沃尔克是附属医院中西医结合科的美国留学生，网球打得超好。孙朝晖介绍另一位叫鲁黄，一附院骨科的博士。打过招呼后孙朝晖问我来做什么，我亮了亮手里的纸袋说找尚尧。孙朝晖鼻子里哼了哼，转身对沃尔克和鲁黄继续说："他要真把我惹急了，我就把他的老底儿全翻出来！"

看来鲁黄是一个谨慎的人，他瞟了我一眼，目光警惕没有接茬儿。我问孙朝晖这是在跟谁不共戴天，孙朝晖说："还能有谁，我们尚院士呗！"

我应了一声，表示了解。孙朝晖和尚尧之间的矛盾在博雅是一桩有名的公案。孙朝晖最早是工农兵学员，1978年考上尚尧的研究生，成为他的开门弟子。硕士期间，孙朝晖实验证实神经递质茶酚胺碱在中枢神经逆行性病变中的重要信使作用。这一发现为帕金森氏综合征等多种神经系统病变的治疗开启了希望之门，在国际神经病理学界引起震动。尚尧获批成为中科院院士，其中最有分量的一部分工作就是这个研究成果。

但后来，两人在这一成果的归属权上产生分歧。孙朝晖说当初他提出做这个研究时，尚尧以以往资料都证明为阴性而反对，孙朝晖私底下用别的课题节省出的材料偷偷做实验，待拿到确凿的阳性报告后再去找尚尧，尚尧才改变了态度。孙朝晖认为自己是这个成果的第一发现者，而尚尧沽名钓誉，霸占了他的劳动。

对此，尚尧另有一套说法。尚尧称当初这一成果在国外刊物首次发表时，他让孙朝晖做了第一作者，这等于确立了他的身份。尚尧只是在后来国际发表和报奖中将自己的名字排在了前面，而按国际惯例，研究生的科研成果理应归其导师所有，自己这样做没什么不对。孙朝晖却脾气倔强,四处申诉告状,让尚尧大跌面子。尚尧一气之下停掉了孙朝晖的课题经费,不准他用科里的实验室,等于把孙朝晖"挂"了起来。

我之前听穆晨锤讲过有关尚尧和孙朝晖的纠葛。穆晨锤在英国留学时孙朝晖去进修过一年,两人关系很好。穆晨锤同情孙朝晖,暗中准许他使用神经生物的实验室继续实验。这一点,尚尧是知道的。在事实的公正性方面,我比较信任穆晨锤,觉得尚尧有失厚道。可是,尚尧身上有种奇怪的魅力,总让我一再放松固有的道德标准,包涵他、容忍他,漠视他的问题。我劝解孙朝晖:"你们毕竟师徒一场,何必搞到这么剑拔弩张、势如水火。"

"哼,就是师傅他才这么豪取强夺,换别人还不敢呢。"孙朝晖愤愤不平。

"我同意舒小姐的意见,"沃尔克个子高高的,穿一身休闲装,斜靠在桌前,他摸了摸青白干净的下巴,一板一眼地说,"你们中国有句古话,'与其是是而非非善善而恶恶,莫若两忘而化其道也',凡事应以和为贵,有话好好说。"

我被沃尔克好玩的发音逗乐了,夸他汉语了得,连《庄子》都知道。沃尔克客气地鞠躬致谢,说:"'书山有路勤为径,学海无涯苦作舟',汉语确实很迷人,我需要学的东西还很多。"沃尔克用手画了一个大大的圈,说:"浩如烟海。"

我玩笑地奉承说:"看来我们中国五千年传统文化得靠一美

国友人继承啦,真是'不远万里,来到中国'啊!"

"不远什么?"沃尔克显然没有读过《纪念白求恩》,他因此困惑。我忍俊不禁,孙朝晖和鲁黄也哈哈大笑。见此情景,沃尔克有教养地陪着傻笑起来。

我又跟孙朝晖聊了一会儿,告辞离开。

晚上,我去到尚尧家拜访。

"Welcome, welcome, my pretty girl!"尚尧的夫人梁馨平开了门。尚尧从二楼书房出来,站在挑空的栏杆前,张开双臂热烈欢迎我,随即从楼上下来。

我递上生日礼物,介绍说这是一只俄罗斯的赤铜镂空杯托,尚尧十分欣喜连说懂得,顽皮地小声说:"前年有一次,我从布鲁塞尔坐火车到圣彼得堡,软卧车厢里就有这样的杯托。我喜欢极了,恨不得偷一只回来,呵呵!"

尚尧引我上楼。梁馨平在后面问我喝点儿什么,尚尧热心推荐一种特别的巴西咖啡豆,但是要现磨现煮。我犹豫了一下,还是听从尚尧向师母道了辛苦。

我随尚尧刚进到书房,他便抱住我强要来吻我。我极力挣扎,慌张地说:"哎,哎!您太太就在楼下呢!"

尚尧不听,从后面伸手到我胸前,手指敏锐地捏在突出的部位上。我浑身一阵燥热,像有一股电流传遍全身。我惊叫一声,从尚尧的怀里跳出,转身到屋子一侧一张深蓝色北欧风格的单人沙发后面。

尚尧做了一个诙谐的表情，走去打开书柜，挑出一张莫扎特的小夜曲，放到他那架古董级的唱片机上，搭上唱针，自己坐到另一张沙发里，示意我也坐下。

"舒展，有一句话我要负责任地告诉你：你的确非常迷人。"尚尧说。

"这跟您有什么关系！"我态度严肃，"您应该对您太太忠诚！"梁馨平是尚尧的远房表亲，比他大两岁，两人在美国结婚，后来一同回国。梁馨平原是附属医院护士，几年前退休。尚尧和梁馨平的大儿子大女儿分别定居美国和法国，早已成家立业。次子尚津担任德国一家跨国钢铁公司中国区的首席代表。拥有这样一个家庭，要我想是不应该再乱来的。

"嗨，我和梁馨平的事就不要提了，我们的婚姻是一个悲剧。我们是两类人，说着不同的语言，我的话她永远不懂。"尚尧苦笑着摇头。

"梁阿姨对您那么好，什么活儿都不让您做。"博雅的人都知道，即使"文革"期间，尚尧因为作风问题受到冲击，梁馨平也依然把他侍候得像一个绅士，优雅高贵、风度翩翩。尚尧忽然不高兴，说："难道我在找保姆吗？因为她照顾了我的生活，我就必须感恩戴德一辈子？"

"可我看您对梁阿姨也很亲热啊，'夫人'长'夫人'短的。"

"不然怎么办嘞？我总不能整天哭丧着脸，那样对孩子不好。说实话，我维持这个婚姻，多半是为了孩子。"

"您还会考虑孩子？真是荒谬！"我不客气地说，"您做了这么多风流事，难道不是对孩子的伤害么？"尚尧对我诉苦他婚姻不幸我总不信，觉得那不是真的。或者，问题也一定出在尚尧，是他什么地方做得不对。我换了一个话题，询问尚尧的身体。比较尚尧不满意的夫妻感情，我更希望他拥有健康。尚尧耸耸肩，看看自己说："还活着，但一天天老下去。"

"得啦，您也会承认老啊！"我笑道，"您就像夏天的蚂蚱一样精力充沛，像钻石一样坚硬无比，岁月的刀斧在您身上刻不下痕迹。"

"说真的，我以前确实不觉得自己老，但前两天发生了一件事，我不得不承认我的确已经老啦。"我问是什么，尚尧说："你知道基础部大楼外面有一圈冬青对吧，有一米宽，膝盖那么高。"尚尧比量着，"前两天下班时我经过那里，就想说从冬青上跳过去。——你知道，以往我是经常跳的，可你猜这一次发生了什么？"

"您不会告诉我，您一脚扎到冬青里拔不出来了吧。"我打趣道。

"不是。"尚尧纠正说，"我跳是跳过去了，但脚碰到了冬青的叶子。"

"哇噻！"我惊叫，"您不至于对自己严格到连脚尖都不许碰一下冬青叶子吧。"

"我以前可从来没有过。"尚尧认真地说,"我当时就想:呵,我也终于到老的一天了。"

"您对自己太苛刻啦,这样不好。"我劝说尚尧。

"舒展,你不知道年轻多么叫人羡慕!"尚尧情不自禁地越过茶几握住我的手。我动了动,没抽出来,便放弃了。我一时对尚尧心生怜悯。我不赞同尚尧对他家庭不幸的诉说,也不欣赏他追蜂逐蝶的做派;可是,如果尚尧说他介意了跳跃冬青墙时脚尖碰到叶子,我就要尊重他的感受了。倘若别人哀叹自己衰老也罢了,我尤其不希望尚尧这样。尚尧太心高气傲了,他骄傲得要命,简直会伤到自己。他是那样风华绝代、才情四溢,这样的人是不应该被岁月困扰的。如果可以,我倒宁愿把我的青春输送一些给他。

尚尧拽我的手,要拉我到他的一边。我不肯,尚尧一意要我过去,我片刻迟疑,还是站起来到尚尧面前,面对面在他身上坐下。尚尧环抱住我,仰头望着我,目光温存而柔软,像新生儿的一缕头发。我撩起尚尧的头发,一股好闻的古龙水的味道散发出来。我发现尚尧仔细染过的头发根部几乎全白了,心中涌起一阵怜惜,十指插进尚尧的发间,一遍遍深深犁过去,像在做某种神秘的法术,意在把我体内的活力传递给眼前这个男人。

尚尧埋头在我胸前嗅着,动手解我的羊毛衫扣子。"哦,这样不行!"我慌忙抓住尚尧的手,制止他。尚尧继续他的动作,低声说:"让我吻一下,只一下!"

"不行！别这样！"我说着要从尚尧身上起来，被尚尧将两只手腕箍住，动弹不了。尚尧将我的双手交到他的一只手里攥住，腾出另一只手又来动作。

忽然，楼梯上传来梁馨平的脚步声。我紧张地挣扎，对尚尧说："快让我起来，梁阿姨来了！"

尚尧却不松手，反而抱我更紧。尚尧肆无忌惮和无所顾忌的样子，仿佛根本没听到妻子逼近的脚步声，不知情形有多危险。我吓得魂飞魄散，每一根头发都竖了起来。我低声哀求尚尧，尚尧非但不放开我，更伸手进到我的衣服里，握住我的乳房，坚持要"吻一下"。

我突然感到了绝望，我绝望极了！我一下子放弃了抵抗，任由尚尧做了他想做的。尚尧迅速而娴熟地剥出我的身体，在上面从容地吮吸了一口，然后"哗啦"掩上我的衣服，将我一把推开。

这一切尚尧做得如此缜密从容，他竟还来得及在吻完之后冲我顽皮一笑。

我跌进沙发，两手掐住自己的脖子以遮掩还开着口的衣领。就在这同时，梁馨平出现在门口。她手里端着一只保加利亚描金漆盘，上面放着配套的两只咖啡杯、一盏奶盅、一个方糖碗、一小碟瑞士曲奇饼干和一盘剖开的猕猴桃。

猕猴桃旁边，是两只小巧精制的银质勺子。

我觉得我就要死了！

"嗨，辛苦！辛苦！"尚尧迎着梁馨平过去，将我挡在他的身后。尚尧一边说笑，一边接过梁馨平手里的托盘。趁这短促的时间，我迅速扣好毛衣扣子，内衣都顾不得整理。尚尧送走梁馨平回身到茶几前，放下托盘，看着我笑，像一个被宠坏的孩子，做了坏事还得意，毫不懂得负责。我生气了，横了尚尧一眼，责怪他："您刚才太过分了！"

"你是说和你'偷情'的事？"尚尧顽皮地说。

"谁跟你偷情啦！"我严厉地嗔斥。

"你还否认，"尚尧弯腰凑近我耳边，故意压低声音道，"难道不是么？刚才，你已经是在偷情了。"

回想刚才的情景，我觉得真有点儿那个意思，不由得羞愧恼怒，抬手去推尚尧。尚尧一把抓住我的手腕，在我手背上轻佻而不失优雅地吻了一下。

"您这样是不对的，梁阿姨没有对不起您。"我狠狠抽回手，用另一只手去擦尚尧吻过的地方。

"一辈子从一而终就真的道德吗，我认为这恰恰是不道德的。"尚尧坐回到他的座位里，回复到认真的语气。

"那您可以离婚啊。"我说。

"离婚对孩子不好，我不愿意伤害孩子。"

"又拿孩子当幌子，要我看，您是怕离婚了没人伺候您。您现在多舒服啊，衣来伸手饭来张口、吃香的喝辣的，还什么活儿都不干。"

"什么话,我有那么庸俗吗?"尚尧强烈抗议。我扭头暗笑,不理尚尧。尚尧掰着手指说:"我有三点原则:第一点你知道的,我不跟学生谈恋爱,那是一种'权力暴力',是不道德的。第二,我从不强迫对方。第三,我……"

我打断尚尧,说:"您意思是说,所有您上手的都是人家自愿的?"想到自己一再被烦扰,我忽然很烦,"可您能肯定,这里面不存在诱惑的成分吗。诱惑也算是一种'暴力'啊!如果您不先去诱惑对方,人家可能一直维持自己平静的生活。"

"至少我没有利用职权换取性资源。"尚尧说,"这就是我的第三点:我不做'交易'。你看看报纸杂志上,现在有多少官员养情妇、嫖娼、接受性贿赂,他们凭什么这么嚣张?因为他们把他们屁股底下的位子和手里的权力看做他们自己的东西,可以拿它们来攫取性利润,这是对女性的极不尊重。"

"您大可不必这么生气,"我挖苦说,"您跟他们也就是'五十''一百'的事儿,谁都犯不着说谁!"

《法医学图谱》

我允许尚尧吻了我之后,再没能成功拒绝过他。这让我很心烦。

我一边想着这样和尚尧不对、不应该,另一边又做不到绝然翻脸。我知道,如果我坚决拒绝,尚尧是不会强行胡来的;但那样他会很不高兴,像得不到玩具的小孩子,跟大人乱发脾气,恨不得撵我走开。

而我不想就"走开"。我不想"失去"尚尧,我想"待在"他身边,就像一颗行星待在一个恒星系里——你看,我之前也用过这个比喻,但那恰恰是想说明相反的一个意思。你不知道尚尧是一个多么优秀的人,他的智慧和风采如同光芒四射的太阳,让你的生活也蓬荜生辉、光彩照人。问题是,我们之间的平衡已经打破了。就像逆水行舟,我和尚尧的关系若不依着他继续向前,就会大踏步倒退,退到无法维持,彼此没有关系。

我时常在心里盘算我和尚尧的事。我想的最多的不是对与不对、该与不该的问题;而是容忍还是不容忍,以及容忍到什么程度的问题。我这样说你不要误会,以为我受了多大委屈。事实不是的。尚尧不认为偷情是一件值得羞耻的事,他的"三点原则"替他屏蔽掉了来自外界和自身的谴责,使他得以有充分的心情对这个过程的每一个细节进行审美。实际上,尚尧让我很快乐。

但我坚持认为偷情是不对的,这才是我烦恼的源泉。我问尚尧是不是我哪里做得不妥,我要他告诉我我可以改。尚尧笑了,他说舒展你没做错什么,要说有"错",就是你太迷人了,所有男人见到你都会想入非非。

"不是的。"我纠正说,"不是所有男人都这样。"

我这样说时心里想到了穆晨锺,我心说:穆晨锺就不是这样。

一开始，我和穆晨锤的关系很纯洁，完全可称高尚。

穆晨锤确定录取我之后，就与我商定了硕士题目。他给我开列出一份书单，并建议我课余时间多到研究室走走，看看其他同事的实验，以尽早进入状态。我的研究课题是《哺乳动物终纹床核的细胞化学构筑》。这个题目是穆晨锤手上一项"863"国家课题的子课题。终纹床是哺乳动物大脑中的一个核团，属于边缘系统。边缘系统是哺乳动物发育相对晚近的一部分中枢神经，负责调节个体情绪情感、生殖、种族繁衍、记忆与学习。这里面，既有动物最原始最本质的生理功能，又有最高级最复杂的智力活动，边缘系统因而被称为"大脑的大脑"。研究生一上手就做如此高水准的项目是一件幸运的事，对今后的发展十分有利。

这天下午，我下课后去科里，帮助师兄罗艺兵处理他的一组空白对照的大白鼠标本。罗艺兵是穆晨锤的博士生，他本科时因失恋精神受到刺激，一度醉心于偷窃女生内衣。事发后学校要开除罗艺兵，恰巧穆晨锤得知此事。穆晨锤亲自到学工部替罗艺兵陈情，促使学校撤回了对罗艺兵的处理，并招罗艺兵为自己的研究生，帮助他重新建立健康的生活。

我和罗艺兵的友谊可以上溯到两年前我大二时的学校春季运动会上。当时，我正站在跑道内侧为英语系万米长跑的选手加油，看见罗艺兵跑在最后被第一名落下一圈多很是可怜，便追着把手里剩下的半瓶子凉水悉数洒到了他的身上。我不认识罗艺兵，不知道他当时正试图借助长跑消耗自己，同恋物癖做艰难的斗争。我偶然的善举完全因为他看上去太弱势群体了，转身我就把这事给忘了。两年后，我进入神经生物研究室。罗艺兵第一时间出现在我面前，成为我最要好的师兄。

我正在动物房给大白鼠做灌注固定，穆晨锤路过看到，随即进来站在手术台旁看我操作。我心里紧张，极力想要做得漂亮，手都微微地抖。穆晨锤等我做到一个段落，接过我手里的外科剪，在几处细节的地方给我做了指点。我看穆晨锤娴熟优雅的动作，心里十分敬佩。穆晨锤有两只保护得非常好的手，修长白皙、灵巧细腻。我想起"红舞鞋"的故事，觉得穆晨锤的手指就像充满激情的舞者，被赋予了灵魂。我把这个想法告诉了穆晨锤，穆晨锤说他在英国留学时导师文森特教授就称赞他是"Gold Finger"。

我低头翻看自己的手。我身高不矮，有一米六七，手却奇小，两面都是肉，同学取笑我，给我起名"小手多肉子"。穆晨锤见我看自己的手，会意我的想法，说：

"'金手指'是一种境界，并不真的在于尺寸大小。"

我被穆晨锤看破心思，忍俊不禁，出声地笑起来。

"舒展，我发现你很喜欢做动物实验。"穆晨锤忽然说。

我收住笑，不安地瞟了穆晨锤一眼。罗艺兵告诉我穆晨锤一向强调实验道德，珍爱小动物。此刻穆晨锤突然提到我喜欢做动物实验，我疑心他认为我残忍，一时不知该怎样回答。

"而且，你还喜欢到图书馆看那套《法医学图谱》。"穆晨锤又说。

"您怎么知道？"我停下手里的动作，吃惊地问穆晨锤。

典藏室是校图书馆里一间收藏经典工具书的阅览室，只对本校教师、在读研究生和英语系学生开放。我知道书库最尽头倒数第二排书架最靠窗户的底层，放着一套七卷本的全彩铜版日文版《法医学图谱》。《法医学图谱》里收录的全是各种意外死亡的案例：有的脑袋被斧子砍了，一下没开，砍了好多下，脑袋全烂糊了。也有的被碎尸，剁成十来块，发现后被毫无逻辑地随便堆在一起。还有的遭遇毁容，整个脸都化掉，五官像泥石流一样流得到处都是。我印象最深的是一个死人的"皮样手套"。尸体长时间在水中浸泡，皮下结缔组织腐烂变质，与肌肉分离，手掌皮肤能像手套一样完整地蜕下来。那张图片上，蜕下来的"手套"颜色发绿，流着脓水，打着丑陋的褶皱，像一只五百岁老妖精的手，极其恶心。博雅医学院没有法医学系，在我之前没人借过这套《图谱》。我不好意思把《图谱》搬到书桌前看，每次都抱着它们躲到阅览室尽头的杂物间里偷偷翻阅。穆晨锤是图书馆的常客，三年前他偶然注意到典藏室里摆放《法医学图谱》的架位上经常只插着一块借书牌，却又没见谁在阅览这套书。出于好奇，——或是出于别的什么原因，一次穆晨锤按照标牌号码到借阅登记处询问，发现一直以来偷偷取走《图谱》，跟它们一起"不翼而飞"的居然是一个年轻的女学生。

借书证上，我正对着每一个人露出天真无邪的笑容。

研究生面试时，穆晨锤联想起在典藏室发现的这个"秘密"。我离开后，他立即对我展开了调查。结果，包括孙朝晖在内的几个任课老师都向穆晨锤"举证"，说我是一个"嗜血"的古怪女生，尤其喜欢尸体。如同对罗艺兵的判断，穆晨锤认为我是一个"病孩子"，恐怕哪里出了问题。穆晨锤有一种基督式的奉献与救赎情怀，特别爱帮助病弱者。因为这个缘故，穆晨锤才让过成绩更好的张静，特别收我为他的研究生。

——如果穆晨锤能够预感，他的这个高尚的决定会像一道谶咒，于三年之后如期而至地毁了他的生活，他也许会犹豫再三，然后，放弃。

但当时，穆晨锤一点儿这方面的预感都没有。

我进到神经生物学研究室后，穆晨锤一直观察我，寻找机会开始对我的"治疗"。此刻，穆晨锤认为时机到了。穆晨锤跟我谈起《图谱》，他问我那些东西给我带来了什么。

"死亡。"我很坦白，说，"还有与死亡有关的血腥、残酷、肮脏和无常。"

穆晨锤问我看到它们的感觉，我说："恶心！"看到那些血腥的画面，我的身体反应非常强烈，头晕、恶心、胸闷、气短、胃部痉挛、浑身无力。

"既然这样，你为什么还要看？"穆晨锤问。

"我就是想看。"我说，"它同时也让我平静。就像吸毒者，只有毒品才能让他们恢复平静。"

"舒展，你的生活中经历过死亡吗？"穆晨锤问我。

"没有。"我说。

"那你为什么这么着迷于死亡，你一定是有原因的。"穆晨锤十分肯定。

终于有人问我这个问题了。这么多年来，我一直等人来问我这个问题。我如同拿着一封地址不详的信，一直等人来取。我曾想跟尚尧讨论这个问题，但他不问我这个。尚尧问我的学业、问我的娱乐，但他不问我的生活。死亡是我生活的一部分，它是我生活中很重要的组成。尚尧不爱分担别人的生活，他要你自己长大，然后再来分享你。

因为尚尧不肯分担我的生活，我才不情愿让他分享我的身体。他至少应该先进入我的生活，再进入我的身体吧，我是这样想的。

穆晨锤和尚尧不同。穆晨锤在还没有见到我时就想分担我的生活了，他见到我以后更决意进入我的生活。我忽然觉得和穆晨锤很亲近，仿佛是我的亲人。

小时候，我一直热衷于玩一种"奔丧"的游戏：我让母亲装作刚刚去世的病人。我先做医生，在经过一番抢救之后证实病人死亡。我用被单给母亲没头盖上，然后退出房间带上房门。这时，我变换角色为病人的女儿。我猛然撞开房门，跟跄扑到母亲床边，撕心裂肺地哭喊，痛不欲生地揉搓她、呼唤她，像呼唤一个亡者离去的灵魂。

　　每次做这个游戏,我都表演得惟妙惟肖、声情并茂。在这件事情上,我非但没受到一向严厉的母亲的训斥,还得到她的配合。母亲总是在我折腾得她实在受不了的时候,才像一个借尸还魂的人一样笑出声来。她把我从身上推下去,用枕巾擦着眼角流出的泪,又好气又好笑,说:"这孩子有毛病,总盼着她妈死!"我也笑着,就势倒在母亲身边,趁机跟她依偎上一会儿。

　　大约我的叙述让穆晨锤感到意外,他好半天没有说话。我站起来,到手术台前试了试大白鼠大腿的肌肉。那肌肉因为注入了固定液,已经发白变硬,失去了活体组织的质感。穆晨锤这时说:"舒展,你对这个游戏的嗜好,缘于你对死亡的恐惧。"

　　我看着穆晨锤,心里充满了感激。穆晨锤说得没错,我这种在别人看来不可思议的举止,是因为我对失去父母的担心。我大概最早告诉过你,我和我父母的年龄相差很大。我出生时,父亲已经46岁,母亲也42岁了。伙伴中,没有谁的父母像我父母这样大年龄。大院里也有一些人,他们自己很老,他们的孩子却很小。那是因为他们解放后进了城,跟乡下老婆离婚另娶年轻妻子的缘故。我父母则不同。他们都很老,没有一个不老的,我搞不清他们年轻时都干吗去了。我和父母之间年龄相差这样大,就像一根绳子的接头,没有足够的重叠编织,两头都不敢用劲儿,怕一拽就会断掉。我总是担心我的父母会突然死去,因为他们太老了。

然而，我的父母并没有像我担心的那样很早就死去，他们一直活着。相反，我周围伙伴的父母，比我父母年轻许多的，有的却会突然死去。这样的事特别让我感到世事难料、命运由他。——可我还是担心，止不住地担心。我像那个"扔靴子"的笑话里倒霉的房主人，听到楼上房客扔第一只靴子的响声，就一直在等第二只。整个晚上都在等，一刻也不敢睡。

"舒展，不要这样。"穆晨锤开导我，"长时间的忧虑会让人产生悲观情绪，从而不敢介入生活。"

"这就是我的'生活'。我必须学会和死亡共同生活，等待它随时随地从天而降。就像脱敏疗法，我想我现在不断地接近死亡、接触死亡，等哪一天它真的来了，劈手夺走我的亲人，我就不至于突然发蒙、措手不及了。"

"舒展，你这样的想法是不对的。每一个人都是要死的，生老病死是自然规律，你不应该过分惧怕它。"

"我不是惧怕死亡。恰恰相反，我对死亡有一种特别的亲切感。"我口气决绝地说，"我奇怪附属医院里那么多痛苦万状的患者，他们为什么不去安乐死。那些人，他们何以不惜放弃尊严、放弃高贵、放弃身体的完好无缺，一再接受折磨人的治疗，接受残酷的手术，接受被药物和器械控制的生活。他们为什么不去死！"

"不，舒展！你一定要记住，没有人有权利放弃自己的生命。人活在世上，就是为了承受痛苦、救赎自己的罪孽，这是我们的功课。"穆晨锤过来抓住我的手,好像生怕我会突然飞走。

"我不认为我有罪。"我挣脱穆晨锤的双手,傲慢地说,"我生下来的时候,干净得像一个天使。"

萼齿花的芳香

我知道把两个和你都有暧昧关系的男人放到一块儿比较是不对的,尤其当这两个男人又关系微妙,且有些不爽时。

和穆晨锤成为情人以后,我很不想再继续和尚尧有身体关系了。我觉得那样不好,不道德。可我没办法摆脱尚尧,我不能对尚尧说:"我跟穆晨锤好了,咱们以后别暧昧了。"

这话怎么说啊。

后来,我告诉了穆晨锤我和尚尧的事。那是我们同居那会儿,穆晨锤告诉我很多尚尧过去的风流事,原来他比我之前知道的还要风流。说着说着,穆晨锤忽然问尚尧有没有对我做过什么。我吞吞吐吐,不想回答。穆晨锤看我的神情,说:"他一定对你做了什么是吧?"

如果穆晨锤不问我这个问题,我是不会主动说的。可是穆晨锤问了,我就不能撒谎了,只好支吾说:"唔,他是有的。"

穆晨锤的脸一下就绿了。他一把抓住我,说:"我就知道,我就知道,尚尧一定不会放过你。"穆晨锤气炸了肺,说:"那他现在还对你那样吗?"

我迟疑了一下，点点头，说："嗯。"

穆晨锤咬牙切齿，说："尚尧真是个老流氓，我饶不了他！"

穆晨锤说的"现在"，指的是我们的事闹大了以后。之前，穆晨锤的妻子刘苏娜怀疑我和穆晨锤有私情，到科里打了我，反诬蔑我打了她，跑到学校要求对我处分。又在这之前，刘苏娜已经把穆晨锤和他们的女儿穆青荷撵到了科里。刘苏娜来打我那天晚上，穆晨锤和穆青荷阻止了刘苏娜，并向学校证明是刘苏娜打我而不是我打她。刘苏娜气急败坏，便在一天夜里吃了安眠药。

事情就这样闹大了。

当然，刘苏娜没有死成。吃药以后，刘苏娜给穆晨锤打电话，穆晨锤慌忙回家把刘苏娜送去了医院。医生给刘苏娜洗了胃，她睡了一晚上就好了。

我则一夜成名，成了校园里的绯闻明星。博雅所有的人都知道穆晨锤和一个女研究生搞婚外情，逼得他老婆自杀。在大多数人的眼里，这是一桩显而易见的道德案件，涉及各方的角色是这样的具有先验性：一个是年老色衰的妻子，一个是喜新厌旧的丈夫，一个是半路插足的第三者。

穆晨锤家庭不幸在博雅尽人皆知。穆晨锤妻子刘苏娜是博雅附属医院急诊科的护士，平时在医院，刘苏娜对待同事和病人都很好，唯独回到家就像变了一个人，刁蛮、恶毒、毫无善良和修养。穆晨锤脾气好、肯忍耐，包揽了一切家务，刘苏娜还动不动就把穆晨锤赶出家门。长期以来，穆晨锤一直得到善良人们的同情，更有人劝穆晨锤把刘苏娜给休了。然而，一旦事情发生，人们的反应还是这样的不能容忍。人们可以继续为穆晨锤的婚姻欷歔感慨，那映衬了他们生活的优越和略施善心带来的满足；可他们不愿意穆晨锤自己动手改善状况，那样会让大家不安。

站在我这一边的人很少，只有罗艺兵、孙朝晖和鲁黄，连梅丹冰都批评我。鲁黄就是那个骨科博士，他当时是我的男朋友。尚尧的反应最特别，他见到我只字不提，像什么事都没有发生，依然亲切幽默谈笑风生。然后，依然要跟我亲热。

这后一点让我很不自在。最早为换导师的事，我信誓旦旦地跟尚尧说我和穆晨锤没有特殊关系，现在发生这样的事，尚尧心里一定有想法。因为这个，我就不愿意再跟尚尧亲近，觉得有点儿对他不起。况且我正在风口浪尖上，心情不好不说，我想我要是还跟尚尧这样，那不真成了刘苏娜骂的，是一个"狐狸精"啦。——刘苏娜还骂我是"婊子"。

我心里抱怨尚尧，觉得他不体谅我，一点儿都不替我想。

穆晨锤问我尚尧都对我怎样了，我搪塞说没怎样。穆晨锤知道我的身体还没有被动过，但他仍然想知道过程。穆晨锤追问尚尧什么时候开始追求我的，怎样得的逞，都干了些什么、到什么程度。

我不会撒谎，只好一一回答。——但我略去了尚尧动作上的细节和我身体上的微妙感受。另外，我也没告诉穆晨锤我内心为这件事的挣扎和我为什么一再答应尚尧、妥协于他。

这很难说明白，所以我就没说。

穆晨锤把所有的错都归到尚尧身上，骂他强迫了我。坦白讲，我认为穆晨锤的这个结论有失中肯，事情不全是那样的。我并不是一点责任没有——至少，我对我的行为负有责任。但这话我没法对穆晨锤说，怕引起他更多的误解。

因为不能叫穆晨锤理解，我心里又添了对尚尧的歉疚。

穆晨锤就此恨上了尚尧。穆晨锤说尚尧一贯品行不好，风流成性，为这事儿好长时间里职称级别被组织压着没上去等等，又说尚尧的学问也不像外面传得那么了不起，只是沾了英文好的光而已。穆晨锤说："包括当选科学院院士，他要不是拿了孙朝晖的成果，也不一定就能得到。"

穆晨锤这样把尚尧说得一无是处，我心里很不是滋味。尚尧有他的问题，比如风流、比如精明、比如善于包装自己，但他学问做得好做得认真应该是不存异议的。穆晨锤待人一向宽容，总看到别人的优长，尚尧绝对不应该成为他最激烈谴责的人。我第一次发现了穆晨锤也有不公正客观的一面，这在以前是我无法想象的。

实施"V计划"，我做了充分准备，特别选择了日期。我只想失去我的贞节，可不想惹出别的麻烦。比如，怀孕什么的。

在我还是一个孩子的时候，我就下决心一辈子不生孩子。大三时，我们到妇产科实习。我曾经认真询问过林姝主任，我可不可以做绝育手术。结果我被林主任骂了一顿，她拍着我的脑袋说:"傻孩子,你给我记住:生育是上帝格外赐给女人的礼物,让我们比所有男人更能体验什么是幸福,你怎么能够放弃!"

我也觉得自己傻。这倒不是因为我听从林姝的教诲,改变了人生观。实际上,我根本没有被她说服。林姝是中国最有名的妇产科医生,经她双手有成千上万个婴儿来到人世。可她自己一直独身,一辈子没结过婚生过孩子。她的话还不是纸上谈兵空对空?我想。

我所以觉得自己傻,因为我跟林姝论证是否放弃生育权时我才20岁,还是一个姑娘。我难为情地想,林教授听我这样讲,一定以为我是一个品行不端作风败坏的学生呢。那我可冤枉死了,比窦娥还要冤。

我初潮很早,还不到9岁就来了。那天清晨,我提着沾有血污的裤子尖叫着从卫生间跑出来时,母亲正在楼下院子里耍剑,最先面对我的是我的父亲。惊吓使我哭了起来,我慌乱地对父亲喊:"爸!我屁股流血啦!"

因为猝不及防,我患上了严重的经前期紧张综合征,每到这个时候便情绪波动,压抑,悲观,愤怒,容易上火。

今天我就特别冲动,冲陈子东发了火。

中午,陈子东来电话说有一封穆晨锤的信。穆晨锤因为偷跑出国,他给我的信都寄到陈子东的公司由他转给我。晚上,陈子东开车带我去了崇文门那儿的马克西姆餐厅。我因为想着明天的"V计划",还有事情要做,心里就不耐烦。陈子东不知道,点了足够四个人的菜肴，还跟我开玩笑，把穆晨锺的信拍在餐桌上"刺溜"推给我，说："你这导师最近可够邪乎的，一周三封信，每封都半寸厚，他真有那么多学问要教你吗？"

之前，我骗陈子东说穆晨锺的信是关于我的研究课题，不方便寄到科里，要他帮我代收。我不是一个爱撒谎的人，爱情让我学坏了。陈子东的玩笑或许无意，我听着却心虚。恰巧我又要"来事儿"，一时没搂住就火了。我把高脚红酒杯往桌上一蹾，冲陈子东大声嚷道："你不愿意帮忙就别帮，哪儿那么多废话！"

我扯下餐巾摔在桌上，抓起信就走。陈子东吓了一跳，起身拦我。我甩开他冲出餐厅，陈子东连忙会了钞追出来。我气呼呼地在前面走，陈子东跟在后面一迭声地道歉。我到马路上拦了一辆黄面的，不顾陈子东的苦苦乞求，钻进车厢砰然摔上了车门。

回到学校，我急急收拾了东西跑去澡堂。——我所以在马克西姆餐厅冲陈子东发脾气，除了要命的经前期综合征，另外还有一个原因，是我要赶着回来洗澡。明天实施"V计划"，我必须把自己弄干净了。

——你看，事情的来龙去脉我其实很清楚，只是说不出口，说出来的都不确切，都有意无意为自己开脱，把责任推给别人。

从浴室回来，宿舍里冷冷清清一个人都没有。我这时感到了饿。想到马克西姆里那些我几乎未动一下的鹅肝批李子兔肉批蒜汁沙司羊排和青菜烤乳鸽，我后悔起刚才的冲动。我翻出一袋康师傅用电热杯煮了，坐下来边吃边拆穆晨锤的信。

我说要丢掉我的贞节后穆晨锤吓得不得了，接二连三地给我写信，求我千万不要做对自己不负责任的事。我觉得很生气。身体是我自己的，我要向谁负责？我草草看过一眼，就把信扔到了一边。

吃完方便面，我铺开纸给穆晨锤回信。我告诉穆晨锤我就要让尚尧帮我完成"V计划"了，我说："我明天会把详细过程告诉你的。"

写完信，时间还早，我独自待在宿舍里不知干什么好。想到即将失去贞节，我难免心潮起伏。我冲了一杯热巧克力喝了，心潮仍然起伏。我又待了一会儿，去了水房一趟，回来锁上宿舍房门，关掉房间里的大灯，将床头灯打开，站在门后的穿衣镜前，一件件脱去衣服。

我要好好看看我的身体。明天，它就将不一样了。

除去了织物的遮蔽，我的身体像打开的潘多拉盒子，散发着浴后的芳香，闻上去像一朵花。我不瘦，有一些胖，但是年轻女孩的那种胖，像一株灌饱了浆的麦子，结实、紧凑、生机勃勃。我的多民族的血统这时显示出它们全部的好处：我的身材有着北方种族的风格，挺拔、高挑、坚强、傲慢；皮肤却是江南水乡的韵致，光滑、细腻、富有弹性。我额头饱满、脖颈颀长、肩膀滚圆，看上去明显有着朝鲜族女性的特征；而我丰腴的胸脯、微隆的小腹和柔和得像一把上好提琴的腰肢，又与维吾尔族姑娘一模一样。这多么奇妙啊！原来，我身体的每一寸肌肤都不是无缘无故的，它们都事出有因、有迹可循，它们根深叶茂、源远流长。虽然我从未和我的祖辈见过面，不知道他们的音容笑貌、气质禀性，他们终究以这样的方式和我发生了关系，在我身上留下了血缘的密语。

这样想着，我心里就有一种从未有过的温暖和幸福。

我的目光像一缕蚕丝拂尘，从上向下轻柔而缓慢地扫移，最后落到身体中央那片浓密的三角区上。三角区的毛发异常浓密深厚、卷曲蓬松，像子夜的梦一样乌黑发亮。因为这个，白灵灵最初一口咬定我有过性经历，任我怎么跟她发脾气否认都没有用。我曾经很为它们羞怯，此刻心里竟有了一丝骄傲。我伸手抚在上面，轻轻揉搓着那一团毛发，一种神秘的花香气息像熏香炉里的香料，从我身体的深处袅袅散发出来。

和穆晨锤同居的第一个晚上，穆晨锤跪在我卧室的地板上，头深埋进我身体里一味地嗅着。我双手抚住他的背，感觉到他弯曲的脊柱下不停地战栗。良久，穆晨锤抬起头，长吁了半口气，尚留下半口在胸腔里，对我说了他在这部小说刚开头说的那句话。

他说他现在不要动我的贞节，他要把它留到以后我们结婚的时候。

我听了难为情，支吾着问他怎么知道。"噢，我当然知道。"穆晨锤又埋下头，在我身体中央那团黑亮浓密的毛发中贪婪地嗅着，说："舒展，你身上还是处女的气味呢。"

"处女的气味？"我头一次听到这个说法。

"欧洲有一个被称为'绝对生物学'的学派，他们认为人类社会的一切形式和制度都有其深层的生物学根源。比如'处女崇拜'，以往人们都是从社会学入手，认为那是原始社会后期，社会财富出现积累，财产继承成为一个问题后，人们迫不得已形成的一种对策。男人们相信，只有第一个被自己进入的女人生的孩子才是自己最保险的后代。对此，英国生理学家惠灵·都德另有解释。都德首先发现了'Virgin Smell'，按照她的说法，'处女崇拜'是因为处女本身散发一种气味，比其他女性对异性更有诱惑力、更能刺激他们的性欲。"

"有这回事吗？"我表示怀疑。

"我有一个法国朋友戴维斯，他是清朝方绚的《香莲品藻》和民初姚灵犀《采菲录》的法文译者。他提出一个观点，认为中国古代妇女的缠足，除了封建礼教父权制度和性别歧视的原因外，还有一个纯粹的生理原因，就是男人对女人足部气味的偏嗜。人脚掌上除了汗腺外还有大量的类性腺，它们是人类原始性特征的残留之一，可以给人嗅觉上的性刺激和性快感。——当然，这种体验要我们今人想起来可能难于理解。总之，'绝对生物学'学派认为'人是生理的'，这是他们的逻辑起点。"

"可是，它很容易被闻到吗，那种'处女的气味'？"经穆晨锤这么一说，我倒担心我的处女身份会像超市货架上的标签昭然若揭。

"哦,放心,不会的。在人类的进化中,嗅觉是唯一退化了的感觉系统,这跟语言的产生和发展有直接关系。但语言其实是很不准确的表达方式,这一点人类并没有充分认识。"

"那么,什么是'处女的气味'?"因为说到"处女",我用了英语。

"萼齿花。"穆晨锺说,"都德观察到,春天的时候,发情期的母羊十分爱吃一种叫做'萼齿花'的草本植物。它们为了寻找这种并不多见的花,常常不避艰险跑到山顶牧场很高海拔的地方。萼齿花的形状跟处女的外阴很像,暗紫色双层复瓣,底下一层叶片阔大肥厚,上面一层比较菲薄,中央有一个齿状的小孔,里面是花蕊。都德发现,吃了这种花的母羊更容易吸引公羊,获得交配的机会。"

"所以说,自然界中万事万物都是彼此照应、互为因果的。"穆晨锺伸手探进我的私处,摸到一片湿润递给我。我嗅了一下,记住了这种气味。

我有很好的嗅觉,这是早产留给我的未进化好的遗迹。

"那么,处男呢?"我好奇,"童男子是什么气味?"

"艾苋草。"穆晨锺说,"一种生长在雪线以上的高海拔荆棘植物。"

第二章

迷恋女人乳房的孩子

周六早晨,基础部大楼里冷冷清清。我先到实验室转了一圈,确信科里空无一人,才叩响了尚尧办公室的房门。

尚尧是一个勤奋的人,周六周日上午都到办公室来。

"嗨,你怎么来啦?"尚尧给我开了门,惊奇地说。

"我来加第二抗体,想您肯定在。"我有些紧张,从尚尧身边哧溜进到房里。

"我让你再加一组递减性激素的试验做了么?"尚尧在我身后关上房门。

"做了,我就是在等这一组,下周三可以出结果。"我说。

"好的,结果出来了我们再讨论。"尚尧在桌上的台历上记下一笔。

——唔！有件事我可能忘了说，尚尧现在是我的导师了。

穆晨锤决定偷跑出国后，跟我谈到我的未来。神经生物研究室我显然不能再待下去了，穆晨锤就想到了尚尧，说："要不，你转到尚尧那里怎样？"

我不知道穆晨锤的这个提议是不是因为他急于出国没有办法。按照之前穆晨锤对尚尧的态度，他应该宁可让我退学也不会把我送到尚尧那儿去的。我心里难过，想事情怎么会这样？穆晨锤反安慰我，说没事的，他去跟尚尧说，相信这个面子尚尧还是会给。

我面露犹豫，没有吭声，穆晨锤误会了，说："你不要怕，我去告诉尚尧我们之间的关系，要他不要动你。"

"噢，千万别！你这样说，明摆着知道尚尧对我做了什么。"我叹了口气，说，"还是我自己去找尚尧吧，我跟他谈。"

我拖到最后一分钟才去找尚尧。没想到，我才只开了个头尚尧就同意了。尚尧在办公桌后面的沙发椅里轻轻转着圈儿，说："如果你想离开那儿，就到这儿来吧。"

我一下哑口无言，什么话也说不出了。

之前，我曾经怀疑尚尧是否对我不介意，也怀疑过他自私、心肠冷漠。但那一刻，我相信了尚尧对我是有一份感情的，尽管我不能确定那是不是叫做"爱"。这次，尚尧没有要跟我亲热。我告辞时，尚尧很绅士地拥抱了我，就放我走了。

尚尧动用他在学校的影响，只花了两个工作日就把我的关系转到病理解剖学教研室。持续了四个月的"穆晨锤婚外情"就此告一段落。尚尧在那样的时候高调调我过去,不仅替我挽回了尊严,也使之前围观看热闹的人感到无趣和不可思议。

我说过的,我是一个虚荣心很强的人,好胜心也强。时过境迁、尘埃落定,我甚至为自己一度成为人们关注的焦点而隐隐得意。

一年又三个月以后,尚尧为我主持了我的硕士答辩。一周后,他像婚礼中把女儿送上红地毯的父亲,挽着我的手,把我交给了颁发学位证书的校长。

我需要一个父亲,在众目睽睽之下将我送上红地毯。

这中间,尚尧仍然想要我,找机会让我为难。我用他的"三不原则"劝阻他,尚尧辩解,说我们之前已经有了身体关系,所以可以不忌讳。只是,尚尧一点儿都不因为和我的身体关系就给我特殊照顾。在实验经费和设备使用上,我也丝毫得不到来自尚尧的优待。这一点让我有些不爽,我心想尚尧还真像他自己说的"不做交易"啊,可他能像对一般人一样,不对我动手动脚吗?我于是替穆晨锤惋惜,想他的婚外情是来得太迟了。若穆晨锤像尚尧一样早些有这种经历,就不会在遇到我时如此投入地不管不顾,把自己什么都搭进去了。

我转到尚尧门下后两周,穆晨锤私自离境去了国外。穆晨锤的不辞而别比他当初回国更成为爆炸性新闻,学校派人到病理教研室找我了解情况。尚尧拒绝了他们的要求,说由他先跟我谈。

这一次，尚尧也没有要我——尚尧后来还有一次没要我。在我和尚尧的交往里，他有三次没有要我，这是其中的第二次。尚尧坐在他那张高背沙发椅里，目光从眼镜片后面犀利地射向我，问："穆晨锤出国了，你知道吗？"

我的脸一下就红了。我想，灾难终于发生了。我沉默了15秒钟，轻声说："我……知道。"

我等着尚尧发火。我等着尚尧把桌上的什么东西扔到地上，然后叫我滚蛋。我当初请求尚尧收留我，理由是发生了之前刘苏娜打我和她自杀的一系列事，我不想在神经生物研究室待下去了。这个理由是真实的，但不是最关键的一个理由，我虽然不能说撒谎，却隐藏了重要的真相。因为和尚尧已有的关系，我这样对他，差不多像给他戴了顶浅绿色帽子。男人怎么忍受得了这个呢，何况尚尧那样自尊的一个男人。

尚尧看了我一眼——实际上是我瞟了尚尧一眼，尚尧一直看着我，而我不敢瞅他。尚尧语气中有一丝明显的责备，说："这件事，你应该早点儿告诉我。"

我一时没搞清，尚尧指的是穆晨锤偷跑出国的事，还是我请求尚尧收留我的真正原因，我的脑子已经不工作了。

尚尧却没再说什么，就那样让我走了。

尚尧跟学校调查组的人说，我现在是他的研究生，跟穆晨锤已经没有关系了。

后来，我常常想：尚尧为什么没对我发火呢？他自尊心那么强，那么精明，那么不允许别人欺骗他、藐视他的智力，他怎么没冲我发火呢？

这个问题，我一直没有想明白。

尚尧从后面抱住了我。

尚尧贴紧了我，下身严重地顶上来，这是尚尧喜欢的姿势。我在尚尧的怀抱里转过身，破解了他从后面攻击的企图。穆晨锺说做爱姿势的选择有很大的意义解读空间，我不想让尚尧对我这样。

尚尧情绪饱满、动作连贯流畅，他再次从前面抱住我，手掌扣在我的腰际，把我紧紧贴在他身上，我不得不将头大幅度向后仰去。尚尧也喜欢这个姿势，它有着白瑞德式的粗鲁和优雅，是存心想粗鲁一下的那种优雅，而郝思嘉的抵抗恰恰将这个姿势上升为艺术。我每次都是郝思嘉，这一次心里却有些急，我是来实施"V计划"的，我不能这么抵抗，必须做点儿什么才行。我狠了狠心，双手极不自然地勾住了尚尧的脖子。

这让尚尧有些意外。尚尧当然不知道我来的目的，但他不愧情场老手，旋即给了我热烈的回应。尚尧捧起我的脸，眼睛里燃烧着激情的火焰，手指在我的唇边划动。我张开嘴捕捉尚尧的手，他故意躲开，又不走太远，引诱我去捕捉。穆晨锺说所有动物在做爱之前都会来一番充分的前戏，这样能够筛选出那些真正想要彼此性交繁衍后代的伙伴。毕竟，在残酷的自然界，任何物种的生存资源都不富裕，所以要合理配置。

——和穆晨锤同居的那段时间，他教给我很多性知识，以致我后来跟男人做爱时，如胶似漆中也总分得出一束思维的目光，审视着每一个动作后面蕴藏的生物学意义。

我一边跑着神儿一边跟尚尧调情，最后衔住了他的手指。我舔舐着尚尧的手指，动作中带着轻佻的挑逗。尚尧感到享受，他的眼神更加灼热，将手指轮番伸进我的口腔，像轮番勃起的阳具。和穆晨锤在一起时，我们做了很多爱，有一些也不可思议，但那都很技术，一点儿都不淫荡。跟尚尧在一起，我却总有淫荡的感觉。

而淫荡的感觉竟然如此美妙，这是我预想不到的。

尚尧激动起来，他抱住我的头把我的身体扭转了将近150度，如同华尔兹里严重的下腰，以居高临下的俯角吻住了我的唇。尚尧的嘴唇如同一只吸盘类生物，整个盖在我的唇上，强劲而霸道、咄咄逼人。尚尧的舌头在我的齿间粗暴地来回搅动，像一条冲动的阴茎。我心里好笑，男人真的像那种叫做"变形金刚"的日本玩具啊，身上什么地方都可以兀立而起变成阴茎，萌生进入女性身体的冲动。

我掌握着节奏，拿舌头一下一下撞击尚尧的牙齿。我知道这样很性感，穆晨锤告诉我男人喜欢这个。果然，尚尧好像受不了了，他猛地搂紧我，舌头骤然变得粗硬，跟我的舌头粗暴地纠缠着，几番进退，我最后让他深插进我的嘴里。

我周身一阵颤抖，忍不住呻吟了一声。

尚尧听到这声呻吟，吻住了我的脖颈，这里是我特别敏感的地方。尚尧一边吻我，一边隔着衣服揉搓我的乳房。他一下就触到了我的乳头，我又有了过电的感觉。尚尧发现了这一点，他将我的胸罩向上掀去，却故意隔着内衣一下一下拨弄它。织物菲薄的媒介增加了刺激的强度，我难以承受，叫了一声，去拨尚尧的手。尚尧用胳膊挡开我，一边欣赏着我的反应，一边继续他的动作。我毫无办法。

尚尧拥着我，将我推到长沙发背上。我以非常高难的动作从沙发后背仰面翻到沙发座里。尚尧从沙发旁边绕过来，压到我身上。

这个过程中，我们两人的嘴唇一直没有分开。

尚尧从容地解开我的上衣，捧住了我的两个乳房。他埋头含住了一只，将另一只握在手里。又一阵战栗袭来，我抱紧了尚尧。尚尧特别迷恋我的乳房，他吸吮我乳房的样子像一个孩子。我常常想，吸吮一只35C的乳房是一个什么感觉呢？我因为想象不出来，而对男人心生羡慕。

我是喝羊奶长大的。母亲拒绝为我哺乳，我因此养成了啃指甲的毛病。

我揽着尚尧的头，让他像一条软体多节虫趴在我身上。我的手指插进尚尧的头发里，将它们拢起又散开。尚尧偏爱的古龙水香味飘了出来，这气味让我想起那次在尚尧家，他伤心跳冬青墙时脚尖碰到了叶子,我也是这样替他梳理头发安慰他,一股母性的爱意油然而生。

我捧着尚尧的头,把他从一侧换到另一侧,好像他真的能从我身体里汲取出什么似的。尚尧一边吸吮着新的一只,一边用手去弄刚才那一只,这让我受不了。我的乳头像接了两个电极,传出电流穿过身体汇聚到小腹,在那里灼热地燃烧起来。我喘息着、呻吟着,在尚尧的身体下面不安地挣扎。

我知道有事情要发生了。

尚尧察觉到我的情绪。他熟练地解开我的腰带扣袢、拉开拉链,伸手到我两腿中间。我感到一阵风吹的凉意,我想我那里一定很湿了。尚尧碰对了地方,他一下就找到了。尚尧的手总是敏锐而准确,像长了眼睛。我感觉那粒贝米一样的小东西在迅速膨胀,快感涟漪一样荡漾开来、传遍全身。我开始有了上升的感觉,我感觉被推上一座峭立的雪山,我被迅速而艰难地往上推着,越来越快,越来越轻盈,最后几步简直是飞起来。

哦!天哪!我终于飞起来了!

猛然,我身体里传出一阵刺疼,它像锥子一样扎得我叫起来。我被这疼痛惊醒,发现尚尧压在我身上,我们两个几乎都浑身赤裸。

我惊叫了一声,连忙拽开尚尧,护住身体。我叫尚尧停手,尚尧不听我的。他的力量很大,我被压得喘不过气。我想这样不行,我不能这样。我拼尽全力攒起一股劲儿,猛地推开尚尧,从沙发上跳到地下。我万分坚决地说：

"教授，不能这样！"

尚尧瘫在长沙发里，脸上第一次露出困惑的表情。

我很尴尬，因为尚尧和我都很凌乱。我从地板上抓起散落的衣服，到尚尧视线的后面匆忙给自己套上。

尚尧也整理好衣服，坐回到他办公桌后面的高靠背沙发椅里。

这中间，我们谁都没有说话。

和穆晨锤同居的那段时间，我也是这样。后来，穆晨锤非常想做——我是指，真的性交。穆晨锤固然敬畏于他的宗教，却认为我的反应是不应该的。穆晨锤认为我应该力求和他发生关系才对，他劝我说："舒展，你的身体很好、很健康，你一定想和我发生关系，你不要压抑自己。"

我摇头说我没压抑自己，我没想和你发生关系。穆晨锤不信，说你一定想的，你不可能不想。我觉得穆晨锤的想法很奇怪，他干吗非认定我想和他发生关系呢？我反问他："是不是你想啊？"

穆晨锤低头看着自己肿胀的身体，说："噢，当然，舒展。除了我，没有哪一个男人可以这样跟你在一起而忍住不和你发生关系。"穆晨锤试了一下我，说："哦哟，你看，你都湿成什么了，还说不想。"

我知道我已经很湿了，可那又怎样呢，它不说明什么啊。穆晨锤说:"它这样湿润,说明它已经很想了。"

可我没有这种冲动。我一点儿都不想性交,我只想和穆晨锤待在一起,让他在我视线笼罩的范围内,在我触手可及的地方,我们安静地谈话,交流思想。然后,顶多,我们拥抱一下。当然可以赤裸,也可以不赤裸,赤裸或许好一些,因为肌肤之亲是很感人的,但那也不一定就非导致性交不可。

穆晨锤说我有问题。穆晨锤脱去我的睡衣,让我赤裸着平躺在床上。他在我小腹耻骨联合的上方划了一个磨砂灯泡的形状,问我那里是什么。我说,那是我的子宫。穆晨锤说:"不,那是你的大脑。"

穆晨锤说,每一个人都有两个"大脑":一个是神经递质的,一个是内分泌的。中枢神经系统是后天的、社会性的;生殖内分泌系统是先天的、生物性的。人类无论怎样完善自己的理性,归根结底还是受动物性控制,即"内分泌大脑"高于"理性大脑"(也即"神经大脑")。身体里秘密传递的敏感而微妙的激素变化就是内分泌大脑的"语言",是控制人身体的最终极"命令"。

"那又怎样呢?"想到十几年来每个月都会困扰我的经前期综合征,我多少也同意"人是内分泌的"说法。可是,即便如此,也不说明我就一定想跟男人发生关系啊。

"你应该想的,这是人的本能。"穆晨锤说。穆晨锤认为我因为缺乏对自己身体的了解,才那样不想尝试性交,他因而致力于让我兴奋，让我感受到性最本能的需求。穆晨锤的"金手指"在我的肚腹上抚弄游弋，我的子宫被搞得滚烫发热，在身体里迅速突兀，呈现出一个浑圆清晰的轮廓，像一盏漂亮的白炽灯。

我把我的感觉告诉给穆晨锤，穆晨锤说女性子宫的形状本来就像一只白炽灯，但是若要这盏灯真正亮起来，一定要接纳男人进入她们的身体。"这是上帝造人时的深意，"穆晨锤说，"祂让男人和女人必须在某一点上融合，才能真正成为一个'人'。"

我茫然地听着，不知所以。

穆晨锤触到了我敏感的地方，我不禁紧张，腰的部位严重地拱起。穆晨锤察觉出我的反应，他上到我身上，身体最坚硬的部分嵌在我下体的地方。穆晨锤有节律地动作着，他的压迫和动作给了我极致的快感。我全身收缩、裹紧身体，子宫里面像有一团灯丝被电流穿过，将要发出耀眼的光芒。我预感某种事情要发生了，我就要被点燃。穆晨锤也越来越激动，他喘息着，说："舒展，我进去吧。"我迷乱地答应着，说："哦，好吧，好吧。"

穆晨锤说着开始用力，我几乎感到身体被突破。就在这个时候，我的身体里再次产生一阵尖锐的刺痛。它与高潮接踵而至，疼得我几乎大叫。

疼痛中止了一切。我按住穆晨锤的手，将他奋力推开，说："哦，不！我不要！"

穆晨锤被我推倒在地板上，他爬起来举着双手，像一个做好消毒准备进手术室的外科医生，忽然被取消了手术，一脸难以置信的茫然。

尚尧起身冲了两杯咖啡，将一杯推给我，自己坐回原先的位置。我走过去，坐到尚尧对面的脚蹬上，伸手摸了摸尚尧的膝头，说："对不起，教授。"

尚尧握了握我的手，摇摇头笑了一下。尚尧端起咖啡杯浅浅抿了一口，眼睛看向窗外。窗外树立着一对银杏树，叶子全部黄了，像长了满树的金子。

"听点什么吗？"我试图让屋里的空气轻松一些。

尚尧点点头。我起身到书架前选了一张维瓦尔第的小提琴协奏曲《四季》，这是尚尧最喜欢的碟片。我坐回到尚尧身边，再让他握住我的手。尚尧低头用另一只手遮住眼睛，秋天的阳光被他挡在了身体外面，只留下金黄色的温度。尚尧缓缓开口，说起他从未说过的过去。

尚尧出生在马来西亚，父亲尚逸臣是有名的橡胶园主，母亲出身当地贵族。尚尧是家里的独子，9岁时被父母送去美国读书。不久，太平洋战争爆发，尚尧跟父母分开，一个人滞留美国。日本侵华时，尚逸臣倾万贯家财支援国内抗战，受到蒋介石的亲自接见和嘉奖。新中国成立后，共产党曾设法动员尚逸臣回国参加第一届政治协商会议。尚逸臣顾虑各方关系，自己托辞未归，而把唯一的儿子当做献礼送回了中国。

之后，尚尧和所有中国人一样，历经运动、万劫不复，他虽因父亲的名声未受大难，但也如身陷囹圄，备感压抑和不快乐。50年代末和"文革"初，尚尧有两次机会离开大陆，都因一念之差未能成行。回到中国后，尚尧再也没有见过他的父亲。等尚尧1974年重返大马，却是去参加尚逸臣的葬礼了。

1979年，尚尧又回去过一次。这一次，是为母亲送殡。尚尧当上中科院院士和全国政协委员后，媒体采访他时问的最多的一个问题是他当初是否后悔回国。媒体原想给尚尧一个机会，要他抒发一下爱国热情。尚尧却始终紧闭嘴角，对这个问题拒绝回答……

回忆让尚尧忽然间变得苍老了，他脸上保养得非常好的皮肤顷刻生出许多皱纹。我起身到尚尧身旁跪下，伸手摸他的脸。

"您后悔回国，是吗？"

"不，我不后悔回国，"尚尧摇头说，"但是我后悔离开了母亲。"

一行泪水从尚尧的眼眶中涌出，顺着脸颊淌下来。我第一次见尚尧流泪，他流泪的样子格外让人心疼。

"我根本不介意待在哪里，"尚尧擦了一把眼泪说，"大陆、新马、台湾，还是美国，对我都无所谓。I don't care, I do not care！我不介意在哪里度过我的一生，我也不介意我一生里都做了什么：当博士、院士，还是一辈子卖咖哩炒饭酱肉包，但我不应该跟我的母亲分开。我可以跟我的父亲分开，跟所有的人分开，都不应该跟母亲分开。这是一生里我唯一的，也是永远后悔的事。"

"哦，教授！"我泪流面满，抱住尚尧亲吻他脸上的泪痕，和因为泪痕更加增多的皱纹。我爱男人脸上的皱纹，我爱这样亲吻它们，因为它们里面藏有故事、藏有岁月的笔记。而这些，是我没有的。

尚尧也抱住我，我们的唇再一次粘到一起。

我们吻了很长时间，很湿润、很咸。尚尧没有以往那样一味地进攻和强求，他的舌头温柔无比，像一条将要冬眠的蛇。我也很投入、很忘我，连刚才那种刻意的夸张和带有明显表演性质的花式舌吻也没有。我们就是互相在接吻而已，像在互相倾诉，喋喋低语、相濡以沫。

我恐怕有点儿爱上尚尧了。我想起毕格斯·卢娜的电影《乳房与月亮》，懵懂和有一点忧伤的小阿泰在月亮下祈祷："上帝啊，请赐给我一对奶水充盈的乳房吧！"

我想象着尚尧当年回国时的样子：一个20出头的俊朗青年，优雅、苍白、敏感而自爱，对眼前充满迷惑、对未来毫无把握。尚尧后来的寻芳猎艳、风流倜傥，未必不是对他不快乐生活的一种宣泄，和对母爱缺失的一种索取吧。说起来，尚尧可能根本还是一个孩子，大约只有9岁，喜欢母亲的乳房。一直没有长大。

我让尚尧长大了。尚尧的身体在我的手掌里迅速膨胀和坚挺，呼之欲出。我拨开尚尧的衣物让他的身体完全显露出来，我抚摸着它上面每一条血管和筋脉，温柔而从容。我抬头看了看尚尧，他的脸上有一种怜惜和陶醉的表情，跟以往不同。

我俯身含住了尚尧的身体，让它深插进我的喉咙。

我有一条特别深长的喉咙。穆晨锤最先发现了它，他玩笑地叫我"Deep Throat"。我含着尚尧的身体，配合他的节律，吸纳放送、张弛有度。尚尧发出享受的呻吟，双手紧扣椅子的扶手，好像生怕自己会像过度膨胀的气球，突然间飞走。

我做了好久，感到了累，动作缓慢了下来。但尚尧已经欲罢不能了，他有点强迫地用手势阻止我、不要我停下。我只好勉力，继续为他做。我嘴唇上的性兴奋带已经麻木，它后来还感到了不适，但我仍做得投入。我第一次发现了我身体里蕴藏着特别对男性的卑贱和奴性，而这奴性构成了我心理快感的一部分。这让我惊讶。我之前跟穆晨锤在一起时也如此为他做过，但心情没这么奴性，没这么克己、肯让自己身体不舒服，也没有这么明显的欣慰和成就感。我跟穆晨锤在一起，就很技术。

我正想着、做着，尚尧忽然出现了状况。他不可遏止地浑身颤抖，身体痉挛、运动加速，表情变得复杂。我知道尚尧就要高潮了，我想我需要让尚尧拔出来，我不想让他弄到我的嘴里，那样太过分了。

可尚尧什么都顾不得了。他像是苦不堪言，又像是凤凰涅槃，一味地运动着、挣扎着。

最后几秒钟，他完全失去控制，就那样喷发了。

"来吧,我的孩子!"

回到实验室,我配了超浓度的双氧水狠狠清洁了口腔,但嘴里始终有一种特别的气味,又像覆了一层黏液感觉古怪。我还是头一次这样帮男人释放。尚尧总有办法突破我的极限,令我做我不能做的事。

我不知道这里面有没有爱的成分,或者根本就是邪淫。我不愿意多想,假装它没有发生。

离开基础部大楼,我沿翠湖往宿舍走。正走在木棉大道上,后面传来一阵急速的自行车铃声,青荷骑着穆晨锤的那辆破28加重飞鸽男车从我身旁擦过,"刷"地横在我面前。

"嗨!"青荷一条腿吊在车横梁上一条腿支在地上,冲我打了一个响指,"我爸最近给你来信了没?"青荷大咧咧地问。

"怎么?"我反问。

"我不关心你们的事儿。"青荷看我不友好的态度,轻蔑地摆摆手,说,"我是要你跟我爸说一声,我想退学。"

"为什么?"我很诧异。

"我现在手头紧,缺钱,我要去打工。"青荷做了一个捻钞票的动作。

"可你还有几个月就毕业了,现在退学什么学历都没有,到国外还要补中学文凭,那得花更多的钱。你爸走之前给你留了钱的，他的工资不也是你领吗？"

"那不够。"青荷轻率地说，"反正我不想上学了。我没工夫给我爸写信，你给说一声。"

"你爸肯定不会同意的。"我说。

"那咋办，要不你给我钱？"青荷斜了我一眼，挑衅说。

"我凭什么给你钱？"我说。

"你是我后妈呀，"青荷一脸坏笑，"我都叫你了，你不能不管我吧。"

"你……"我被噎住，一时说不出话。青荷看我生气的样子，戏谑地耸耸肩，猛打了一把车铃，说："要么你给钱，要么叫我爸寄钱来，不然我就退学，你看着办吧。"说着，她撑起身坐到自行车上，"咣当"颠下人行道，左右晃悠着肩膀，蹬车扬长而去。

我从来不知道怎样恰当对待青荷。你能够在你才二十二三岁的时候知道怎样恰当对待一个只小你四五岁、任性、刁蛮、不懂规矩，青春期受过伤，又被父亲宠得很厉害的女孩吗？

我不知道青荷是怎样看中我，打我主意要我做她父亲的女朋友。我是她的一个阴谋。

研一那年秋天，一天，穆晨锤邀请我到他家吃晚饭。正餐结束后，青荷趁穆晨锤和刘苏娜去厨房的空当，探过身对我挤眉弄眼，说："告诉你一个秘密，我爸他喜欢你！"

我嗔怪青荷不要胡说。青荷说："我没胡说。我爸已经好几年不请女研究生到家里吃饭了,你破了我爸的戒。"我问青荷为什么。青荷耸耸肩,撇嘴说:"我妈不愿意呗。我妈是一'醋坛子',不许我爸跟女的来往。"

"可是,我看你妈刚才对我挺热情啊。"我说。

"她那是装的!"青荷撇嘴说,"我妈特会装,以后你就知道了。"

晚上宿舍的"卧谈会"上,白灵灵听说我去了穆晨锤家吃晚饭,惊呼穆晨锤"吃了熊心豹子胆"。白灵灵证实了青荷的话,也说穆晨锤从来不请女学生到家里。白灵灵是一个"包打听",知道很多学校里的小道消息。她进而爆料,原来穆晨锤的初恋情人竟是张静的师母、顾嘉辉的太太蒋丽英。

穆晨锤和顾嘉辉是大学同学,一同留校,住在同一间宿舍,是无话不谈的好朋友。转科实习时,穆晨锤和顾嘉辉同时喜欢上急诊科护士蒋丽英。两人是好朋友,不想因为这件事伤和气。博雅当时正值"社教"运动,穆晨锤和顾嘉辉就商量,两人先离开蒋丽英一段时间,一年后谁改主意了最好,若都还放不下,就一起去向蒋丽英表白,由她做出决定。

约定既下,两人即各奔东西。在遥远的乡下,穆晨锤没有一天不思念蒋丽英。许多个无眠之夜,他用情诗慰藉自己备受煎熬的心绪。一年的时光很快过去了,穆晨锤回到博雅,第一件事就是拿着厚厚的诗稿跑去找蒋丽英。可是,当穆晨锤叩开蒋丽英的房门,迎接他的却是相依而立的顾嘉辉和蒋丽英。

穆晨锤被眼前的情景惊呆了，他怎么也没有想到，顾嘉辉率先违背了和穆晨锤的盟约，下乡之前就去跟蒋丽英挑明心意，两人立即办了结婚手续。一年之后，穆晨锤回来，顾嘉辉和蒋丽英的儿子顾铮已经出生了。

穆晨锤受到爱情友情的双重打击，一蹶不振。不久，"文革"爆发，学校停闹革命。穆晨锤不爱革命，整天钻到基础部大楼地下室里跟一堆死尸打交道，把脊柱都坐弯了。蒋丽英后来知道了真相，觉得对不起穆晨锤，便把同科室的刘苏娜介绍给穆晨锤。穆晨锤对爱情已经心灰意冷，爱不成蒋丽英，跟谁都一样，他就依从蒋丽英娶了刘苏娜。

家宴过后的第二天，在研究室碰到穆晨锤，我为前一天的晚餐向他致谢。"主任，我没给您添麻烦吧？"想起青荷和白灵灵的话，我追问了一句。

"哦，没……没什么。"穆晨锤似乎不防备我这样讲，客气地说着，将目光移开投向远处一个毫无意义的地方。穆晨锤转过头时，我看到他的肩上落了一层雪花样的头皮屑。

"至少，教授有一个粗心大意的妻子。"我忍不住想。

那以后，再见到穆晨锤我总对他的驼背和满头花发心生不忍，十分牵念。

我不喜欢青荷。从一开始我就不喜欢她。

可自从我到穆晨锤家吃过晚餐后，青荷就经常来找我。她总是跳到我的实验桌上，危险地坐在一堆昂贵的反应皿和试剂瓶中间，毫不介意我明显的不悦。我后来知道的有关穆晨锤婚姻不幸的消息，多半是青荷告诉我的。青荷说她爸可怜，她要给她爸找一个"女朋友"。一次，青荷又跟我讲起这事，我觉得荒谬，故意问她进展。青荷听出我语气里的嘲讽，说："差不多吧。有一个人，我想她适合做我爸的情人。"

"哦？那你跟你爸说了吗？"我说。

"说了。"青荷点头道。

"那你爸他什么意见？"

"我爸特听我的，他没意见。"

"那个人的意见呢？"

"我还没跟她明说，估计她不会有。"

"为什么？你也忒自信了吧？"我挖苦道。

"不是自信，这叫眼力。这种事，我一眼就能看它个八成！"

不过，青荷更让我意外的，是她在刘苏娜打我事件上的立场。

当时，我和穆晨锤已经算是情人了，——我们有了身体接触，我们接吻了。尽管这吻是有缘由的，我和穆晨锤也尽量做得克制，但情爱关系中的男女就像穿着新衣的皇帝，他们沉浸在两人世界里，岂不知秘密早已在一切细节中昭然天下。

穆青荷说她妈妈又在家里骂她爸了。在刘苏娜的骂声里，越来越频繁地出现我的名字。一天晚上，刘苏娜在又一次大发雷霆之后，将穆晨锤撵出了家门。与以往不同的是，这一次刘苏娜连同女儿青荷也一起赶了出去。因为青荷站在穆晨锤一边，替父亲说话。

穆晨锤经常被刘苏娜撵出家门，办公室原本就有成套的被褥。他把它们铺开在会议室乒乓球台上，算是建起他和女儿临时的"家"。青荷却因为第一次离家在外而兴奋不已。

按照以往的经验，刘苏娜以为穆晨锤顶多在办公室睡上三五天，就又会厚着脸皮回来向她摇尾乞怜。可这次，刘苏娜发现自己失算了。蒋丽英一矢中的指出刘苏娜的症结，她说在以往的纠葛中，刘苏娜和穆晨锤是矛盾的双方，刘苏娜只要把穆晨锤撵出去，她就胜利了。这一次大不相同，穆晨锤非但不是矛盾的对立面，反而是争夺的战利品。刘苏娜把穆晨锤撵出去，无异于将战利品拱手让给敌人，自己不战而败。——更要命的是，刘苏娜还将穆青荷这个重要的中间力量也给撵跑了，蒋丽英手戳刘苏娜的脑门，说："你怎么能把老穆撵到他的小情人那儿去？你这是自掘坟墓哪！"

蒋丽英的话让刘苏娜紧张。她完全没有想到问题会变得这么复杂和深奥，这超出了她的智力范围。刘苏娜并不是一个聪明的女人，这是很致命的。

"告诉你一个一箭双雕的办法，"蒋丽英说，"你去给那个女学生一点厉害。如果老穆袖手旁观，你既教训了那个小妖精，又警告了你丈夫；如果老穆出面干预，那正说明他们两个有私情，你借机把事情闹大，群众舆论就站在了你这一边。"

很长时间里,刘苏娜同蒋丽英的关系并不好。刘苏娜一直对穆晨锤和蒋丽英的情感往事耿耿于怀,她又嫉妒蒋丽英跟了顾嘉辉,比自己跟穆晨锤幸运。顾嘉辉在美国只拿到硕士学位,但他为人灵活,又会运作,受到学校重用。蒋丽英以夫为贵,凭顾嘉辉的关系从急诊科调到医务科,还做了副主任。刘苏娜是急诊科最老的护士,早就想调到轻松的科室,穆晨锤始终不肯为刘苏娜到学校争取。因为这个,刘苏娜对穆晨锤很气。原本,蒋丽英也看不上刘苏娜。但这一次,面对中年女人共同的危机,她们精诚合作,携手结成唇亡齿寒的联盟。

神经生物研究室的大部分房间在一条南北走廊的靠北边一侧,南边只有电镜室、标本室和横在顶头的会议室。我不喜欢研究生自习室里人来人往和琐碎吵闹,进科时就要了平时少有人去的标本室,打扫出一角放上一张书桌,买来两盆绿萝,一个人在里面十分惬意。——标本室里有许多标本,它们被大大小小地装在密封玻璃瓶里,那也正是我喜欢看的。

刘苏娜闯进标本室时,穆晨锤和穆青荷刚刚在隔壁会议室关灯睡下。他们听见响声,来不及穿齐全衣服,就开门冲了出来。穆晨锤看到骂不绝口的刘苏娜和手捂着脸的我,立即明白了发生的一切。穆晨锤冲到刘苏娜和我之间,让我不再受刘苏娜的进一步伤害,愤怒地说:"刘苏娜,你怎么能打人!你不可以这样!"

刘苏娜惊愕地上下打量着穆晨锤,像看一个从天上掉下来的八爪怪物。穆晨锤只穿一件白色圆领短袖汗衫和一条灰蓝色棉毛裤。天长日久，白汗衫早已发黄衰败，布满孔洞，棉毛裤原本的开口也极不雅观地豁然着。懈怠的棉质纤维加重了穆晨锤的消瘦，使他看上去甚至有些猥琐和龌龊。刘苏娜不由得怒火中烧，尖叫着再次冲向我。穆晨锤一把架住刘苏娜，喝道："刘苏娜，你冷静一点！你这样做会出问题的！"

刘苏娜不意被穆晨锤推了出去。她踉跄着倒退两步，右侧后腰撞到小门的圆把手上。两分钟后，刘苏娜那个地方出现了一块鸡蛋黄大小的淤紫。刘苏娜连夜找蒋丽英拍了照片，第二天一早，她拿着"证据"到吕正荣的办公室，状告我殴打了她。这是后来的事。

刘苏娜没想到穆晨锤会对她来这么一下子。以往，无论刘苏娜如何粗野，穆晨锤都没有对她动过一根手指，此刻穆晨锤却为了他的情人对自己的老婆大打出手了。——在刘苏娜的认知系统里，她真真切切地认为穆晨锤是对她"大打出手"。刘苏娜像一只受伤的狮子被疼痛激怒，发出撕裂的声音，不顾一切地又向我冲过来。穆晨锤再次挡住刘苏娜，和她严重地纠缠在一起。这时，一直站在门口的青荷突然喊道：

"爸！你把她管住，我去给保卫处打电话！"

刘苏娜愕然停住手脚，转身对青荷说："青荷，你妈妈受人欺负，你还不过来帮忙？"

青荷站在门口没动。她赤足套一件印花睡袍，双手叉在腰间,厌恶地对刘苏娜说:"你别在这儿胡闹了!赶快走,离开这里!"

"青荷,你怎么能这么对妈妈说话?"

"妈,你真让我恶心!"

穆青荷狠狠瞪了刘苏娜一眼,转身向穆晨锤的办公室跑去。她新鲜光嫩的脚板拍打着冰凉的水泥地面,发出耳光般清脆的响声。

然而,青荷几乎在她父亲拿到离婚证的同时,立刻改变了对我的态度。

穆晨锤离婚后,刘苏娜不肯搬离原来的教授住房,穆晨锤只好带着青荷住到学校暂借给刘苏娜的一套二居室里。那房子我去过一次,顶层西晒、狭小局促,除了一台新买的单门冰箱,其他家具都是从后勤处借的,简陋陈旧,很不像样。我看了心里难过,觉得对不起穆晨锤。

中间,恰巧青荷放学回来。青荷见到我和穆晨锤在一起,一下就不高兴了,在屋子里转来转去,摔摔打打,明显冲我不友好。穆晨锤照顾青荷的情绪,示意我赶快离开。那以后,我再没去过穆晨锤的"新家"。

四月份的第一个周末,我参加TOEFL考试。前一天下午,天下着雨,我从博雅骑车到北师大附中看考场。因为座位不好,在门口的位置,我心里紧张,从考场出来在路边的电话亭给穆晨锤电话,希望听到他的安慰。

接电话的是青荷,她阴阳怪气地告诉我穆晨锤正在同白灵灵说话。穆晨锤离婚后,青荷跟白灵灵突然好起来,就像当初黏着我,频频把她带回家,向她父亲"强烈推荐"。在穆晨锤的办公室,我也几次撞见白灵灵。白灵灵见到我十分不自在,穆晨锤倒若无其事,仍旧温文尔雅、笑容可掬。我提醒穆晨锤白灵灵曾因为他拒绝她为贾鸿图求情而说要报复,穆晨锤非但不信,反教导我不要小心眼儿。出于体面和尊严,有些感觉我不能说,但心里不痛快,暗暗地有火。

青荷故意拖延,要我在雨里等了半个小时。我浑身早已湿透,仍然坚持着,直到青荷又拿起电话。青荷假装忘记了,怪声说:"哎呦,你还在等啊,我以为你早走了。"

穆晨锤刚刚接听,只说了一句,又被青荷远远地打断,喊他过去。穆晨锤纵容青荷,笑着对我说:"青荷又在捣乱了,那就先这样吧。"

不等我回答,他"咔嗒"一声,挂断了电话。

回到家里,我在书桌前摊开复习资料,却什么也看不进去,最终还是避开父母冒雨到军人服务社拨通了穆晨锤的电话。我把淤积在心的委屈不快一股脑儿全倾吐了出来,穆晨锤待我抽抽嗒嗒地说完,什么也没说,只要我先平静下回去准备考试。

"我平静不了!"我说,"青荷对我那样,我怎么可能平静?"

穆晨锤说:"舒展,现在你最需要的调整心态、保证休息。其他的事,我们以后再说。以后,我们有的是时间。"穆晨锤顿了一下,说:"就这样吧,舒展。你赶快回去,天下着雨,你别着凉了,我挂电话啦。"

"咔哒"一声,耳道里又传来令人恼怒的蜂音。

我被这蜂音激怒了。我不可遏制地激怒了。我无法一个人待着,我需要穆晨锤,需要他安慰,需要他解释或者辩解,哪怕他批评我,说我不对、任性,都行,只要他对我有所反应,而不是这么麻木不仁、对我置之不理。

深夜,我受雨发起高烧,连做噩梦。

我梦见自己来到一个大阶梯教室里参加考试。我四处逡巡,想找一个好位置。有两个地方不错,我过去正要坐下,却被别人挤过来抢先占了。他们好像一个是陈子东、一个是董小山。我奇怪这是一个什么考试,我怎会跟他们在一起?董小山和我只是小学同学,我跟陈子东都没同过学,他是我哥哥的同学。想到这个,我抬眼张望,果然在第一排最靠门边的位置看到了何雨。那个座位正是我明天TOEFL考试的位置。

何雨显然看到陈子东和董小山抢占我的地方,但他似乎不准备帮助我,双肘伏在桌上捂着自己,眼神里流露出胆怯和遗憾。我哥哥是一个胆小的孩子,从来没有以兄长的身份照顾过我什么。我别过脸不看我哥。我不好意思看何雨胆怯和遗憾的目光,那让我难为情。我看到不远处有一个空座位,我走过去掀开课桌的翻盖,里面豁然亮出一条隧道。我很惊讶,想进去看看。

这样想着,不知怎地,我就真的进去了。

坠落的过程令人愉悦。我被隧道中的光紧紧裹住，身体不断下降，感觉却是在飞升，像光束中一粒飞舞的尘埃，渺小而透明，没有质量。隧道的尽头一片光亮，似乎那边另有一个美妙的世界，阳光灿烂。我向那里尽力飘去，我渴望进入那个世界。忽然，隧道尽头的光亮被什么挡住了，出现了一个光影。刺目的光亮使我无法分辨那个影子。那边太亮，这边太黑了。

这时，从隧道的尽头传来一个声音："来吧，我的孩子！来吧！"

那个声音那么空洞，那么亲切，那么令人渴望，我不由得向它飞去。快到隧道尽头时，我依稀看清那个光影原来是一个人。他站在那里，挡住了背后的光明。他双手伸向我，充满鼓励和期待，像要拥我入怀。

"来吧，我的孩子！"他说。我不知道他是谁，但在即将抵达那最光亮处的瞬间，我轻声叫了一声爸爸。

我喊着："爸爸！"

"闹闹，该起来了。你今天不是要去考TOEFL吗？"

我一惊，睁开眼睛。父亲站在我的房间门口。

五岁那年的风筝

这是我经常做的一个梦。

从五岁起，我一直做这个梦。梦的情景不完全一样，出场人物也不尽相同，但都会有一条光亮的隧道和隧道尽头那个人影。这个梦我从没有做完过。我总是在最后时刻因为各种各样的原因醒来。小时候，有一次我晚上喝多了水，在睡梦中寻找厕所找到那个隧道。我很高兴，觉得穿过隧道那边会是一个安全的地方。在我马上要抵达隧道口时，那个人影又出现了，他呼唤着我，说："来吧，我的孩子！"

我吓了一跳，一着急，就给尿床了。

除了我自己，穆晨锤是第一个发现这个梦的人。

穆晨锤请我到他家吃晚饭的前一个周末，天空下起那一年最后一场秋雨。我得了感冒很不舒服，但晚上还是赶到科里。

我开始了一个实验，前期已经做了，没法中途停止。

我做的是一个对比实验，要先摘除一组雄性大白鼠的睾丸，饲养观察它们大脑终纹床核内的神经递质变化。我布置好器械，戴上帆布手套，从笼子里随机抓出一只大白鼠，按照操作流程给它麻醉、备皮、消毒、开腹、分离皮下组织、结扎输精管、剪除睾丸，逆行依次缝合。

工作减轻了感冒的症状。做完第四只时，墙上的石英钟指示9点15分。这一只状况不太好，术后一直未能从麻醉中醒来。我用手掌拢住大白鼠的身体增加它的体温，又用吸痰器清除它口腔里的积痰，防止呼吸道堵塞。折腾了快半小时，大白鼠的情况仍没有好转。

如果继续下去，它可能会心衰而死。

麻醉中的大白鼠毫无知觉,仰面躺在我的掌心里,四肢向上张着,粉红色爪子紧缩在一起,仿佛想攥住一缕看不见的希望。大白鼠的眼睛似睁未睁,浅色的鼻翼翕动缓慢,偶尔长长地抽泣似的吸上一大口气。看着这只小小的动物,一股怜惜之情油然而生。我低下头伏在大白鼠的嘴上,为它做口对口人工呼吸。

这个方法给大鼠注入了活力。小家伙终于有了较正常有力的呼吸,前胸上的皮毛在肺部有节律的起伏下,像一朵白色的雏菊在微风中摇曳开阖。我不敢松懈,继续轻按压它的胸骨进行辅助呼吸。我手捧着大白鼠小小的躯体,像一个母亲身心疲惫地陪伴着自己濒死的孩子,却依然顽强地热切地想帮它一点点找回就快要逝去的生命。

时间一分一秒地过去。终于,大白鼠的呼吸体温都恢复了正常。尽管它还没有醒来,但我想,明天早晨一定可以见到它活泼可爱的样子了。我把这只大白鼠放回动物房,离开时特意在笼子外面压上一块棉毯,并为它接通电炉子取暖。

剩下的一只很顺利,只20分钟就做完了。我收拾好手术器械,送最后一只大白鼠到动物房。

我却发现,之前的那一只,已经死了。

我看到它头歪在一旁,浑身松软地摊开躺着,一种不祥的感觉陡然攫住了我。我没有立即上前去,而是把第五只老鼠安置好,才深吸一口气走过去打开笼子,把那一只大白鼠抱出来。大白鼠的身体已经失去温热,四肢开始僵硬。我把它举到昏暗的日光灯下，盯住它的鼻翼。它们没有丝毫动静。我犹豫着，轻轻拨开大白鼠的眼睑，看到一颗浑浊苍白失去神采的眼球。

它，确实已经死了。

基础楼外面，大雨如注，如同一幕盛大葬礼的哀乐。

我失魂落魄、浑身滚烫，仿佛一块被点燃的冰。我终于哭了起来。我像一个委屈极了的小姑娘，不停地用手抹着流到脸上的泪水和雨。走到翠湖边，我忽然一阵眩晕，满天的雨丝幻化成一个飞速旋转的罩子将我覆盖。

我慢慢倒了下去，脸接触到湿冷的草地时，我想我要先休息一下。

雨还在下着。很快，周围变成一片汪洋。我像一个人泅渡在深夜的大海上，四周全是黑漆漆沉默不语的水，看不到一片陆地。我累极了累极了，想要放弃。渐渐地，我停了下来。我让自己像一缕飘逸的海草，慢慢向海底沉去。坠落的过程如此令人愉悦，我体验到前所未有的轻松，好像自己不是在下沉，而是在升浮。海底是一个绚烂无比的世界。礁石被海水和浮游生物改建成一座座宫殿，飘曳的水草和缤纷的珊瑚、海葵、石斑花从里面探出身子。雨点一样多的小鱼像雨一样猝乎其间，不知所往。相比之下，大鱼们要从容不迫得多。它们色彩斑斓，身体以不可思议的线条呈现出无限的光滑和流畅。我遨游其中，像一尾自由的鱼，不时转一个身四处张望，心灵欣喜而宁静，几乎透明。

我向一个礁石洞游去，有一束光从那里射出来。我进入一条隧道，被隧道中的光紧紧裹住，感觉无比的温暖。这时，那个人影又出现在隧道尽头，他呼唤着我，说："来吧，我的孩子！"

我加快了动作，想到他那里去，我情不自禁地喊了一声："爸爸！"

"舒展！舒展！"另一个声音将我喊醒。

我睁开眼睛，看见一片刺目的灯光和穆晨锤朦胧的脸庞。

"我这是在哪儿？"我恍惚地问。

"急诊室。你发烧了，昏倒在雨地里。"

我从洁白的被单中伸出手，穆晨锤把它握在掌心。我因为得到了温暖而感到无比虚弱，于是哭了。

"我的一只大白鼠死了。我给它做手术，它死了。"

"哦，你不要难过。实验动物死亡在所难免，你不是还准备了备用大白鼠么。"穆晨锤安慰我。

"我一直在抢救它，没想到它会死。"

"你尽力了，这就好。"

"问题是，我没有尽力。一个晚上我都陪伴着它，可却在最后时刻放弃了它！"

穆晨锤从口袋里取出手帕，轻轻蘸去我脸颊上的泪痕，说："它这样慢慢衰竭而死，比醒过来后忍受手术的伤痛、最终仍被处死要好。"

"那是不一样的！我知道最终我还是会杀了它，可无论怎样，我希望它现在活着。我就是希望它现在活着！只要能换回它的生命，要我做什么都行！"

"舒展，你冷静一些。"穆晨锤揿动墙上的紧急铃，叫护士来给我换上一瓶新的液体。护士走后，穆晨锤替我掖好被子，温和而忧郁地看着我。我这时才注意到，穆晨锤完全被雨淋湿了，花白的头发上还滴着雨水。我低声说："主任，对不起，谢谢您。"

"不要，"穆晨锤拍拍我，做了一个宽慰的表情，又说，"哦，对了，你刚才昏迷中好像喊了一句什么？"

"没什么，"我扭头到一边，说，"只是一个经常做的梦。"

周末过后，再上班时穆晨锤邀请我到他家里吃晚饭。之后的一天，穆晨锤跟我谈起了这个梦。穆晨锤坐在办公桌后面，我坐在面试时坐过的那只沙发里。深秋的阳光打在穆晨锤身后，把他的影子斜斜地映在墙壁上。

"舒展，我们谈谈好吗？"我说可以。

"那么，可以跟我谈谈你那天做的梦吗？"

我知道穆晨锤会跟我谈这件事。穆晨锤在翠湖边把我救起送到医院后，我就等着他来找我。穆晨锤发现了我的一个秘密，我决定放他进来。

"主任，我给您讲一个故事吧，"我说，"这件事发生在我五岁那年的夏天。"

那是一个星期天。天气非常好。早晨，我深居简出的父母突然宣布，要带我和哥哥何雨去玉渊潭公园。用怎样夸张的语言形容我当时的心情都不过分,因为在这之前我从没有去过公园。当时,我并不知道,促使我父母注意到那个美好的星期天,并破天荒地决定带我们去公园的真正原因,是从我出生那一天起我父亲长达五年的专案审查终于结束,他又重新成了一个政治上"清白的"人。

那天,我父母如此高兴,我们进到玉渊潭公园后,他们又说可以额外允许我和我哥哥每人一件礼物,以作为对这个美好日子的纪念。何雨说他想要一只风筝。何雨一直幻想飞翔,他后来果然乘着一只会飞的大鸟去了大洋彼岸。

父亲答应了何雨,带他到公园售货亭买了一只燕子风筝。那燕子的白肚皮上有一只哨子,到了天上可以叫。父亲转而问我要什么礼物。我从未得到过礼物,一时慌了手脚,糊涂地说:"我不知道。"

母亲缺乏耐心,说那就先走吧,别傻站在这儿。我心里着急,担心失去了得到礼物的机会。这时,我无意中看了一眼湖水,就知道我想要什么礼物了。我拽住父亲的衣角,问:"划船可以当礼物吗,我想划一次船。"

何雨笑话我,说划船怎么算礼物,船划完就完了,又不可以带回家。我很固执,说:"我就要划船!"

父亲排了两个小时的队,我们终于坐到一条小破船上。那已经让我兴奋死了,我高兴得语无伦次,居然说了一句特别夸张的话。我对父亲说:"爸,我真是太幸福啦!"

那是我生平第一次使用"幸福"这个词。我不知道我为什么选择了"幸福",而不是别的词汇来表达我当时的心情。在此以前,没有人告诉我幸福是什么。我只有五岁,生活平淡、波澜不惊,人生的许多境界我都没有体会,包括幸福与不幸。

我们划了一个小时船。我们只能划一个小时。父亲交了押金的,超时要罚款,所以他不停地看表催促。离一小时还剩一分钟的时候,我们回到船坞。船工用钩子钩住小船帮我们上岸,旁边的游客已经等不及了,一直在嚷嚷。母亲第一个上岸。何雨跟在母亲后面站起来。母亲离船时太过用力,一脚蹬开了小船。小船猛地剧烈晃动,我哥哥站立不稳,打了两个趔趄,拿着的风筝失手掉到了水里。

岸边有波浪,那风筝像活了似的,竟飞了起来。它贴着水面拍动翅膀,仿佛雨前的燕子,一下飞出去好几米远。

"哥,你的风筝。"我着急地喊,随即"扑通"一声从船上翻到了水里,去救我哥哥的风筝。

……

"然后呢?"穆晨锤等了很久,轻声提醒我。

"然后,我们全都掉到水里啦。我的动作太大,一下带翻了小船,把我哥和我爸全给掀到水里了。"

"然后怎样?"穆晨锤也不免紧张。

"没怎样。我父亲是湖南人,水性很好,他一个人就把我和哥哥都救了起来。倒是岸上的人吓得不得了,我妈都瘫了。"

"接下来呢？"穆晨锤问。

"没有了。围观的人给了何雨和我一点衣服，我爸背着我，我们就回家啦。"

"不，一定还有。"穆晨锤说，"舒展，你是一个诚实的人，你不会撒谎的。——告诉我，后来又发生了什么？"

我沉默了片刻，说："后来，有一次，我问父亲他当时是先捞起的我，还是我哥哥何雨。"

"你为什么这样问？"

"因为我哥告诉我父亲先救起的他。"

"你父亲怎么说？"

"我爸说，他是先救起了何雨。"

"哦，舒展，你不要把这件事放在心上，先救谁和后救谁不说明问题。也许，当时你哥哥离你父亲更近些。"

"我一跳到湖里就呛水晕过去了，哥哥还挣扎了几下。"

"你是说，应该你离你父亲更近？"

我没有回答。穆晨锤说："舒展，事情已经过去这么久，你要学会宽容。"

"我哥是我爸的宝贝，是他的骄傲！"何雨的存在是先验性的。我从出生起就被这个存在笼罩。它像一片阴影，挡住了一枚叶子所需的光线，使那枚叶子不得不拼命地扭动和挣扎，以逃离那片阴影。

这个存在就是：我的哥哥是一个神童、一个完美的孩子、一个少年天才。

很长时间里，我想尽办法吸引父母的注意。我处心积虑地做好事和做坏事，我制造一切可能的混乱，有一阵子我甚至喜欢无端地发出号叫，像旷野上一只发育期的狼。可是，我所有的努力都无济于事，仍不能让父亲的目光越过何雨，投到我的身上。父亲不喜欢我，甚至不要我姓他的姓。小时候，我不知从哪儿获得了一个腐朽的观念：认为子女都应该随父姓，否则便不对了。我问母亲为什么我姓"舒"而不姓"何"，母亲说我的名字是父亲给起的，要我去问他。我就去问父亲，父亲说不知道。

"不知道"是父亲的另一句口头语，凡是他知道却不想回答的问题，他就说不知道。我听了很恼火，觉得父亲偏心我哥哥，不喜欢我。后来发生玉渊潭"溺水事件"，我更认定了这个事实，一直无法释怀。

"舒展，你太孩子气啦。姓名只是一个符号，跟谁姓无所谓啊。"穆晨锤开心地笑说。

我突然被惹到，情绪一下就坏了。16年来，我从没有跟人提起过发生在我5岁那年夏天的事，我却一刻也没有离开过那场意外、从其中走出。没有人能够理解这件事对我意味着什么，更没有人能体会我当时切身的感受。

"主任，您有体会生命在最关键时刻被抛弃的恐惧吗？其实，我掉到水里原本没有什么。我的水性非常好，是天生的，我妈说我生下来就会游泳。"

"这在很大程度上跟你早产有关。人类的祖先就曾生活在水中,而母体对于胎儿也是一个水相环境。"

"是的,您说得不错,返祖现象在我身上特别明显。可是,我正游着,一截水草突然缠住了我的脚踝,怎么也挣脱不掉。我这时才感到了恐惧,我觉得我的生命被绊住了。有一瞬间,我的脑子一片空白,全部充盈着水草刺鼻的膻腥和腐败气息。我永远忘不了那种气味,那是一种死亡的气味。那以后,我养成抠食潮湿泥土和霉变墙皮的习惯,心情一紧张就想吃泥土和墙皮。我的舌头因为嘬嚼石灰布满了溃疡点,张嘴吸气都会疼。而恰恰是这种疼痛的气味安慰了我,让我觉得我还是拥有生命的。——因为我想,人要是死了就不会知道疼了,对吧。"

"舒展,我没想到你有这么痛苦的记忆。你好可怜,你需要被保护、被好好地爱护。"穆晨锺隔着桌子握住我的手。我想我可能哭了,一些含盐分的液体流到我的嘴巴里,我又闻到了那种咸腥的气味。我说:"那次事故之后,我再也不敢下水了,连家里的浴缸都不敢进。每次,父亲给我放好洗澡水,我都不用。我故意扑腾出很响的动静,让他们以为我在泡澡,然后把水白白放掉。后来,我夜里就常常做那个梦。"

"那就是人们常说的'濒死体验'。许多经历过死亡的人都有类似的体验。他们都说进到了一条隧道里,里面有光,感觉很温暖愉快,好像灵魂出窍。"

"因为这个梦,我开始相信人是有灵魂的。"

"你在隧道尽头看到的那个人是谁？"穆晨锤问。

"我不知道。他很像我的父亲，他叫我'孩子'。"

"也许他是你对你父亲的幻想。"穆晨锤说。

"不，他绝不是。虽然他孤独寂寞的样子很像我父亲，他说话的声音也很像，但我可以肯定他不是我父亲，而是另外一个人。"

"可是，那天你在昏迷中喊了一声'父亲'。"

"我每次做这个梦都喊'父亲'，但即使在梦境里、在昏迷中，我也清楚地知道那人不是我的父亲。我落到水里被水草缠住的那一刻，我父亲不在我身边。"

穆晨锤认为确认那个出现在我梦里的男人很重要，他是帮助我彻底摆脱溺水阴霾的关键。可我想不出那人是谁。

如果哪一次我能够完整做完这个梦就好了。我特别想去梦里那光亮处看看，那个人很神秘、很孤独。

他一个人在那里，等我过去。

记住今夜吧

从TOEFL考场出来，我直奔学校。穆晨锤和我见面，他热切地问我考得怎样。我委屈得哭了，告诉他我考砸了。

"怎么会？你做了那么充分的准备，难道是题目出偏了？"

早晨，我昏昏沉沉赶去北师大。坐在考场上，我脑子里满是前一天发生的事,怎么也无法集中到答卷上。第一部分听力历来是我的得分强项,可那天我的脑袋仿佛蒙了一层塑胶,录音机里播出的试题像淅沥的雨滴,打在脑袋上除了凌乱不堪的回响,没有一滴渗得进去。我气呼呼地说:"从昨天下午到现在,我一直不高兴——青荷凭什么不让我跟你说话?"

穆晨锺恍然大悟,开心地笑起来,说:"青荷那是逗你玩呢,她在跟你开玩笑。"

"有那样开玩笑的吗!"我把许久以来青荷对我桩桩件件的刁难都说了出来,难过之处情不自禁。穆晨锺却依然笑着,坚持认为穆青荷是善意的,顶多只是顽皮而已。穆晨锺说:"说起来,你还要感谢青荷呢。"

"我为什么要感谢她?"

"青荷一直知道我们的事,如果她不支持,我也不可能离成婚,我们也走不到一起。"

"你离婚是因为你跟刘苏娜过不下去了,跟青荷有什么关系?难道你的幸福掌握在你女儿手里?"

"也不能那么说,但青荷是我最大的支持者。"

"可我凭什么要受她的控制,我不想把我的幸福交给她。"

"青荷没有要控制你,她是喜欢你的,你应该看得出来。"

"她不让我和你见面,不让我跟你通电话,处处给我脸色,还把白灵灵拿来挡在我们中间。"

"青荷跟白灵灵只是朋友。青荷也怪寂寞的,她跟同龄的孩子玩不到一起，白灵灵正好可以陪一陪她。"

"就像当初青荷缠着我一样？那时，你和你太太根本没闹起来，青荷就要我做你的'女朋友'。现在，她又想用白灵灵替换掉我。"

"青荷没有想要白灵灵替代你。再说，白灵灵也替代不了你。"

"可你对白灵灵也挺热乎，像知音一样。"

"白灵灵是青荷的客人，她来我家我总不能冷落人家。"

"她还到过你办公室呢，你跟她也说得没完。"

"那是白灵灵主动找我的，她来了，我总不能拒绝人家。"

"你不要把自己说得那么无辜，好像都是别人死缠烂打送上门来。"

"我没有说自己无辜，但本来就没有什么嘛。我对人是真诚的，除此以外没有别的意思。"

"可别人有那个'意思'了。"我说。

"谁？你说白灵灵吗？不会的，那怎么可能呢。要说过去我或许还有一些魅力，但现在这样，又老又丑，没有钱，除了你，谁还会爱我？"穆晨锤玩笑说，"你放心，我不会看上白灵灵的，我怎么能看得上她呢？"

我忽然对穆晨锤的话感到厌恶。穆晨锤一向严谨自重，可他评价白灵灵的语气，似乎很是嫌弃和蔑视。"我不喜欢你这样子说白灵灵。况且，你对她的态度也不像你说的那样表里如一，你能否认白灵灵让你心里感到某种愉悦吗？"我说。

穆晨锤想了想，承认道："那当然。谁不喜欢被人仰慕呢，谁都喜欢。"

"既然这样，你就不该强调这一切都是白灵灵在主动，而你完全无辜和没有知觉。你有控制事态发展的能力，只是你自己不愿意去做罢了。"

"你放心，舒展，白灵灵不会影响到我们。再有几天我就出国了，到了国外，这些人跟我们都没有任何关系了。"

穆晨锤频繁地让我"放心"，我反而火往上撞。我想到一句很讽刺的古话：螳螂捕蝉，黄雀在后。我的自尊心受到刺激，冷笑道："我没有什么'不'放心的。你和白灵灵的事是你的私事，与我无关。即使我现在阻碍得了白灵灵，也不能保证将来不会再有张灵灵、李灵灵，或者别的什么灵灵。但青荷跟我是有关系的。——我原以为她跟我无关，但我发现我错了，我躲不开她。因为她跟你太有关系了，所以，我也被迫跟她发生了'关系'。"

"那又怎么样？"穆晨锤不明白我的意思。

"我要她向我道歉。为她故意阻止我和你通电话。"

"这件事都过去了，你何必还放在心上。"

"我是为了我们的将来。如果这件事不解决，以后，类似的事情还会发生。"

"青荷有些地方是做得不太好。"穆晨锤服软道，"这样吧,我先替青荷向你道歉,余下的工作我来做,我跟她谈。"

"我就要她亲自向我道歉,如果你也认为她确实做得不对的话。你不是说过吗,人要诚实,要对自己的行为负责,青荷也18岁了,她应该对自己负责。"

"可青荷确实没有恶意,"穆晨锤又开始重复刚才的话,"她是在跟你开玩笑。"

"不!我不认为青荷是一个善良的孩子。"我说,"青荷心里有一股邪火,有一种破坏的欲望。这或许跟她的成长经历有关,但别人没有义务承担她性格上的缺陷。我愿意为你作牺牲,但不接受附带条件。"

"青荷跟我受了不少苦,我答应过她,今生永远保护她,再也不让她受一点委屈。"穆晨锤终于说出心里话。

"那么我呢?"我问,"你就不保护我了吗?"

这就是我在小说开头提到的,发生在我和穆晨锤之间的那"一件小事"。

原本,这也许是一件小事。但它发生得很不是时候,穆晨锤在一周后就离开了中国。这一星期里,我和穆晨锤一直为这件事纠缠,却没能取得一致。我很伤心,因为我不能叫穆晨锤了解我的伤心。为了证明我的伤心,我决定来点儿狠的。我用一把崭新的5号手术刀片割破手指,写了满满五页纸的血书。我第一句写道:

"对不起,是你逼我离开你的……"

刚写完这句话,眼泪便倾泻而下。我被自己的鲜血和文字感动了,到后来几乎泣不成声。中间,伤口几次被血凝住,我又都割开了。我发现割了第一次以后,第二次第三次就胆大多了。我看着自己的手指,就像看一只实验动物,心里充盈着莫名的快感。我承认,它颇有几分做戏的成分;但我的情感是真实的,因而这演出是真实的。这么长时间以来,我一直寻找一个能够把我当做他的最爱的人。遇到穆晨锺,我以为我找到了。可我没有想到,他居然在这么小的一件事上就放弃了我。这件事像一枚小小的机关,打开了我过去生命里对被放弃的恐怖记忆。我的舌根下又涌起玉渊潭水草的腥味,我满嘴都是唾液,像淹没我的大海。说到底,青荷并没有伤害我多深。她只是一个孩子,伤不到我什么。真正伤害我的是我最爱的人,只有最爱的人才能伤你最深。

穆晨锺打开血书,只看了一眼就傻了。他抓住我的左手逐个手指检查,发现没有刀口,重重出了一口气,忽然又想起,抓过我的右手。穆晨锺在我右手食指的尖端发现了一道深紫色微肿的伤痕,他一把将手捂在胸口,心疼地说:"哦,舒展,你这是干什么!你多么的怕疼啊!你的伤口一向不容易愈合,你一定流了很多血是吗?哦,舒展,你不该这样!"

我像一个浴血疆场凯旋的战士,充满委屈和骄傲地哭了。

穆晨锺抱住我,手忙脚乱地掏出手帕替我擦拭脸上的泪水。

我僵硬地站着，由任穆晨锤摆布。手帕很快就湿透了，我仍然在哭，穆晨锤把头凑过来，欲要舔我脸上的泪。我别过脸，闪开了他。我很久没有和穆晨锤有肌肤之亲了，穆晨锤却忽然动了情，想要做点什么。

我拒绝了他。

然而，你能想象当穆晨锤拿着濡染了我斑斑泪痕的血书，却仍然不肯放弃他的"原则"，告诉我他不能让穆青荷向我道歉时，我的心情是怎样吗？老实说，我没有任何心情。我立即就不哭了。我在刹那间明白了刘苏娜多年以来的心情，我此刻和刘苏娜多么相像啊。这种相像让我厌恶，厌恶使我立即就不哭了。

此后，我再也没有因为穆晨锤掉过一滴眼泪。

穆晨锤出国的前一天晚上，我们在翠湖边见了最后一面。穆晨锤带来了我的血书和其他一切有我痕迹的东西。这是我要求的。血书上的字迹已经氧化变成暗红的颜色，毫无光泽，我因而觉得丢脸。我想我怎会干出这样的傻事，居然用伤害自己的方式要别人来了解我呢？

穆晨锤以为我只是任性，他说青荷的翅膀终究会硬的，总有一天会飞走，到那时就只有我们两个人过日子了。我一直没吭声，我已经心灰意冷不想再说什么。但穆晨锤不停地说着，我又忍不住了，我说："那么我呢？你把一切都给了青荷，我怎么办？"

穆晨锤一脸慈祥，说："我把我全部的爱都留给你。"

天哪，我从没有像此刻对"爱"这个字感到厌恶，觉得它无耻和丑陋。穆晨锤知道自己一无所有，又步入暮年，他挣扎着把仅剩的羽毛骨肉和精血全部撕扯下来喂给女儿，让她展翅高飞，留下满目疮痍的身心，还硬说那里面装的全都是爱，这不叫无耻又叫什么呢？过于义愤填膺反而让我笑了，我挑衅说："我可以不要你的爱。但如果你要我的，我一定要青荷先向我道歉。"

其实，这个时候，我对青荷道不道歉这件事已经不介意了；但我压着一股怨气，一心想"做"而已。我就是要拿青荷开刀，这样能让穆晨锤感觉到疼。

疼痛是很主观的。有时候，别人的痛疼可以减低自己的疼痛感。

穆晨锤再一次向我显示了他坚不可摧的意志力，他冷峻地说："舒展，如果你这样强迫我，那跟我和刘苏娜生活在一起有什么不同呢？"

我一时瞠住。我没想到穆晨锤这样作比，好一会儿才说："你问我我和刘苏娜有什么不同？你不是说刘苏娜从来就不爱你，而我是最爱你的吗？"

"可结果不都一样吗？裴多菲说：'生命诚可贵，爱情价更高，若为自由故，两者皆可抛。'你这样逼我，就是让我感到不自由。"

我为穆晨锤这个说法沉默了好久，我问穆晨锤："如果要你在青荷和我之间做一个选择，你会怎样？"

穆晨锤看了我一眼，转过头去对着初夏灿烂的夜空，没有说话。

我重复了一遍我的问题，穆晨锤还是不说话。

——他等于已经回答我了。

我心脏的地方狠狠疼了一下。那种痛，比我用手术刀割破手指要疼痛一百倍。那是一种发自内心的疼痛。一种彻底的心痛。我用英文尊称了穆晨锤，我说："我终于弄懂了一件事。为什么刘苏娜那么恨你、那么恨青荷。我原先想不通的，想她是青荷的母亲，怎会那样。我现在明白了：因为你不爱她，你只爱你自己。你固然勤恳、奉献、好脾气，但这些不是爱，是你的修养，不是你的感情。你爱青荷，是因为青荷是'你的'女儿。你对青荷的爱不像普通的父女之爱，而像一个自私悭吝的人对他财富的爱，所以你才让刘苏娜受不了。是你让刘苏娜变成现在这个样子：刁蛮、粗野、疯狂、失控。你把她身体里最恶毒的东西激发了出来。我可不想成为第二个刘苏娜，那太可怕了。……"

我说了很长的话，以致我必须歇上好一阵儿，才能再次开口。

我再开口时，情绪已经平静了许多。我友好而体贴，像一个多年的至交，一一过问了穆晨锤出国需要带的东西，叮咛他注意身体，要吃好，别舍不得花钱。我说这些话时，丝毫没有做戏的成分和言不由衷的勉强。那一出悲剧，我一直渴望上演，并一直在演的，在后来还要几经波折跌宕起伏之前，我以为已经落下帷幕了。

我以为我和穆晨锤的故事就算是完了。我抬头仰望静谧幽蓝的夜空，那上面繁星点点、闪烁不已，我不由得心生感动，谢幕般地说："记住今夜吧，有一天你的回忆里会用得到它。"

以蓝天的名义

穆晨锤第一只脚刚踏出海关就后悔了。

一到奥地利，穆晨锤便给我打来电话："哦，舒展，我离开了你才知道我有多么爱你，我真的离不开你。"

我无动于衷，我像隔岸观火一样无动于衷。任何事情都有着极为复杂的成因，其中最关键的那一个，往往是最隐蔽和最难以启齿的。直到后来跟穆晨锤彻底分手，我都没有告诉他我离开他的真正原因。我原本是想告诉他的，可有些话很难说出口。它们难以启齿，找不到恰当的语言。在人类社会，"语言"是多么的重要啊。没有它，我们有多么伤心。

我想告诉穆晨锤的是，我离开他不因为青荷对我刁蛮，也不怕成为刘苏娜第二，而是他让我想起我的父亲。

我恨我的父亲，不能原谅他。

穆晨锤知道了发生在我5岁那年夏天的故事后，一直想帮我改善与父亲的关系。但我拒绝这样做。我将我的心情锁定在5岁那年夏天,我在玉渊潭湖底被水草缠住脚踝的那一刻。我的生命在那一刻被父亲放弃。虽然他最终救我上来,但那已经晚了。

那以后,父亲对我特别好,各方面都宠我。但这没有用。我是一个认账的人,如果你说这个事是我必须承担的是我的命运,那我不会拒绝。但有一点:就是你也必须认账,你必须承担你行为的后果。做过的事就算是做过了,不要试图弥补。有些东西是不能弥补的,越珍贵的东西越无法弥补。完整是造化,而破碎将成为它的价值。玉碎了还是一地碎玉,合起来不过是只破碗。破镜假使能够重圆也是由裂痕维系着,更不必说天天照出来的都是些扭曲的脸了。伤口不能愈合就清创吧,挖去浓血和腐肉,虽然疼,虽然留疤,但所剩毕竟是干净的。我们必须学会坚守贞节和坚守失贞。我们必须学会舍弃最爱,看它腐烂成泥,如果我们想得到纯粹的爱。

但我并不真的那么绝情。决定离开穆晨锺后,我反而对青荷多了一份责任。

回到宿舍,我坐在桌前给穆晨锺写信。我详细叙述了去找尚尧的经过,我告诉穆晨锺我怎样挑逗他、我们怎样动作、我怎样到了高潮,又怎样改主意拒绝了最后的性交。最后,我告诉穆晨锺,出于歉疚和补偿,我怎样替尚尧释放了出来。我真的像在做实验报告,认真而客观地记述下实验过程、结果和意义分析。

我唯一没有说的,是那个伴随着高潮而来的疼痛。

写完信,我想该去哪里为青荷找钱。上大学后,我很少问家里要钱。这些年我一直拿奖学金，日常生活基本没有问题。其他一些"大件"，像网球拍山地车之类，大多是陈子东送的。陈子东有钱，喜欢送礼物给我。

我翻出通讯录找到庞哲的电话。本科时，我为练英文在一家翻译公司兼职，庞哲是那儿的业务经理。我下楼到电话亭打了庞哲的传呼，回电话的却是一位小姐。她警惕地盘问了我一番，最后才告诉我庞哲做生意亏了本，一切财产都抵债给她了。我问那么到哪里可以找到庞哲，对方说："你去南非试试。"

我回到宿舍楼，经过值班室时吕秀莲大声叫住我，把电话听筒从窗口递出来，说："深圳长途，一男的。我说你回家了他不信，没成想你还真在。"

我接过电话谢了吕秀莲，想我在深圳没什么认识人啊，我说："喂——？"

"闹闹，是你吗？真的是你吗？闹闹？"对方的声音又欣喜又迫切，搞得我一头雾水。我纳闷哪个男的跟我这样熟，会叫我的小名呢，并且还叫得这么顺口。我不情愿，故意纠正说："我是舒展。您哪位？"

"哦，闹闹！终于找到你了，我是许安阳啊！"那人的语气有点嗔怪，好像我没听出他的声音很不应该。

"许安阳？"我狐疑地重复着，感觉又陌生又熟悉。少顷，我说："你是许……"我想我猜出了对方的名字，但无法将它说出口。

"是的，我是许安阳。"许安阳知道我听出了他，激动地说，"哦，闹闹，我太高兴了，我终于找到你了。"

我有些不高兴，因为他还在叫我的小名。我说："我一直都在这儿，从没有离开过。你不需要'找'我。"

"噢，当然，闹闹，你一直都在。这些年，有变化的是我。"

"叫我舒展好吗，"我终于说，"我叫舒展。"

"哦，舒展，你不喜欢我叫你小名？"对方终于了解了我的立场，但这没有妨碍他的情绪。"好吧，"他诗意地说，"但你告诉我，这些年你都好吗？"

我有半分钟没有吭声，像被噎住。"我想你不一定想知道这个问题。"我说。

"噢，舒展，我想知道，告诉我！"许安阳的语气真诚而不容置疑，仿佛飞机翅膀上最值得信赖的一块钢板。我却被这块钢板划伤了。

"我们有很多年没见面了吧？"我说。

"4年9个月零11天！"那个叫许安阳的人说，"舒展。这些年我经历了很多事，每当我被失败击中、被挫折打倒，一个人躲在黑夜里独自舔舐流血的伤口，我都会想起你。我对自己说：'我不能倒下，我不会认输，我要重新站起来！'因为我心里有你，你是我的希望！"

我几乎被许安阳的话气得发笑。而我也真的笑出声来，我说我们不说这个了好吗，我说："要是没别的事，我挂电话了。"

"噢，不！舒展，我要见你！"许安阳说。

"这不可能！"我斩钉截铁。

"我马上飞来北京。或者，你到深圳来。我立即派人送机票给你，空白的，你签哪一班都行。"

"我说过我要去了吗？"吕秀莲一直在值班室里监视着我的通话，我开始恼火。

"舒展，难道你不想见我吗？你没有话要对我说吗？"许安阳问。

"如果我说'不'，你不会太失望吧？"我刻薄地说。

"噢，舒展！"许安阳第一次无言以对。

"我要挂电话了。"我已经闻到喉咙里冒出的火药味，再不结束我可真的要发火了。

"舒展，等一等，舒展！"许安阳突然急切，仿佛挣扎着用身体抵住即将关闭的门扉。

"那么，舒展。再告诉我一件事好吗？我特别想知道。你，还是那么爱笑吗？"

"你说什么？"我没听明白。

"你还那么爱大声地像鸽子一样快乐地笑吗？你还那么快乐吗？你还那么健康吗？你还是那么胖乎乎的结实有力、生机勃勃，像一株灌饱了浆的麦子吗？我记得你走路总是一蹦一跳的，仿佛遍地都是弹簧。告诉我舒展，你的皮肤还那么有弹性吗？有阳光的时候，上面会泛出生动的绒光。还有，你还是那么爱吃

'原材料'吗？在飞行团，你总到炊事班去'偷'生黄瓜、生西红柿、生芹菜什么的。你说它们营养丰富。——噢，舒展，告诉我，你一切都没有变吧。"

我，忽然就哭了。许安阳说到一半时我就哭了。我听到许安阳问我走路是不是还一蹦一跳的，仿佛遍地都是弹簧时，就开始哭了。吕秀莲看着我，很想知道发生了什么事。

她当然不会知道，这个男人是我的初恋。

1989年，我考入博雅医学院英语医学系。当年将近年底时，我们得到上级通知取消第一学年的寒暑假，将压缩课程到7个月，挪出5个月军训。

我们先到石家庄一所陆军指挥学院集中封闭式训练了4个月，然后到基层部队进行为期一月的实习锻炼。英语医学系分配在甘肃永靖一个空军航空兵基地，我和我当时的上铺倪娇娇下到飞行训练三团。

倪娇娇是我们到飞行团的第三天跑掉的。倪娇娇的父亲倪震霆在温州开了好几家服装厂，生意做到欧洲。倪震霆送女儿上大学是为了培养她的淑媛气质，以便将来嫁去国外。倪老板指责学校耽误他女儿的青春，愤然为女儿办了退学手续。

一年后倪娇娇来信，说她跟一位比利时服装商人结婚，移民去了法国。

倪娇娇走后我感到了孤独，于是每天傍晚爬到飞机上去看夕阳。这一天，我一样坐在一架训练机的翅膀上，夕阳将我的视野笼罩在一片血色中,尚未散去的温度使地气在跑道上弥漫起海样的幻影。这时,一个模糊的影子从那片血色中缓缓走来,看上去像一只在热气蒸腾的沙海中摇曳独行的蛾子。地气的幻觉延长了蛾子走来的路程,蛾子因此走得格外寂寞执著,充满悲壮的诗意。我目不转睛地看着那只蛾子,身上忽然有种被电击的感觉。

我的心"嘎嗒"响了一声。透过崭新的天蓝色空军制服,我看见自己左心室后壁上那束我曾经辨认错了的心脏起搏纤维正在微微颤抖。许多年后我还想:当年,那个初夏的傍晚,到底是什么东西碰触了我那根心弦,让它发出那样致命的响声呢?我搞不明白,是夕阳的孤独和温暖打动了我;还是那蛾子的寂寞和诗意打动了我,使我在那一瞬间,突然感到了心疼。

蛾子越走越近,终于幻化成一个人影。那人俊朗、挺拔、英姿飒爽。他戴着雪白的手套,步伐坚实有力,显出一股强烈的天纵之才的自信与豪情,和源自内心深处的张扬和难以撼动的意志力。许安阳走到离我坐的飞机15米的地方停下,指着我,略微扬起下颌,说:"你,下来!"

我四顾看着,想找出许安阳说话的目标。许安阳向前跨了两步,左手叉腰,身体稍稍倾斜,提高音量道:"就是你!坐在飞机上的那个,你给我下来!"

这时,作训参谋李亚鹏从远处跑来,给许安阳敬了一个军礼。乐呵呵地说:"团长,您回来啦。"许安阳还了一个漂亮的军礼,一脸严肃对李亚鹏说:"谁允许非训练时间非训练人员上训练机的？"

李亚鹏窘迫地看了看正顺着梯子倒退着往下爬的我，许安阳不等李亚鹏回答，转身朝我走了两步，伸出右手，说："舒展同学，你好！我是空军××师飞行三团团长许安阳，欢迎你到我们这里锻炼和帮助工作。"

我没料到许安阳突然来这么一招，但还是记得先敬了一个军礼，才伸出双手去握许安阳的手。这个握手的方法是下部队之前集训队队长教给我们的。队长说，在部队下级跟上级握手一定要用双手去握，这样才显得尊重首长有礼貌。许安阳微微一笑，显然他也注意到了这个细节。许安阳转身对李亚鹏说："军区会议有两个重要文件，通知连以上干部十分钟后到会议室开会。"

说罢，许安阳迈开大步，向掩在一排白杨树后面的办公楼走去。刚走了两步，许安阳又停住，回过头伸出一根手指，指点我说："舒展同学，请你记住：没戴军帽的时候，不要给任何人敬礼！"

我的脸像给夕阳点燃了一样，"腾"地就红了。

许安阳曾经是空军最年轻的飞行团长，著名的"金牌飞行员"。他潇洒、漂亮、英姿勃发，最让我惊奇的，是这个只有初中二年级学历的人竟是喜爱俄罗斯文学的。在群山环绕夕阳西下的停机坪上，许安阳多次地向我讲起托尔斯泰索尔仁尼琴莱蒙托夫和陀思妥耶夫斯基。他大段大段地背诵屠格涅夫的《猎人手记》，无限神往地描述着《别日草原》里，风吹过处无边的芦苇荡、野鸭和水鸟盘旋的水泡子、用铁皮罐在篝火上煮土豆的少年，还有他们星夜下的谈话。

许安阳这样时我总想起我的父亲。如果不亲口尝到父亲做的罗宋汤和洋葱熏鱼，我怎么也不会相信父亲的双脚曾经踏上过俄乡。在父亲身上，丝毫看不到濡染了俄罗斯大地散发出的浑厚凝重的高贵与诗意，看不到那种充满悲剧感的包容与肯于担当的精神向度。

虽然许安阳让我想起我的父亲，但还不足以就使我爱上他。我只远远地看着他，目光追随他的一举一动，内心充满敬畏。直到有一天，许安阳让我走进他的世界，发现了他软弱的内心。

那是我到飞行团后的第二个周末。傍晚，我又来到停机坪。许安阳也有晚饭后到停机坪散步的习惯，他总是像检阅自己的部队一样缓缓有力地从飞机阵前走过，若有所思得像一个身经百战的将军。因为碰巧遇到许安阳，我便和许安阳一起走了一段路。许安阳似不经意地说："舒展，有一件事我必须告诉你，我要感谢你！"

"啊？"我没听懂。许安阳说："舒展，你不知道你的出现对我意味着什么。你那么年轻、那么鲜活，像一轮新鲜的朝阳。你让我觉得自己又年轻起来，对生活又重新寄予了希望。"

许安阳停下脚步，看着茫然的我点头确定，说："舒展，我跟你说实话。这些年，我一个人很孤独！不错，在很多人眼里，我的头上罩满了光环，但它们丝毫不能让我感到荣耀，只让我更加悲哀。为什么？就像马戏团里的狮子，固然它因为稀少和硕大，博得人们很多欢呼和喝彩；但它毕竟是一头狮子，而不是一条玩杂耍的狗！狮子真正的荣耀不在挂满彩带的马戏棚里，而是在草原上、在旷野上，在追逐一只奔跑的羚羊的速度中！20年来，我每天坚持用3个小时完成超强度的体能锻炼、保证4个小时的读书时间。我不吸烟、不喝酒、不打牌，睡眠极少。我随时做着细致完善万无一失的准备，准备有一天，把我的一切毫无保留地全部献给这支军队。"

许安阳向四周张开双臂转了一圈，又泄气地说："可是，你再看看周围的环境：人心涣散、人浮于事。且不要说那些天天打牌喝酒扯闲天的人有多么委靡不振，那些像老鼠一样把昂贵的战备机油偷运回老家上到破柴油机上的人有多么贪婪可憎，你只随便叫过来一个35岁以上的军官，掀起他的军装看一看他肚子上的赘肉，就知道这支军队到底有没有希望！很多时候，与其说我怕这个环境让我失望，不如说我更怕我自己让我失望。"

许安阳直视着我，眼睛里射出灼灼的目光："舒展，你知道吗，你的出现使这里的一切不一样了，连最邋遢的志愿兵都知道把风纪扣扣好了。你像一个纯洁的天使，用你青春的魔杖点化了这个污浊的世界。因为你，我甚至也不那么讨厌以前我完全不能容忍的那些事情了。所以，我要感谢你！"

我慌乱地低下了头，回避许安阳逼人的目光。我感觉我的脸一阵红热，心怦怦直跳。我一直以为许安阳是一个完美无缺的人,他像一件上帝的杰作,用以诠释"超凡脱俗"的含义。我却不知道这样一个出色男人,也有着烦恼和不如意,有着难于启齿的软弱和彷徨。我感到忧伤。许安阳是一只搏击长空的雄鹰,飞跃千山,凌云万里;他是一头在荒漠奔跑的雄狮,矫捷敏健,遗世孤立。一只雄鹰的叹息,比一千只乌鸦的连天聒噪沉重一万倍;一头雄狮的困顿,比一百只鬣狗的彻夜哀号更令大地战栗。许安阳的名字理应永远与光荣和梦想为伍,而不该被俗世的污浊所淹没。

可是,我在忧伤的同时,却又有种难以抑制的欣喜。我窥见了许安阳的软弱之处,它使许安阳看上去更像一个血肉丰富的英雄,而不是远在天边的神。过去,许安阳太像一个神话了,我只能怯怯地仰望和远远地崇拜。此刻,站在我眼前的是一个伤口流血的战士,一个踽踽独行的英雄,一个缺少呵护和温暖的男人。

我坠入爱河,爱上了许安阳。

但我那么年轻,那么羞涩,那么缺乏经验,完全不懂得怎么表达自己的爱情。我爱出风头的毛病又犯了,多动、吵闹、无端地大笑。我故意出现在许安阳可能出现的每一个地方,却假装不经意地邂逅。一切初恋的幼稚病都在我身上体现,我像一个高烧不退的病人。

对于我的情绪变化,对于我种种近乎露骨的愚蠢行为,许安阳像是根本没有察觉。他永远那么正派周到、懂得分寸。离开飞行团的前几天,一个晚上,我在许安阳的办公室里和他聊天。可说的话题已经说完，熄灯号也早吹过，我却死活找不到离开的理由。我心里着急，身体却像粘在椅子里。我偷眼看许安阳，他安坐在办公桌后面，玩弄着手中的一支铅笔，似乎十分专心。

突然，楼道里传来一阵咚咚咚的响声。团政委胡天宝特有的180斤体重跺出的脚步声由远及近，向这边过来。我的心一下蹦到嗓子眼，心虚地去看许安阳，却在他的眼神里看到一缕从未有过的惊慌。许安阳随手抄起一本杂志，"啪"地甩给我，匆忙说："拿着，假装看点什么！"

我才颠倒着打开杂志，胡天宝就巍然出现在门口。

许安阳朗声招呼胡天宝，告诉他我即将结束军训离开飞行团，走前来找他谈谈思想。胡天宝善解人意地打着哈哈，说他只是查哨顺便上来看看，不妨碍我们。胡天宝笑着扫了我一眼，随手带上房门，转身走了。

"咚！咚！咚！"胡天宝离去的脚步声仍然沉重，仿佛重锤敲击着黑夜。

屋子里，灯光底下，我和许安阳突然感到尴尬，一下子无话可说。

那以后，我再没有单独和许安阳在一起过。我不再于傍晚时分准时出现在停机坪，焦急地等待许安阳。白天，整个办公楼也不再听到我夸张的说笑和来回的奔跑。我突然变得文静和安静，像一个怀揣巨大秘密的人，激动得不敢出声。

是的，我发现了一个秘密。这个秘密就是：许安阳是在意我的。之前，我一直看不清许安阳的内心，他永远那么周全和滴水不漏。然而，那晚许安阳听到胡天宝脚步声时眼睛里流露的惊慌，泄露了他一直成功隐藏的情感。许安阳情急之下甩给我杂志的动作，把我们之间的关系升格为一次宽泛意义上的偷情，并不容分说地将我胁迫为他的同谋。

而偷情的感觉是多么的美妙啊。它的激情似火和烈焰焚心、它的冲动疯狂和隐忍克制，它的惊心动魄和涉险而过，它的挑战缄默和欲罢不能，……所有这一切，使"偷情"这种两性关系成为人类情感中最持久迷人的诱惑。

许安阳的心里是有我的，这就足够了。我当时想。

然而，我还是在最后一刻向许安阳提出了一个后果严重的要求。离开飞行团的前一天，距下班还有30分钟，我拨通了许安阳的电话。

"明天就要离开这里了，我想坐一次飞机，可以吗？"

"什么？"许安阳一定感到诧异。

"我想上天！"我说。我知道这是部队纪律绝对禁止的。但我忽然就有那么一股冲动，非要冒险做一桩根本不应该或者根本不可能的事。我不知道想以此表达什么或者证明什么，只是想做而已。电话那头，许安阳沉默了足有一分钟。我开始后悔。其实，话一出口我就后悔了。我等待着许安阳的拒绝。我知道，他一定会拒绝我的。

就在我脸红耳热、心跳加快，坚持不住几乎要放弃时，听筒里传来许安阳低沉果断的声音。"听着,"许安阳说,"10分钟后,在3号机等我!"

许安阳干净利落地操纵着一切。飞机像一只雄鹰,冲出跑道,一直向上向上,直到穿破云层,凝固般滑翔在蓝天之中。我从机舱向外张望,茫茫无边的云海被夕阳点燃,汹涌澎湃,激情翻滚。失却了尘世景物的参照,此处竟有一种强烈的虚幻和无度之感。

"好美啊!"我在头盔里兴奋地大喊。

"是的,每当我驾驶飞机遨游在天空,我便相信,自己是世界上最幸福的人!"

我贴近玻璃窗,贪婪地看着外面。我想知道此刻是否真实,想证实自己不是在梦中,不由自主地去拉动顶舱的扳手。"危险!你干什么!"许安阳大吼,猛扑过来制止我。我被吓到,失声尖叫。许安阳又急忙抱住我,喊道:"别怕!舒展,你是安全的!"

我不知所措。许安阳一动不动看着我,我也一动不动看着他。许安阳离我很近,我能感觉到他身体的重量和剧烈起伏的心跳。

过了好一会儿,许安阳轻声说:"舒展,我可以以蓝天的名义吻你一下么?"

我听见遥远的地方传来一声天籁。飞机失去了控制,像一只迷失的天堂鸟……

疼痛的雁阵

我开始了我的初恋。

我和许安阳鸿雁传情、互诉衷肠。在第一封信里,许安阳就实现了和我的灵肉结合。之后,许安阳每封信都写这件事。许安阳描写得如此细致耐心声情并茂,如此不厌其烦花样百出,好像在做备受瞩目的真人秀表演。我不喜欢这些文字,但因为深爱着许安阳,就原谅了他。

女孩子的恋爱永远都需要观众,我忍耐不住把恋情告诉了梅丹冰。我约梅丹冰到菁菁饼屋,用黄色即时贴挡住许安阳信中过分的词句,给梅丹冰看了其余的部分。没想到,许安阳竟惹恼了梅丹冰。梅丹冰把许安阳的信摔在桌上,气愤地说:"他一个结了婚的人,有什么权力说爱你?!"

我被梅丹冰的话搞蒙了。此前,我从未考虑过"爱"的权限问题。我以为爱就是爱了,只要精神的交流,没有现实的企图,对别人无害,就可以。

"可它对你有害!"梅丹冰愤怒地说,"他有什么好?一个初中都没毕业的人!"

"你不知道,'他特别理解我'。"这句话是一年前梅丹冰对我说的。刚进大学不久,梅丹冰便和隋天意谈起恋爱。隋天意是同年级普通医疗专业的学生,家在农村,成绩一般、相貌平平，我觉得他配不上梅丹冰，一心想拆散他们。我问梅丹冰隋天意有什么好，梅丹冰就是用这句话回应我的。我当时听了气得半死，我说咱俩在一起六七年了，难道我不理解你吗？梅丹冰说那不是一回事，梅丹冰说："等你恋爱你就知道了。闹闹，那是不一样的。"

我增加了回家的次数。每周三下午，我骑车子从学校回到大院，让时任空总后勤部助理员的陈子东给我要许安阳的军线长途。那时的军线电话还要通过人工总机一层一层叫转，若碰上繁忙时段，需要很等。陈子东要我到沙发上歇一会儿我也不肯，一定趴在他办公桌上，守在离电话最近的地方。

陈子东很懂事。电话一接通就递给我，自己拿上保温杯，吹着口哨到隔壁办公室找人下棋去了，仿佛毫不介意的样子。

我的初恋持续了10个月。许安阳的妻子宋雅来找我时，翠湖里的夏荷已经陆续在败了。

宋雅是一个干净利索的女人，眉宇间透着一股独属于女军人的刚强和妩媚。宋雅告诉我，飞行团有一个提升的机会，上面想用许安阳，政委胡天宝却告了他，中间提到他违反飞行纪律带我上天的事。

我被这个消息吓住，没想到我的任性果然给许安阳造成灾难。宋雅反倒安慰我，说许安阳的前途是他自己毁的。"三个月前，许安阳跟师里通讯连一个女兵用战备电话谈恋爱，被胡天宝录了下来。这是整个事情的关键。"

我的思绪向后飞跑,溯寻到宋雅说的那个时间,那正是我和许安阳最热火朝天的时候。宋雅说,胡天宝还动员招待所小周状告许安阳对她诱奸未遂。许安阳和那个梳着一根长辫子的女职工之间的事,发生在我将要去飞行团的那个春节。

我完全被宋雅搞糊涂了,怀疑她在骗我。宋雅告诉我的许安阳和我认识的那个人简直天上地下,我认识的许安阳是那样严谨、正派,恰如其分。一次,军区下来工作组,一个参谋酒后发飙,硬要团里给搞一些"刺激的"活动,我亲眼见到许安阳指示李亚鹏予以拒绝,许安阳很有些大义凛然地说:"有事儿我扛着。"

在许安阳的叙述里,他对宋雅也情深意重。许安阳和宋雅都是河南老乡,两人是同年兵,坐一个车皮参的军。宋雅现在是信阳一家部队医院的护士长,他们有一个8岁的女儿,小名天真。许安阳经常用动人的语气娓娓述说他和宋雅的爱情故事,说他要永远保护她,给她他的"忠诚"。

可是,宋雅却说许安阳历来不忠,为此两人多次闹到离婚。我不明白,如果许安阳原本对爱情就不忠诚、他和宋雅早就没有了幸福,他应该尽量回避这事儿才对,怎么好意思那样陶醉地标榜呢?

"他是一个什么样的人,现在连我都搞不清楚了。"宋雅泄气地说,"我有时候觉得,许安阳更像是一个魔鬼!"

深夜,我来到翠湖边,在一块山石后面点起一小堆火。

我从背包里取出红丝线捆扎的信件，解开散了一地。宋雅用我写给许安阳的情书，换走了许安阳给我的所有信件，当晚便急急返回信阳。许安阳遭遇人生最严酷的危机，他向宋雅求救。宋雅是一个厉害的女人，关键时刻比她丈夫坚强。宋雅已经打报告调到飞行团，行前有许多事要处理。

我抓起一把信投到火中。信很重，竟扑地把火苗压灭了。我重新点起火，将信笺从信封中取出，一张张展开、抻平，拿起一页放到火苗上。信纸先是暗了一下，像被火舌舔湿了，再又猛地燃起，蹿出一片火光。我把那页纸丢到火里，另外拿起一页来盖在上面。

信太多，一下子烧不完，等待的时候，我忍不住又将它们重读了一遍。

直到这时，我才第一次哭了出来。

那是些怎样感人至深的情书啊，我几乎不相信它们是我写的。我赶在传呼机手机和英特网普及之前写完了它们，它们记录了我最初和最原始的爱情。因为这张纸从未被书写过，我便以为有那么大的地方可以任意挥霍。我不懂得谋篇布局，不知道间架结构，不想着进退有据。我急于向对方表达自己、奉献自己，说话太多，把心都剖开了、剪碎了。还有那些情诗，现在再看，它们是何等的幼稚，几乎不堪卒读。可它们仅仅幼稚而已，却一点儿都不做作，更不矫情和夸张，不令人脸红。

学校在两周后放了暑假。我回家对父母说想出门做一次远行,父亲问我去哪里,我说了"敦煌"的名字。

我对父母撒了谎。我的目的地不是敦煌而是飞行团,我要去找许安阳。

可是,我坐过了站。我买了一张去兰州的车票,一觉醒来却发现自己到了西宁。在车站售票室排队买回兰州的票时,我无意中瞄了一眼旁边一个人手里的地图,一眼就看到了青海湖。我注意到,一条红色的代表火车道的细线,贴着青海湖北面由东向西延展,离湖岸最近的地方不过二三毫米。

我于是做出了一个冲动的决定:去一趟青海湖。

然而,我疏忽了一个重要细节:我目测的是一张比例尺1∶6,000,000的地图!

我在一个叫刚察的小站下了车。地平线在远处呈现出它弧形的轮廓,一条"蓝色的带子"静静地横陈在上面。起初,我以为离"蓝带"特别近,走过眼前的油菜地就是了。可穿过油菜地,另有一片绿草地横在我与那条"蓝带"之间。待绿草地之后,又冒出一片开着紫色花的苜蓿地。穿过苜蓿地,接着是一片艳红的罂粟地。走过罂粟地,眼前又被一片更大的青稞地阻挡。高原仿佛无边无际,而那条我要去到的"蓝带",隔着这许多种颜色的帏幔,像一个谜,与我不即不离,朦胧而神秘。

我一个人默默地走着,像一个爱护舌头的苦行僧。我越走越远,离开我熟悉的城市、人群、车站。因为青藏高原的辽阔和缺乏参照物,也许我走歪了,走错了,走的不是一条最好的路。我不知道。我只不停地走着，这让我心安。当情绪在高原强烈的日光辐射下开始有些疲倦的时候，那条我一度以为遥不可及的"蓝带"，伴着一阵咸腥的气息，"刷"地铺开成无边的海洋，展现在我的面前。我停下来，深深吸一口气，让突跳的心得以稍微平静，继而甩掉鞋子，向着那一片蔚蓝奔跑过去。

我在湖边上找到一条搁浅的船。那是一条很破的船，船体已经开始腐朽，显然被遗弃多时。我在船上待了很久。我可能睡了一会儿，然后又醒了。醒来后，我好一阵不知道自己身在何处。我对着蓝天发了好一会儿呆，终于记起全部的事情，和我是怎样一路走来的。

我抬头仰望蓝天。在离我很近的蓝天上，正有一队大雁飞过。它们排成一个大大的"人"字，向着东南方。在整个天空的映照下，那群大雁显得有些单薄和孤独。我忽然就想起了许安阳。离开北京后，我还是第一次如此清晰地想起他。眼泪一下子就漫了出来，流得哪里都是。我歪过脑袋，在肩头的衣服上蹭着流下的泪水，看到离我不远处躺着一只白色鸟的尸体。它像一块鹅卵石，安静地卧在那里。那只白色的像鹅卵石一样的鸟使我产生了一个错觉，以为我自己也是一只候鸟，我孤独的旅程因此蒙上了一层迷人的忧伤。

雁群消失在天尽头时，许安阳也像飞走了的大雁，在我心里变得遥远。

远到几乎完全不见。

第三章

党校单人宿舍

周日我也没有回家。上午,我到科里转了一圈儿,鬼鬼祟祟的,在尚尧的办公室外逡巡。可是,直到我离开基础部大楼,尚尧一直没有出现。

下午,我换上球衣去了网球场。尚尧每周日下午固定打三个小时网球,今天却也没有来。我心里毛毛的,像梅雨季节的湿地,满是不确定的不安。

我在网球场遇到了沃尔克。我和他打了几局,忽然想:哎,这个天真的美国男孩,说不定可以帮我完成"V计划"。

和穆晨锺成为情人之前,我有过两次短暂的恋情——我是指那种正常的、正经的,彼此都单身,符合道德规范,被公众认可和祝福的恋爱。

他们一个是沃尔克,一个是鲁黄。

沃尔克和鲁黄同一天在孙朝晖的办公室认识我,又在同一天向我求爱。那天上午,沃尔克把一束玫瑰花送到神经生物研究室。我当时不在,罗艺兵代收了下来。中午,鲁黄到我宿舍,请梅丹冰转给我两张美国电影 *Love Story* 的门票。

我同时被两个男生追求,他们一个是美利坚帅哥,一个是金骨科博士,着实让人踌躇。经过和宿舍室友"卧谈会"上的充分讨论,最后,我还是按照先来后到原则做出了选择。我告诉鲁黄我先收了沃尔克的玫瑰,所以应该先跟他谈。鲁黄表示理解,他说他会等着我。我忙说:"你可别,那样我会有心理压力的。"

鲁黄羞涩地说:"这是我自己的事,你不要有压力。"

我和沃尔克开始了谨慎的约会。我说"谨慎",因为从初潮那一天起,我就被母亲反复教导要警惕男人,说他们总是觊觎女性的身体,处心积虑地想占便宜,并尽可能地不负责任。母亲的话如同金属的利器削刮锅底,发出刺耳的声音。母亲这样说时,我的鼻子里总涌进一股生铁锈的味道。

好在,沃尔克虽然生长在西方资本主义腐朽社会,但他很有教养、尊重女性,从未试图侵犯我的身体、占我便宜。沃尔克最多只在见面和分别时轻轻吻一下我的脸颊,动作优雅到他因为打球而异常发达的胸肌离我高耸挺拔的乳房都还有一掌厚的距离。因为这个,和沃尔克分手后,我回想起这段往事,就觉得也没吃什么亏。

我和沃尔克分手在我22岁生日这天。那天晚上，沃尔克请我到莫斯科餐厅共进烛光晚餐。为了配合气氛，我特意借了贺兰的一件宝姿吊带鱼尾裙和一双卡迪亚高跟鞋穿上。白灵灵给我化了一个浓艳的晚会妆，梅丹冰又给减了减，我头一次看上去像一个淑女。

我和沃尔克成了老莫那晚最耀眼的一对佳人。然而，只不到一个半小时，我就把这一切给毁了。因为买单时，沃尔克竟提出跟我分账！虽然在此之前，我和沃尔克交往时消费都是AA制，但那天不同啊！那天是我的生日，是沃尔克主动提出要请我到老莫来的。更可气的是，沃尔克还在饭桌上跟我一五一十地掰扯菜谱明细。

我不能相信自己的耳朵。这个美国人，号称我男朋友的，生日请我吃饭，临了却说什么分账？我借贺兰的LV包里除了几张面巾纸和半管口红，一毛钱都没有，叫我拿什么分？服务生面无表情地立在我身边，眼神里已经有了鄙夷的怀疑。我又气又恼又羞又愧，满脸通红，压抑着声音，用英文对沃尔克恨恨地说：

"既然是分账，干吗你要我点黑鱼籽？"菜单上，黑鱼籽酱的标价是168元，而红鱼籽酱只28元。

"是你征求我意见呀。"沃尔克无邪地说，"黑鱼籽是生活在黑海和里海的鲟鱼的卵，这种鱼一年只有几天洄游到伏尔加河产卵，十分珍贵；红鱼籽是大马哈鱼的卵，比较普通。你问我这两种哪一种好，我当然告诉你黑鱼籽好……"

"这个用不着讲，我20年前就知道了！"我愤然打断沃尔克。父亲留学苏联，别的好处我没有得到，他的一手漂亮的俄罗斯菜倒常让我大快朵颐。就是这声名显赫的莫斯科餐厅，我11岁小学毕业高分考上四中，恰巧陈子东中学毕业参军，作为奖励及别情，他卖了他的自行车在老莫请了我一顿。

啊！陈子东！陈子东！想起陈子东，我像抓到一根救命稻草，"咣"地起身撞开椅子，不顾晚礼服妖娆体面的穿着要求，风也似的跑到餐厅外，向门口一位等人的男子借过手机，要陈子东带钱火速赶到老莫来。

重新回到餐厅，我又恢复了之前的风情万种仪态万方。接下来的时间里，我像外交宴会上的贵妇似的，优雅地同沃尔克谈起了鲟鱼不寻常的洄游习性。

我才只开了个头，陈子东便夹着个老板包，风风火火出现在餐厅门口。

我举手叫来服务生，要他告诉陈子东哪些菜肴是需要我付账的。陈子东接过账单瞄了一眼，咧嘴说："就这呀，你们吃的也忒素啦。"说着，从老板包里掏出一沓百元钞票往桌上一拽，对服务生说："这是1000。把这位洋先生的钱退给人家。咋说咱也是文明古国礼仪之邦啊不是？余下是小费，您受累拿着。"

在餐厅大门外，沃尔克追上我，问我要去哪儿。我指了指陈子东的凌志车说："我男朋友在那儿。"

沃尔克一脸茫然，说："那么，我呢？"

我被沃尔克的愚蠢气得笑起来,好脾气要他"care"好他自己。

路上,陈子东嘴一直不停地取笑我、讽刺我,终于把我惹毛了。我生气地说:"你别那么委屈,以为当了冤大头。那钱算我借你的,回来我还你!"我一发火,果然把陈子东镇住了。陈子东又忙着向我道歉,说根本没有觉得冤枉的意思,只是玩笑而已。陈子东做出可怜兮兮的样子,说:"闹闹!舒小闹!舒小闹同志!!你得允许老百姓有自己表达高兴的方式不是嘛,您不能搞霸权主义和大国沙文主义,那样不好。"

我被陈子东逗得发笑。陈子东问我去哪儿,我赌气说:"回学校!"

陈子东将车开到校门口停下。我下车,头也没回说:"我走了。"陈子东叫住我,从后座拿过一只硕大的剪绒加菲猫递给我:"喏!给你的。"

我一下愣住了。我没想到陈子东给我准备了生日礼物——我本不应该想不到的,以往每年陈子东都送礼物给我。今天,如果我不打电话叫陈子东来替我付账,他准备何时将礼物给我呢?我抱着满脸瞌睡的虎皮猫,忽然感到歉疚。

"得啦,快进去吧,别在这儿现眼了。"陈子东又恢复到他玩世不恭的样子,从西服内兜里拿出一只封好的红包,笑说,"去买几套像样的裙子,别借人家的,咱又不是没钱。"

我接过红包捏了捏,咕哝着说了声谢谢,转身进到校园里。

我没有立即回宿舍。315宿舍所有的人都知道我今天晚上有一个浪漫华丽的两人生日聚会，我现在回去太丢人了。我穿着宝姿去了科里。在基础大楼二楼拐弯，一团白色的东西蜷缩在角落的阴影里。我走到近前看，发现是一只受伤的豚鼠。我问了几个实验室，都没有人认领。豚鼠又叫荷兰猪，是科学家专门为实验研究培育出的物种，它们在自然界中没有生存能力，如果弃置不管，它无疑会死。

我抱着受伤的豚鼠去了附属医院骨科，正巧鲁黄值夜班。鲁黄诊断豚鼠后腿胫骨骨折，他打开一个手术包为豚鼠做了正骨手术。我后来收养了这只豚鼠，给它取名"小白"。做完手术，鲁黄到值班室脱了白大衣，从柜子里拿出一个礼品盒递给我，说："这个是给你的。"

我疑惑地接过，拆开包装纸，里面是一挂漂亮的风铃。

"今天是你的生日，我送你的。"鲁黄绞着手指羞涩地说。

沃尔克一直不知道我为什么跟他分手。梅丹冰批评我看人要看本质，不要过分纠缠细节。我说细节就是本质。我说："他吃顿饭都跟我分账，我还怎能相信将来他不会在危难的时候抛弃我？"

不做恋人后，我和沃尔克依然保持着友谊。因为曾经的恋爱，我们甚至比普通朋友还要感觉亲切，心情放松，不对对方多做要求，也不敏感，不上纲上线。我约沃尔克打完球一起吃晚饭。我们去了附属医院的大排档，在"包大妈店铺"里要了两碗米线、一份菠萝饭、一盘牛肝菌、一客竹筒鸡。点单之前,我说:"咱们先说好,今天你请客!"

沃尔克爽快地答应,说:"好啊,这是应该的!"在中国几年,沃尔克也学得入乡随俗了。

"然后,你再请我去你那儿喝咖啡!"沃尔克住在留学生楼,一人一间房子。

"好啊!"沃尔克不知道我的"阴谋",高兴地答应。

吃完饭,沃尔克骑车子带我往宿舍走。经过虹桥到学校一侧,在梧桐大道上我忽然看到吕正荣迎面走来。我慌忙抱住沃尔克的腰,脸贴到他的背上,"快快快!别停下!赶快骑!"我一迭声地催促沃尔克。沃尔克糊涂地点头,回身发力蹬车,载着我与吕正荣擦身而过。

我和吕正荣有过结,而且很深。

前一年的4月,博雅迎来她的80华诞。学校在刚刚落成的"世纪大讲堂"里召开了七千人大会。会上,校党委书记吕正荣做了题为《继往开来 再创辉煌》的主题演讲,同时宣布博雅医学院正式更名为博雅医科大学。

庆祝盛典有条不紊地进行着,吕正荣十分欣慰。唯一让他不悦的,是穆晨锺意外地成为受人瞩目的"明星"。这一次校庆,许多来访的外国专家学者因为在博雅提供的活动程序表上找不到穆晨锺的名字,向学校外事办提出质询。直到这时,吕正荣才发现原来穆晨锺在学术界享有如此巨大的声誉。吕正荣是一名标准的政客，他再次意识到穆晨锤的可利用价值，于是捐弃前嫌立即吩咐外事办通知穆晨锤全程参加校方的所有重要接待活动。

校庆之后，吕正荣主动请穆晨锤担任校学术委会副主任，并提议为他申报下一届中科院院士。吕正荣很精明：穆晨锤一旦获选，不但这笔功劳会记到他账上，他还可以借穆晨锤制衡一下尚尧。尚尧是博雅唯一一位院士，名声大过校长党委书记不说，连日常待遇也比他们高出许多。这后一点让吕正荣尤其不爽。吕正荣相信，如果把穆晨锤扶持起来，这个书生气十足的人，绝不会像尚尧那么难以驾驭。

这天，我与吕正荣在梧桐大道上不期而遇。我当时刚从网球场下来，脸上很热，裙子很短，浑身汗津津的。我才走开，吕正荣从后面叫住我。之前在英语系的新年联欢会上，我作为主持人曾和吕正荣有过交往。吕正荣问我这个周末有没有空，他说他正在党校高级干部进修班学习，希望我周末能去他那里聊聊天，以帮助他了解一下大学生的思想动态。吕正荣说："我一个人一个宿舍，很方便。"

吕正荣的提议有些突兀，但我想不出合适的理由拒绝，只好吞吞吐吐地答应下来。临走时，吕正荣又特别强调："你一定要来哦，我等着你。"

我茫然点点头，说："噢。"

走了几步，我心里怪怪的，便停下回身去看吕正荣。我想我看到了一些什么。这些年，我的"透视眼"功力大长，我确信我在吕正荣的两腿中间看到一个器官很不寻常地肿胀起来。我想不出什么事让吕正荣这么冲动。我不知道，那天下午吕正荣刚刚接到一个电话，得到一个"内部消息"：鉴于博雅校庆办得声势浩大，上方领导很满意，党校学习完后他很可能进入国家部委另作任用。吕正荣兴奋不已，他感到志得意满，胸中像点燃了一座小火山，灼热得很想干点儿什么。

虽然我是一个不善猜忌的人，还是难免对吕正荣心存狐疑。我把经过告诉了梅丹冰，梅丹冰一口断定吕正荣没安好心，坚决不同意我去。"可我答应了他的。"我感到为难。

越临近周末，我越心神不宁。到后来，让我烦恼的已经不是吕正荣可能带给我的危险，而是这件事本身了。如果我不铤而走险——即使我已经这样认定，这件事反会因为没有一个结果而长久纠缠住我，让我在不纯洁的想象中饱受折磨。

所以，我还是决定走一趟。

吕正荣迅速粉碎了我的侥幸。在吕正荣的单人宿舍里，他几乎没有任何铺垫，就像一头饥饿已久的野兽将我扑倒在床上。我的挣扎不但没能阻止吕正荣，反而刺激了他的欲望。他将我压在身下，一边伸手撕着我的腰带，一边就掏出了自己的家伙。

很快，吕正荣发现他误解了我。当吕正荣确信难以用暴力将我征服时，他竟"扑通"一声跪倒在地，抱住我痛哭起来。

"求求你了！"吕正荣哀告道，"我求求你了！"

一缕油亮的长发从吕正荣谢了顶的头上无力地耷拉下来，金丝边眼镜挂在他一侧的耳朵上，久已变形的眼睛欲火中烧地突胀着，如同一只绝望的金鱼，布满血丝。吕正荣的那个东西，刚才还紫胀红肿的，此刻缩成一截，沮丧地堆在褪下的裤子里。看到吕正荣的性器，我忽然想起《法医学图谱》中的那一截"皮样手套"。邪恶的欲望竟会让一个男人变得如此丑陋和不堪，这是我没有心理准备的。吕正荣怎能放弃他的身份和尊严，向一个女学生下跪呢？这个经常坐在大会上宣讲马列主义理论毛泽东思想和共产主义情操的道貌岸然者，他怎么可以这样侮辱自己？

我的第一感觉，不是自己受到了侮辱，而是替吕正荣感到羞耻。有那么一瞬间，我甚至怜悯了吕正荣，想成全他。

就在我犹豫不定几乎要放弃抵抗的时候，吕正荣的手颤巍巍地伸到我的大腿间，如同一个盲人无望地寻找光明。他一边哭一边摸索着，手指突然抵到我双腿的深处，用力抠进去。

我如同被电击到，"嚯"地起身将吕正荣掀翻在地。我一下愤怒了。我想给吕正荣一记耳光，却不知该怎样挥手。我想怒骂，又不知说些什么。除了极力抑制住自己，不要当着老泪纵横地堆缩在地上的吕正荣浑身哆嗦，我一句脏话都骂不出。

我背转身走到窗户前，给吕正荣恢复衣冠楚楚的机会。然后若无其事地向他道别，假装什么事都没有发生。我不希望吕正荣在我面前显得太过无耻和颜面尽失，说到底我是不愿意目睹丑陋的。

从党校回博雅的路上，我懊恼地想，要是自己不来看望吕正荣,也不致令他暴露出如此让人恶心的一面了。我像所有被正统道德教育培养出来的女孩子,遇到侮辱的第一反应先是自我谴责。在许久的压抑之后,我近乎自我发泄地去找了尚尧,让他做了他之前一直想做的事。相比较吕正荣,我觉得尚尧终究称得上高尚。——至少,他不虚伪和下作。

后来,发生"穆晨锤桃色事件"。事情处理过程中,吕正荣说了对穆晨锤和我十分刻毒的话。穆晨锤知道自己得罪过吕正荣,但他奇怪吕正荣何以对我也不肯放过。我才告诉穆晨锤一年多前发生在党校宿舍里的那件事,穆晨锤听后大摇其头,说:"你以为你这样做是尊重了吕正荣,实际上恰恰最粉碎了他的自尊!你对他的宽恕是对他最大的污辱和蔑视,这对一个男人来说是最残酷的惩罚!"

我被穆晨锤说糊涂了。我不明白,对一个男人,宽恕真的是一种惩罚吗?

会偷情不会恋爱

我在沃尔克的宿舍里磨蹭了两个小时,最终也没找着机会下手实施"V计划"。虽然我心急火燎,急得跟什么似的。

我跟单身男子永远建立不起身体的亲昵,这是我特别头疼的一件事。许多年后,我回顾我这一生,发现我爱上的所有男人都是结了婚的,我所有的恋爱都是偷情。偷情在今天已经不是一件特别不得了的事了,它变得像流感一样容易发生。但我无法跟任何单身的男人发生恋情,这才是我的问题。我不能跟任何单身的、适龄的、条件匹配的、对我有婚姻期待的异性建立亲密的恋爱关系——我是指,那种肌肤之亲。

我和鲁黄交往的时间比和沃尔克要长一些。鲁黄对我很好。我们谈恋爱后,他成了我的勤务员和后勤部长,一心一意照顾我。但说实话,这并不是我特别想要的。我理想中的爱情一定是阳春白雪冰清玉洁的,一定是流光溢彩曲高和寡的,它关乎精神和灵魂,而与絮絮叨叨鸡零狗碎的物质生活绝缘。

面对我的期待,鲁黄显然力不从心。

两个月后的一天晚上,鲁黄在他的医生值班室里吻了我。这是我们的第一次。受母亲影响,我一直认为所谓恋爱是双方思想品质和人生信仰的求同,而不应该放纵身体的兴趣。我之所以接受鲁黄的吻,完全出于理智的考量和道义的承担。我觉得我应该接受他的这个要求了,否则太说不过去。

随后,我们离开医生值班室来到住院大院外面。因为有了之前的情节,我自然而然将胳膊插到鲁黄的臂弯里,与他依偎而行。鲁黄却忽然紧张。他四下看了看,迟疑地走了两步,身体僵硬,接着停下来,拂去我挽着他臂膀的手,小声说:"别这样,叫人看见。"

我像给人当头一闷棍,一下就呆住了。联想到三分钟前在医生值班室里鲁黄的激动和匆忙,我大感受辱,质问他:"那么刚才……你在房间为什么那样？"

鲁黄自知做得不妥，忙说对不起，又上前要抱我。我愤然甩开鲁黄的胳膊，厉声说："别碰我！"

后来，鲁黄多次向我赔不是，也诚恳地自我剖析，说因为自己缺乏自信，才致使那天的行为变形。我拒绝接受道歉。我相信细节就是本质，而本质的东西是难以更改的。从此，我对鲁黄不再有热情，经常给他脸色看，更不允许他碰我。

鲁黄对我一如既往。他像农民对田里的庄稼一样，坚信只要耕耘必有收获的道理。至于恋人之间的那种亲密和冲动，因为有了之前误解和不愉快，鲁黄就一直克制着，直到刘苏娜打了我。

对于被刘苏娜打，我是有预感的。

那天晚上，穆晨锤带我一起去北京饭店看望一位英国客人伊恩。伊恩是穆晨锤留英时的同事和多年好友，现在爱丁堡罗斯林研究室负责一个无性繁殖干细胞研究小组。穆晨锤十分重视这次会面，特地从顾嘉辉那儿借了一套西装穿上。

当时，穆晨锤和青荷已经被刘苏娜从家里撵出来两个星期了。

穆晨锤和伊恩的见面十分开怀，伊恩向穆晨锤介绍了自己正在进行的试验，伊恩说他完全有把握在10个月里取得突破性进展，但仍存在一些技术问题。穆晨锤很仔细听取伊恩的问题，在关键的细节上提出自己的建议。伊恩听罢很兴奋，显然穆晨锤帮他解决了困惑他许久的难题。伊恩举杯敬谢穆晨锤，满怀诚意地邀请穆晨锤到他的实验室工作。伊恩说:"穆,我听说这几年你在中国的境遇并不好,为什么不出来和我们一起做呢。依你的水平你一定能干出很好的成绩,获得诺贝尔奖都是有可能的。"

穆晨锤不情愿谈自己,他掩饰说:"谢谢你的好意,我现在一切都好。博雅已经向上面申请提名我为中科院院士,年底就会有结果,估计问题不大。"

伊恩见穆晨锤态度暧昧,只好说:"穆,我尊重你的决定。但我实验室的门永远向你敞开着,我会为你保留最好的一张工作台。"

两年之后,穆晨锤在从奥地利给我寄来的一封信中又提到伊恩。穆晨锤说伊恩终于从动物体细胞成功克隆出一只小绵羊,伊恩用他喜爱的乡村歌手多利·帕顿的名字为那只可爱的小母羊命了名。它就是著名的"多利"。

又过了10个月,这个消息才被伊恩小心地公之于世。

回学校的路上,穆晨锤依然沉浸在与伊恩会面的兴奋中,滔滔不绝给我讲他在欧洲留学的事。穆晨锤高兴的样子让我的心隐隐作痛。之前,穆晨锤向我诉说他婚姻不幸,我鼓励他追求属于自己的幸福,今晚的情景却让我相信,体面和从容的生活才是穆晨锤最需要的。

离博雅还有一段路时,我要出租司机停车,下来和穆晨锤步行。认识穆晨锤两年了,我还是头一次有机会和导师这样散步。如此轻松而无拘束地走在一起,说一说话、聊一聊天,平和、宁静、无忧,这几乎是我对异性间关系的最大愿望。我对穆晨锤说:"托尔斯泰说,'幸福的家庭是相似的,不幸的家庭各有各的不幸',可我觉得,不幸的家庭倒都相似,幸福的家庭才各有各的幸福。"

"你总有新鲜的理论,你要说什么?"穆晨锤笑说。

"我以为对您来说,安稳体面的生活,从容和有尊严,这就是难得的幸福了。至于夫妻间的默契和和谐,我觉得倒有点奢侈。"

"你为什么这么说?"

"主任,搬回家吧,我不想看您住办公室。"

"是刘苏娜把我和青荷撵出来的,她无理取闹,造谣说你勾引我。"

"终究是一家人,您就服个软嘛,——反正也不是头一次。再说,这样对青荷也不好,她应该有一个稳定的环境读书。"

穆晨锤似乎被打动。他沉默不语,只一味走着,落在地上的影子,忽长忽短。

进到校园,在通往宿舍和翠湖的交义路口,我停下与穆晨锤道别。穆晨锤和青荷搬到科里以后,为了避嫌我晚上很少去办公室。我叮嘱穆晨锤明天就给刘苏娜打电话,穆晨锤点头答应了。穆晨锤似有不舍,说:"那么,你也早一点休息。"

我笑了笑,转身走了。刚几步,穆晨锤从后面叫我,说:"舒展,说实话,我很愿意住在科里,这样跟你离得近些,我感觉很幸福。"

我也有相同的感觉。坦白说，在心里我还挺希望穆晨锤"家庭不幸"的。这样，我就可以更多地给他关爱。我像一头哺乳期的母牛，身体里满都是爱的汁液。我忽然心有所动，走过去碰了碰穆晨锤的胳膊，说："我陪您回去吧，我正好去科里拿一本书。"

在我办公室门口，我和穆晨锤小心地道了别——我们互相轻吻了面颊，然后拥抱了一下。我看穆晨锤进到隔壁的会议室，才打开标本室的门。

我取了我要的书，没有立即离开。隔壁房间里，穆晨锤已经睡下，黑暗中断续传来他与青荷交谈的声音。我对这声音是留恋的，可我在劝说穆晨锤与刘苏娜妥协时，已经决定离开他了，彻底地离开。

小白像是体察到我内心的波澜，在笼子里不停地转来转去。我的注意力被小白吸引，抬眼看了一眼桌上的石英钟。——这是为什么后来在保卫处和学工部的联合调查中，我能够准确说出接下来的事发时间。

我站起来，决定离开。

忽然，从楼道里传来一阵"嘭嘭嘭"的脚步声。那声音由远及近，带着一股不祥的节奏。我的心脏"突突"地跳，莫名地感到了紧张。我扭头去看敞开着的房门。这时，刘苏娜从黑暗中冒了出来。

刘苏娜在见到我之前，并不像看清楚我以后那样怒不可遏。我甚至从她猛然暴露在灯光下的眼神里，找到一丝彷徨和迷茫。她不知道我站在那里干什么，因而也有些不知所措，犹犹豫豫地朝我走过来。

在这路上，刘苏娜看见了标本室和会议室墙壁上那道早已锁闭不用的小门。这个突然的发现刺激了刘苏娜。刘苏娜像一只闻到血腥味的狮子，猛冲到小门前面，试图将它撞开。锈迹斑斑的锁袢在刘苏娜的暴力下发出可怕的挣扎声，夹杂着刘苏娜愤怒的谩骂，形成异常刺耳的混响。

在后来的调查中，刘苏娜拒不承认曾经殴打过我。刘苏娜说她过来找自己的丈夫和女儿，因为天气转凉，她惦记着他们，却意外发现标本室和会议室之间的小门是开着的。——刘苏娜一口咬定，那把老式的旧锁是我事后安上去的。刘苏娜说她以前从不相信我会和穆晨锤有奸情，但残酷的现实教她痛心。刘苏娜好心劝我迷途知返，却没想到被我殴打，刘苏娜声泪俱下地向所有人说："我是一个受害者！"

学校成立了调查组。刘苏娜向组织上提出三点要求：一、我必须公开检查，承认"破坏穆晨锤家庭"的事实；二、学校必须对我的"不道德行为"做出严厉处理；三、取消我在穆晨锤名下的研究生资格，立即离开神经生物研究室。

除了罗艺兵，研究室里大部分人均在调查组面前说了不利于穆晨锤和我的话。大体上，他们讲的都是实情。但面对同样的事实，如何叙述却能构成不同的效果。这其中，马炳财最别有用心。两年前的职称评定，穆晨锤没有帮马炳财晋升正高，他一直耿耿于怀。之后，马炳财放弃学术转而去搞生物制剂，和吕正荣走得很近。这一次，刘苏娜斜刺里杀将出来，马炳财意识到他的机会来了。

对于被刘苏娜打，我除了当时感到惊悚和耻辱，并没有更多的抱怨，甚至不比穆青荷更加愤怒。我固然有一些莫名的心虚，但这不是我主要的情绪。除了粗鲁和野蛮，站在刘苏娜的身份和立场上看，她做得也没有太大不对。如果我是一个没有文化、缺乏修养、性情恶劣的更年期女人，我也会一时冲动情绪失控，对仇恨中的情敌大打出手的。

我厌恶和不肯原谅刘苏娜的，是她之后的行为。当刘苏娜开始处心积虑地编造谎言，对我不遗余力地诬陷、非要置我于死地时，她就变得下作和恶毒了。我想这样不对，凡事要有个限度，要心存一丝善良，不可以赶尽杀绝。如果说刘苏娜对我的粗野使我羞辱和心生惭愧，那么她之后对我的毁誉则换回了我道德方面的尊严和对荣誉的自信。

我想：我和刘苏娜，我们两清了。

鲁黄在这件事上表现出了令人意外的勇气。事发第二天，鲁黄便跑来找我表明了他的立场。"你放心，"鲁黄激动地说，"有我在你身边，刘苏娜她别想再伤害你一根汗毛。"

鲁黄这样说，我竟又哭了。

之前，我和鲁黄的关系一直冷淡，鲁黄的耳朵里也灌进过不少我和穆晨锤的流言。但面对我，鲁黄从不多说什么。出于安慰和表态，以及一股冲动，鲁黄在我的宿舍里吻了我。我正哭着，默默流着泪，鲁黄揽过我的肩膀，俯身吻了我。

我允许了鲁黄。这是我们第二次接吻。

我当时无助极了，我需要这个。

但我立即就后悔了，我感到了羞耻。我觉得我利用了鲁黄，而这是不道德的。我被人打，身心受辱，没有自信，我需要帮助。我可以向罗艺兵求助、向孙朝晖求助，甚至向批评我的梅丹冰求助，唯独不应该向鲁黄求助。因为我不爱鲁黄，我不能支取他的感情，我没有办法偿还。之后，鲁黄每天都来看我，给我打饭、陪我做实验。这让我不舒服。我不习惯别人分担我的困难，我不习惯示弱。鲁黄的关心让我觉得不体面，我对他愈加冷淡，还乱发脾气。

接下来的情形几乎失控。刘苏娜要学校处理我，穆晨锤不同意，刘苏娜便吃了安眠药住到医院。一天深夜，蒋丽英急火火地找到穆晨锤，告诉他刘苏娜准备找社会上的人"收拾"我。蒋丽英劝不住她，怎么想都觉得怕，便偷偷跑来告诉穆晨锤。蒋丽英离去时叮嘱穆晨锤，千万不能让刘苏娜知道她给他报了信："要是那样，刘苏娜可就恨死我了！"

事情发生得过于突然，穆晨锤也没了主意。青荷主张到保卫处报案，穆晨锤说不妥，那样只会更加激怒刘苏娜。次日一早，天还没亮，穆晨锤就找到我的宿舍。穆晨锤问我现在怎么办？我摇头木然地说："我不知道。"

面对危机，我总是很迟钝的，像一只盲目的鸵鸟。

就做了扑火的飞蛾

在空军大院门口，值勤的战士居然把我拦了下来，他要我出示证件。

我这才意识到，我已经很久没有回家了。因为穆晨锤，我第一次觉得对不起我的父母。

穆晨锤说服我先离开学校避一段时间。回家的路上，初升的太阳越过树梢照耀到我身上，给我了可贵的温度。在这温度下，我像一块融化的冰，开始感受到恐惧。我的脑子里不断出现《法医学图谱》中的画面，我担心那其中的某一幅或几幅，有可能成为我不久后的写照。我觉得那很丢人，不体面。

恐惧给了我不舍的温情。我慢慢蹬着车子，左顾右盼四处张望，留意身体每个关节的细小运动。路过白石桥路时，一些民工正在奋力把路边挺拔粗壮的杨树齐根锯掉。六年来，我每个周末都骑车子从这条路上走过，对这些树感情深厚。如今，它们却被人无端地残害了，只为这上面要跑汽车。

我停下骑车，看着路边没有了树干和树冠的树根。它们白刺刺的，边缘凌厉、赫然可怖。我忽然觉得，如果好好地活着，皮肤光洁，没有伤痕，没有恐惧不安的情绪，那其实是很美好的。

爱情，倒是可以先放一放。

我对父母说学校实验动物短缺，我可以回家放一个小假。——你瞧，为了爱情，我又开始撒谎了。

我在家住了两个星期。在后来的回忆里，我对这段时间报以无限的感激。这意外多出的两星期，是我跟父母最后相处的一段美好时光。穆晨锤每天给我电话，告诉我学校那边的情况。因为身在家中，我惊讶地发现，自己竟不如以为的那样想念穆晨锤，跟他难舍难分。

回家的第二天晚上，陈子东来找我，说请我吃饭。我吃惊地问陈子东怎么知道我在家，陈子东在外面有房子，平时不怎么回大院。陈子东撸了撸板寸，笑嘻嘻地说："瞎碰的呗。"

"那干吗请我吃饭？"我追问。

"嗨，闲得呗。"陈子东又摸了摸脖颈，一副无所谓的样子。我看了陈子东一眼，就知道他一定什么都知道了。我回屋禀告了父母，跟陈子东出了家门。

下到院子里，陈子东问我想吃什么。我想了想，说："咱们去'小山酒吧'吧。"

陈子东可怜地谄媚，说："咱们最好换个地方。"

我故意说："不，我就想去那儿。"

董小山和陈子东称得上一对世代冤家。董小山的父亲董大山原是陈子东的父亲陈克的秘书，陈子东父母的婚姻就是董大山一手给操办的。陈子东的母亲萧潇原是演出队的一名独舞演员，陈克看上她时她才17岁，而陈克已年过半百，家有妻儿，连孙子都有了，陈克感到了为难。但这难不倒董大山。董大山先以崇高的名义把萧潇送进了陈克的宿舍，接着又出差去了一趟陈克的老家湖北洪湖，说服他的发妻以另一个崇高的理由主动向政府提出了离婚。

然而，就在陈克将要与萧潇正式结为革命夫妻的前一天晚上，巡逻查夜的哨兵在南院小树林里冒失地抓住了赤裸的董大山和首长的准新娘。人们以为震怒之下的陈克会愤然取消婚礼，但是他没有。第二天，婚礼如期举行，隆重而热闹。新娘子被送进洞房后，董大山接到司令部调令，去福建金门执行对台斗争前线的"特殊任务"。

陈克和萧潇的婚姻仅仅存在了8个半月。后来被史学家们确定为"文化大革命"起始日的这一天下午，陈克正在中央军委参加会议，秘书慌忙跑来告诉他他怀孕的妻子突然破水出现危情，医院要家属拿个主意，如有意外是保大人还是保孩子。

陈克在会议室外楼道的窗户前抽了一整支烟，然后丢下一句："要孩子！"转身返回了会场。当晚，陈子东的母亲挣扎了7个小时，终于将他娩出。而陈子东因为个头太大，把他妈给撑死了。

三个月后，陈子东又失去了他的父亲。陈克是"文革"中空军系统里第一个自杀的高层领导，给他致命一击的竟是他的前任秘书董大山。"文革"一开始，董大山即秘密从流放地返京。他在一份材料中揭露了陈克大量"反党、反革命"罪行。同时，董大山还告发陈克思想堕落、生活腐败，多年前曾诱奸国民党起义军官家属，因未遂怀恨在心，罗织罪名枪毙了她的丈夫，严重破坏了党的统战政策。

8月的一个夜晚，陈克用一粒子弹结束了自己的生命。

董大山说的这个起义军官家属就是李婶。李婶家原先住的房子跟我家的格局一样，她丈夫被枪毙后，董大山一家搬了进去，分得其中的两间南房。董大山的老婆葛翠玲对李婶有着天然的恶感，李婶收养陈子东，更刺激葛翠玲时时回忆起他死去的母亲与自己丈夫的苟且。不久，葛翠玲将另一间南房也霸占，把李婶和陈子东赶到了最小的北房，并在房子里起了一堵墙，逼迫李婶将窗户改造成门另行出入。

在这间散发着潮湿气味的阴暗房间里，李婶含辛茹苦将陈子东抚养成人，直到他17岁参军。李婶在陈子东当兵的第二天被人发现煤气中毒死在家中，这个可怜的女人，没有等到养子发财赚钱让她享福的一天。

虽然母亲仇恨李婶和陈子东，董小山却自小就喜欢陈子东。董小山跟陈子东的经历差不多，中学毕业后没考上大学去参了军。董小山复员回来，她已经是空军政治部主任的父亲给她在区政府谋了一个闲职。两年前，董小山追求陈子东不成，赌气下嫁给她父亲手下一个副处长，不到半年就离了婚，工作也不要了，跟她哥哥下海做生意，赚了很多钱。有钱后，董小山租下南院一条废弃的防空洞，用她自己的名字临街开了一家酒吧。

之后的两星期，陈子东隔三差五就来找我，带我出去吃饭。陈子东还送了一部摩托罗拉袖珍传呼机给我，说方便联系。陈子东送我东西我从来都不拒绝，也不想着要还他情；但在心里，我清楚自己是怎样也不会跟陈子东好的。虽然陈子东3个月大就失去了父亲，可他头上还是撑着他爸的保护伞。陈子东后来的路都算是他父亲给铺的，"文革"结束后，陈子东父亲的部下遍布各个权力部门，他们都买他的账。"有的人活着，却像是死了；有的人死了，却还活着。"用这句话形容我父亲和陈子东的父亲是再合适不过了。

董小山也和陈子东一样。她考学、参军、就业、下海，一切都那么顺遂、那么无所谓。董小山离婚时，她女儿姗姗还没有出生，但她就敢离。这一点上，我特别羡慕董小山。高干子女就是有那么一股混不吝的劲头儿，敢破罐子破摔。他们不怕，因为他们家里还备着一百多个罐子呢。

我就不敢。我只有一个罐子，得小心捧着，摔了就没了。因为这个，我有时在心里挺恨陈子东的。我和陈子东不是一类人，我们身体里流着不同的血液，我们有着不一样的血统。

血统是宿命的。虽然我那样不喜欢父亲，但我想，我也许必须承担他的命运。

再次回到学校，一切看上去已经归于平静。穆晨锺亲自去医院把刘苏娜接出来,他和青荷也搬回了家,刘苏娜答应放弃对我的报复。

"我这样做都是为了你。"穆晨锤解释他搬回家的事,我表示领情。

我把更多的时间花在课题上,之前沸沸扬扬的"穆晨锤桃色案",因为人们无法克服的好奇,我自己反而不常听到议论。一天傍晚,我吃完饭去科里,路过结冰的翠湖,远远看见穆晨锤和刘苏娜一起散步。他们相互搀携着,不时交谈和说笑。如果不知道他们之间刚刚发生过的风暴,谁都会以为这是一对令人羡慕的恩爱夫妻。刘苏娜浑身洋溢着愉快的慵懒和满足,穆晨锤则神态优雅、深情款款。他明显的驼背,简直就让人错误地以为是特别为妻子俯下去的。

我在远处,觉得心脏某一个部位狠狠地疼了一下。

那天之后,我有意疏远了穆晨锤。这倒不因为我不肯祝福穆晨锤家庭幸福,我只是觉得,穆晨锤的情感世界或许不像他诉说的那么悲惨,他的生活里也许并不需要我。我是一个需要"被需要"的人。我的热情只在需要中燃烧。谁能相信一个跟妻子手挽手散步的男人家庭会不幸呢?

穆晨锤发现了我的变化,他有一些恐慌,于是用更加的温情和对自己苦难的哀怨挽留着我。这一招很管用,我三番五次地决心远离,又犹豫着回来。从这时候起,我不再愿意听穆晨锤对他不幸生活的叙述了。我想,一个健康的人,一个有独立支配生活能力的人，是没有权利把自己的生活负担加诸别人肩头的。

我又想起尚尧。因为和穆晨锤的事，我对尚尧有了新认识。尚尧用对爱情的主动追逐，舒缓他不愉快家庭生活的烦闷，而不用诉苦和祈求同情。他对情爱的态度看似放纵和不负责任，其实简单明了。"这至少是道德的。"我想。

我也开始发现鲁黄的好处，他坚韧、朴实，敢于担当。我之前的绯闻事件里，所有当事人都不是无辜的，只有鲁黄承担了本不应该他承担的压力。鲁黄后来的行为显示他并非强逞一时之勇。当时，刘苏娜专门找过鲁黄，向他提供了许多我和穆晨锤奸情的"证据"，劝鲁黄和我分手。鲁黄把刘苏娜撵了出去，傲慢而孩子气地对她说："我女朋友我了解，不要你来管闲事！"

听了这话我很惭愧。这是鲁黄第一次公开承认我是他的"女朋友"，以前他总担心我甩了他，因而不敢公开关系。我对鲁黄比原先好了许多，我跟他出双入对，像每一对校园情侣，享受起凡俗的爱情生活。

旧年的最后一天。晚上，英语系在食堂里举行新年晚会。我邀请鲁黄参加，隋天意也来了。隋天意夏天毕业了，分配到南城一家区级医院。工作了的隋天意胖了一些，也成熟了许多，看上去很像一个男人了。大约隋天意从梅丹冰那儿听到我的事，一副操心姐夫的模样，专门把我叫到一边，说："闹闹，听哥一句话，过日子要踏实，别想那些不着四六的。"

我胡乱答应着，说："唔！"

鲁黄带给我一件礼物：一只泰迪熊的八音盒。我拉动小熊屁股底下的一根丝绳，八音盒里简单纯情的簧片弹拨出理查·马克斯的 *Right Here Waiting*。鲁黄不知道谁是马克斯，他来自农村，又是博士，没多少见识。但鲁黄知道我喜欢这首歌，有一段时间，我的WALKMAN里一直循环播放着这首曲子。

舞会上，大家格外疯狂。的士高舞曲很噪，声音很响，彩色多头镭射灯无端地在人们身上扫射着，人们情绪极端亢奋。跳舞时，鲁黄几次不经意地停下，伸手去扶住被人们撞得凌空乱飞的气球，以免它们爆破。因为这个小小的动作，我忽然喜欢上鲁黄。心想，这或许是一个可以托付的男孩吧。

扬声器里放送出 *The Last Waltz* 的曲子，大家就知道，这一夜的狂欢该要结束了，接下来是 *Auld Lang Syne*，然后，就该结束了。

我跟鲁黄相拥着，在水泄不通的人群里随着人流慢慢转动。因为新年，和它给人的那种一切都可以重新开始的错觉，我忽然就软弱了下来。我放松了紧绷着的身体，靠在鲁黄怀里，闭上眼睛，像一个信任的失明者，由他带领着、旋转着。

中间，我张开了一下眼睛，竟在鲁黄的瞳仁里看见一点晶莹的东西在闪烁。我心里一动，想再看仔细，我们转到了背光的地方，那些细节的东西，就看不见了。

Auld Lang Syne 的结尾音乐逐渐减弱时，舞场里发出一片尖叫声，大家又兴奋又伤感。忽然，食堂里的灯光"刷"地全部黑

掉了。一阵慌乱后,我们又都明白这是晚会组织者们故意的,好让大家在这个时刻不用眼睛,而用心去做点儿什么。无论什么。我抱紧了鲁黄。虽然四周一片黑暗,鲁黄还是准确地捕捉到了我身体的渴望,他俯身抱住我,和我吻到了一起。

我第一次品尝到纯正爱情的滋味。那种滋味的确是幸福的,且不掺杂任何痛苦。

电闸只拉了10秒钟。灯光重新亮起,舞场里所有学生一起鼓掌欢呼、相互拥抱。我和梅丹冰狠狠拥抱了一下,又被隋天意抱了抱,我转身叫鲁黄的名字,郑重地对他说:"让我们重新开始吧,我发誓会珍惜的!"

鲁黄两眼闪着激动的光芒,他正要说话,忽然,我口袋里的传呼机发出一阵颤动。我掏出来看,竟是穆晨锤发来的,结尾还打上一个表示急迫的惊叹号。我不知发生了什么事,顾不得穿外套,撇下鲁黄跑出礼堂,到实验楼的值班室拨通了穆晨锤的电话。

"我一定要打破这个悲惨婚姻的桎梏了!"电话里,穆晨锤情绪激动、声音发抖,显然刚刚受到巨大刺激。穆晨锤说,刘苏娜整个晚上又跟他大吵大闹,砸了电视机,再一次把他撵了出来。

"舒展,如果我离婚了,你愿意跟我在一起吗?"穆晨锤急切地问我。

我愣住了。这个问题很突然,我从来没有想过。我固然爱着穆晨锤,希望他好,但我从未把自己设想到穆晨锤现实的生活里面,我婉转地说:"您并没有离婚。"

"我一定会离的,我受的苦太多了。只有你了解我、能够帮助我。我需要你。"

"你需要我吗?"我重复着这个词,追问。

"是的,舒展!"穆晨锤说,"是你让我知道了什么是真正的爱情,你唤醒了我,所以我才不能再忍受现在这样的生活。你说得不错,没有爱情的婚姻是不道德的,我不要再做'不道德'的事情了,我要解放自己。"

我的心软了。我没有办法不答应穆晨锤,我被他期待、被他逼住了,轻声说:"好吧,我答应你。"

得到了我的回答,穆晨锤激动地说:"哦,舒展,这我就放心了。"

"你'放心'什么?"我奇怪地问。

"有你跟我在一起,我什么都不怕了。"穆晨锤说。

我本来想问,不然,穆晨锤怕什么。

我犹豫了一下,终于没有开口。

再回到礼堂,晚会已经散了。鲁黄拿着我的大衣和礼品盒在门口等我,他以为我家里出了什么事。我摇头,说:"不是的。"

我和鲁黄在校园里走。一路上,我一直没有说话。鲁黄感觉到我的情绪变化,好久,他鼓起勇气开口,故意说:"你刚才最后跟我说了一句什么,我没听清。"

我心头一阵难过，说："我是说，我们……还是分手吧。"

"什么？分手？"鲁黄感到意外，"可是，你刚才不是说……"

"我刚才是说'分手'！"我截住鲁黄的话。才只几分钟，我和鲁黄的拥吻就成了苦涩的记忆。鲁黄追问原因，我决定向鲁黄坦白，我抬头仰望天上的寒星，说："你知道'飞蛾扑火'的故事吧。飞蛾是一种奇特的昆虫，它的卵要经过严冬冻土的蛰伏，在春天孵育为虫，在仲夏作茧自缚，才会在9月的某一夜破壳而出，羽化成蛾。其间它经历了多少磨难和挣扎，没有人知道。可是，它还来不及像一只候鸟一样去南方看看别的世界，就在遇见的第一点火光前面停住了。蛾子飞向光亮，旋即被热浪抛出。它又扑向火光，又被抛出。它再而奋力振动翅膀，飞翔着、舞动着，和火焰周旋、亲近。火焰灼伤了翅膀，发出生命摧毁时的焦煳味，可它不知退缩。直到有一次，火终于给了它致命的一击，那蛾子扑向火心化为突然蹿起的一束光亮，它作为蛾子的一生才算结束了。"

我顿了顿，说："我，就是一只飞蛾。"

鲁黄听不懂。鲁黄永远听不懂我的话。但我由衷地欣慰。我第一次，也是最后一次，主动让鲁黄进到我心里来。我在分手的最后时刻表现了我的真诚，这让我对自己，而不是别人，终于有所交代。

我并且感激鲁黄。我是在刚才的一瞬间忽然想到"飞蛾扑火"的典故。因为鲁黄的单纯和朴实,他反而比其他人更帮助我了解了我的本质。我用了"飞蛾扑火",而不是"凤凰涅槃"来概括我和穆晨锤的未来,足见我的预感多么准确,而事实又是多么的宿命。

我唯一能做的,也只是照着命运去做而已。

很快地,学校放了寒假。春节前,我父母意外获得了一次去广西北海空军疗养基地度假的机会。我极力怂恿我父母成行。之前穆晨锤告诉我,刘苏娜回了天津娘家,青荷也被他送去苏州弟弟家。整个寒假,穆晨锤就只一人在北京。

我把父母送上南下火车的当晚,穆晨锤便住到了我家里来。

之后的一个月,我和穆晨锤一直住在一起。

沉睡的初夜

从沃尔克宿舍回来,经过值班室,吕秀莲告诉我有一个人从下午起就一直在等我。一个40多岁的陌生男子从值班室出来,示意我随他到宿舍楼外。陌生男子从提包里取出一个报纸包递给我,说是许安阳托他送来的。

宿舍里仍空无一人。我在桌前打开纸包,里面是一部精巧的翻盖式摩托罗拉手机。我刚把机子拿到手上它忽然就响了起来,我吓了一跳。

"喂?"我谨慎地应一声。

"舒展，我是许安阳。"电话里传来许安阳欣喜的声音。许安阳说手机是他让北京的朋友专门为我买的。"这样我随时都能找到你了。"许安阳说。

我有些不悦，许安阳凭什么可以"随时"找到我呢，我说："你找我有事吗？"

许安阳说："舒展，我想你，我想要见你。"

"可我不想见你。"我说。

"舒展，别这样，我相信我们之间有许多话要说。"

"我们之间没有话说。"我斩钉截铁，已经想收线了。

"舒展，之前你问我的'那一件事'，当时我没有告诉你，现在我可以坦白地对你说了。"许安阳像是看到我即将发生的动作，力图阻止我。

我被许安阳的话绊住，一时不知他说的是什么事。但我只延迟了3秒钟，便想了起来。这一回想，竟使我羞愧和愤怒，几乎口不能言。我结结巴巴地说：

"你……你……你怎么这么无耻！"

我和许安阳好的第二年，1月将近末尾的一天傍晚，许安阳忽然从天而降，奇迹般地出现在我面前。

许安阳带我到西山总参一处招待所。我们刚进屋，他不由分说抱住我，将我挤到墙角，像一只迷乱的野兽，非常大力地低头拱我、蹭我，口齿含混地咕哝着："哦，闹闹，想死我了。我要吃了你！"说着，许安阳捕住了我的唇，将它整个压住，很强势地吻起来。好久,许安阳才得以喘息,说:"哦,闹闹,你知道你有多么性感吗,那句新疆民歌怎么唱的:'你把我放到了井底下,割断绳索就走啦'。"

"性感"对于当时的我还是一个难为情的指认,我的羞涩却让许安阳感到有趣,他拉我来到房间里,把我抱起来安顿到床上,半跪在我面前,抬起手臂看了一下腕表,表情严肃地说:"闹闹,我这次进京是来执行一项特殊任务。从现在开始到明天早晨6点,我有11个小时30分钟可以自由支配。我放弃了去拜访几位重要的首长,专门来看你。"

我问许安阳为什么来北京。许安阳从地毯上站起,走去坐到窗前的沙发里。他的神情又恢复到我在飞行团常见的踌躇满志,说:"闹闹,'海湾战争'爆发了你不会不知道吧?'海湾战争'是二次大战以来第一场完全意义上的现代战争,它给中国政府敲响了警钟。苏联和东盟的解体,使中国无可回避地暴露在美国国家安全防御体系的面前。如果我们想有效地维护我们的国家利益,我们必须有所准备了,绝对不能再像原先那样,以为'小米加步枪'是不可战胜的神话。"

我想起一年前军训时,那些烦闷的齐步正步走和无聊的政治学习,将自己仰面摔倒在床上,乐不可支地笑说:"哈!真要打起仗来,你们这些军人还排着方队迈着正步去迎敌,一定是敌人长什么样都不知道,就给炸上天啦。"

许安阳"嚯"地从沙发上站起,在屋子里来回踱步,"所以，你知道吗，这就是我此次被召进京的目的。——国家到了用人的时候了！这么多年来，我忍辱负重、蓄积力量，就是为了等待这个时刻的到来，为了把自己交给国家！"

许安阳停到床边，俯视着呈"大"字躺在床上仍旧咯咯笑个不停的我，突然像被地心吸引，浑身抖了一下，跃身向我扑来。

"闹闹，以前跟别的男人上过床吗？"许安阳把我压在身底下，轻声问。

"什么叫'上床'啊？"我天真地问。——多年以后，每当回想起这个细节，我的脸庞仍然止不住发热，羞愧难当。想一想，我当时是中国最著名医学院最出色系里的优等生，再过4个月就19岁了，可我居然不懂"上床"指什么！

那一刻，我的"词语释义分裂症"又犯了。

许安阳被我的问话吓了一跳。他支起上身审视地看着我，发现我不是在玩笑，他猛地从我身上跳下床，坐回到刚才坐过的沙发里。

我挺身坐起，吊腿在床脚一边，不知发生了什么地望着许安阳。

许安阳从果盘中拿起一枚茶袋，仔细剥去外面的包装，取出里面棉纸包着的茶芯。他拎着线头，让茶芯在手指下转着圈，很久才将它放入茶杯中。许安阳欠身从茶几前的地毯上拎起热水瓶，小心地给茶杯沏水，然后放下热水瓶，拿起木塞塞上瓶盖，再拿起茶杯盖子盖上。许安阳不时掀开杯盖看上一看。许久，他才谨慎地端起茶杯,浅浅喝了一口。许安阳随即皱了下眉,似乎茶是苦的。许安阳把茶含在嘴里,仿佛决定不了是不是该咽下去。最后,许安阳的喉结"咕咚"动了一下,他如释重负,抬头对我说:"闹闹,今天晚上不回去好吗?"

我一时愣住,不知所措。我是一个规矩的女孩,夜不归宿在我看来是一件严重的事。而且,明天即将开始期末考试,早晨8点半是生物化学,我还有大半本书没看呢。我十分犹豫,说:"这样,合适吗?"

"我明天一早就回部队!"许安阳充满期待地看着我,他的眼睛水汪汪的。

我赤裸着躺在床上,毫无羞涩地袒露在许安阳面前。许安阳也赤裸着,他把房间里所有的灯都调到最大,说:"闹闹,我要好好看看你。"

许安阳把我的手臂分开,把我的腿也分开,我因此像一丛盛开的白玉兰。许安阳一点一点抚摸着我,从脖颈慢慢往下,掠过肩头漫上胸部,握住了我的乳房。许安阳轻轻地揉搓着、捏弄着,让我的乳房在他的控制之下,一会儿酥软一会儿挺拔。许安阳双腿跪在我身体两侧,俯下头去,从我的额头、眼睛、鼻子、嘴唇、脖颈,腋下,一直到胸前。许安阳的舌尖在我的乳房四周游弋着,好一会儿才捕捉到那颗小东西。他将它完全噙在嘴里,使劲儿地吸吮着、用牙齿轻咬,让它因为隐隐的疼痛而更加鲜红和挺立。

许安阳吻遍了我上身的每一寸肌肤，才慢慢向下移去。埋头在我的小腹上。许安阳用双唇拨开我毛发茂密的私处，舌尖像一个灵敏的探测器，急急地、又小心翼翼地在那里亲吻着、吸嗅着，好像在寻找什么。许安阳的十指拢到上面，在我张开的双腿间拨弄着、寻找着。

许安阳一定找到了什么。他又呻吟起来，伴以粗重的呼吸。突然，许安阳从我的下身蹿上来，全身紧紧压在我的身上，更大声地呻吟起来。我疑惑我为什么不感觉沉，我感觉许安阳的身体像我的身体一样柔软而舒适，我于是就在他的身体下面，像一个婴儿一样沉沉地睡去了。

我再次醒来时，一缕粉蓝色的光从厚重的窗帘边缘的缝隙中透进来。许安阳伏在我耳边，低语道："闹闹，天亮了。"

"睡得好么？"许安阳问。

"好。你呢？"我问。

"不好。"许安阳说，"一宿都没睡。"

"为什么？"我感到不安。

"傻孩子！"许安阳凑过来吻我的脸，苦笑道，"守着这么一个漂亮姑娘，怎么睡得着呢。"许安阳把我搂紧在怀里，抚摸着我，说："闹闹，你懂得爱情吗？"

"当然懂得。"我说。我仰起脸切近地注视着许安阳，他的脸庞因此在我的瞳孔里发生了轻微的变形。

"不，你不懂。你太纯洁了，还没有被这个世界污染，就像伊甸园里未吃禁果的夏娃。爱情不像你想象的那样单纯。有时候，它是很复杂的。"许安阳若有所思。

我最怕许安阳说我年轻不懂事，表白说："虽然我们之间相差了19年，但我会努力长大的。我的成长会缩短这个距离，我会越来越靠近你的。"

许安阳被我的话感动，眼睛里又荡漾着水汪汪的光芒。他再次搂紧我，声音颤抖说："闹闹，我会永远记住你的这句话。我会因此一辈子感谢你。"

"你知道我现在最想做什么吗？"我抚摸着许安阳结实有力的胸膛。

"什么？"许安阳问。

"我想给你生一个孩子。"我幸福地说，"我多么渴望给你生一个孩子啊，而且他一定会是男孩。他应该有你的勇敢和智慧，加上我的容貌和心肠，他是世界上最优秀的孩子。"

——这是多年以后我回想起来，还每每感到羞愧和不能原谅自己的地方。我居然因为爱一个男人，背叛了我长久以来的信念：不承受生育之痛！那是这一生中我唯一一次想要生一个孩子。之前和之后的岁月里，我再也没有动过这个念头。

许安阳也摇头，说："哦，闹闹，你不是说你最怕疼，一辈子都不想生孩子吗，我怎么忍心让你受苦呢！"许安阳提醒了我，我又有些犹豫了，但我还是说："总之，我确实想为你做点儿什么。"

这句话令许安阳突然地激动。许安阳猛地翻身压到我身上，一反昨夜的温柔和轻漫，发疯似的抚摸我、揉搓我，随性亲吻我的身体，像一只意乱情迷的兽。我感觉他身体有一个地方迅速地坚硬和鼓胀，我被那里硌得生疼。许安阳痛苦地喊：

"哦，闹闹，我的天使，我的夏娃！我不能破了你！我不能破了你！"

许安阳越这样说越难以自控，他一口咬住我的乳沟，疼得我尖叫。"哦！我不能！我不能啊！"许安阳拼尽全身力气，绝望地喊道。

我感觉到，一股惊悚的冰凉，不可遏止地喷溅到我身上。

宋雅走后很长时间，我一直恍惚。我因为搞不清我爱的到底是一只雄鹰还是一个魔鬼而感到受伤害。我在宿舍躺了一个星期，瞳孔都睡散了。梅丹冰心疼得不得了，骂许安阳是大流氓大骗子，说要写信去飞行团告他。

我不能认同的恰恰是这一点。梅丹冰没有见过许安阳，不知道他是怎样的庄严与气宇轩昂，不知道他有着怎样的理想和落寞。这些气质决不是一个流氓身上具有的，也不是一个骗子伪装得出来的。——况且，许安阳为什么要骗我呢？

"他为了把你钓上钩啊。"梅丹冰愤恨地说。

"他干吗要钓我上钩？"我不明白。

"为了欺骗你啊，许安阳从头到尾一直在骗你！"

"他干吗要欺骗我？"我还是不懂。

"为了把你搞到手啊！"梅丹冰气得拍自己的手，她觉得我脑子出问题了。

"可是，他并没有把我搞到手。"我苦闷地说。我无法告诉梅丹冰我和许安阳的全部细节，所以，我无法向她解释我最深刻的困惑。这困惑就是：许安阳确实把我搞到手了，但他并没有要我！

送宋雅离开的那天晚上，在火车站月台上，我鼓足勇气向宋雅阐释了一个当时在我看来十分重要的事。我说："无论我做错了什么，有一件事请您相信：我没有跟您丈夫发生关系。"

宋雅宽容地一笑，说："我知道。"

"您知道？"我说。

"是的。"宋雅说，"许安阳他是阳痿。"

我怔怔地看着宋雅，半天没有出声。我没有告诉宋雅，在那个拉着厚重窗帘的残冬或者初春的早晨，我分明感觉到了许安阳坚硬如铁的下体，和随后喷薄而出的黏液。

回到空军大院，我让陈子东给我要飞行团的长途。我要亲口问问许安阳，宋雅告诉我的事是不是真的。电话打到许安阳的办公桌上，他的声音明显带着疲惫。一听到许安阳的声音，我的心像一碗满满的刨冰注入牛奶，吱吱嘎嘎地崩溃，一下子都融化了。我发现我竟然还爱着这个男人，即使我被他的太太告知他既不忠诚也不专情，风流成性、道德败坏，在占据着我全部感情的同时还跟别人谈情说爱，我还是无法不爱他！

许安阳却一反他平时干净利落的作风，对我的求证不肯解释，只无奈地说："舒展，过去的事就让它过去吧。我们就当它没发生，最好彼此忘记。"

这句话让我气到了。过去的事，发生过的、牵扯两个人的，怎么能说忘掉就忘掉？我没想到许安阳会这么畏缩、怯弱。许安阳完全应该告诉我实情，他可以坦白地承认他太太说的一切都是真的，我反而不会怪他。我是尊重事实的，也肯于担当。我错误地爱上了一个人，我认错就好了。我承担我应受的惩罚，也会帮对方承担他的。我唯一的要求是许安阳亲口告诉我真相，我就是要他亲口告诉我我才会信，才可以放下。可许安阳却连这个勇气都没有！我失望极了，说：

"那么，我能再问你一个问题吗？"

"你说。"许安阳说。

"那一次，你为什么没有要我？"

"哦，舒展！"许安阳呻吟了一声。过了5秒钟，许安阳"咔哒"扣下了电话。我的左耳道里传来"嘟——嘟——嘟"烦躁刺耳的声音。

我突然被这声音惹恼了。我任性的毛病又犯了，我压下弹簧再次拨通总机，要接线员给我接飞行团。我可以不问许安阳是不是真的爱过我，可以不问他是不是真的骗过我，但我一定要问他为什么没有要我。

我必须知道这个理由，许安阳必须给我一个理由。

中间，陈子东从隔壁房间回来，一边给茶杯续水一边提醒我已经该吃晚饭了。我没好气地顶撞他，说："你要是饿了就先走，少管我！"陈子东看了我一眼，说："我在隔壁。"就又转身走了。

陈子东离开我时，没像往常一样，吹口哨。

我继续等待。有两次，电话转到兰州基地，便怎么也接不通了。一小时后，电话终于要通。接线员却说，对方不肯接听。我当时一定给气急了，我对着总机大喊："那么，给我接作训参谋李亚鹏！"

一听到李亚鹏的声音，我就哭了。李亚鹏却一点都不吃惊，他关心地问我过得好不好，我哽咽说："不好！"

"慢慢会好的，"李亚鹏说，"你在我们这个山沟里毕竟只待了几星期，以后的日子还长着呢，你会很快把这里忘掉的。"

李亚鹏这样讲，我就想，他一定是知道了什么。我原本想将心中的疑问悉数倾诉给李亚鹏，这会儿忽然决定放弃。我说不清是潜意识里仍想维护许安阳的名誉，还是不愿面对伤心的事实。倒是李亚鹏告诉了一个让我意外的细节：许安阳对军区派下来的调查组说，是我用色相勾引了他，缠着他带我坐飞机。

我的眼泪突然就停止了。我在心里反复默念着这个我不熟悉的词：勾引！

许多年以后，我变得很风情，轻而易举就可以把一个男人勾引到手。然而，我还是怀念许多年前的那个女孩。那时候，我单纯得要命，根本不知道"勾引"是怎么一回事，它要怎样做、怎样设计，然后，再怎样做？我被这个词汇里隐藏的巨大的想象空间搞糊涂了，困惑地想："勾引！多么迷人的一个词啊！"

毕业生

周一早晨，我来到科里，梅丹冰已经等我很久了。

"知道吗，贺兰病了！"梅丹冰焦急地说，"她得了脑瘤，住院了。"

"什么？"我不相信。随即，一个念头跳到我脑子里："天哪！穆晨锤担心的事终于发生了！"

贺兰复姓贺兰，名若静，是英语系最漂亮的女生。绰号"小嘉欣"，因为她和香港美女李嘉欣颇为相像。但贺兰不像通常的校园美女，整天忙于约会和更换男友。贺兰从不交男朋友——她也不交女朋友。除了必要的上课，贺兰整天待在宿舍里，把全部时间都用来写信。不久白灵灵发现，贺兰全部信件都是寄给新疆塔克拉玛干沙漠新安农场里一个叫姜健雄的人。然而，贺兰从未收到过姜健雄的回信。这些年来，一封都没有。

我和梅丹冰去附属医院神经外科看望贺兰。贺兰被剃了发，青白的头上纵横交错裹着纱布，左侧后枕的地方有一块隐约透出暗红的颜色。但看上去，她的精神还好，像一个漂亮的小男孩。

"怎么不告诉我们？"一见面，梅丹冰还是埋怨了贺兰。

"没事的，做完手术就好了。"贺兰摸着被纱布包裹的头，笑着安慰我们。两星期前，贺兰做实验时无意说自己的脑袋总嗡嗡地叫，里面像有很多蜜蜂。贺兰的导师钱教授建议贺兰去放射科做一个CT，检查结果的片子只抽到一半贺兰就停住了。贺兰是神经内科的研究生，研究方向正是脑胶质细胞瘤的病理发生机制。贺兰把片子插回土黄色的牛皮纸口袋，转身走了。

贺兰没有跟任何人讲，第二天自己到附属医院办了住院手续。

从贺兰的病房出来，梅丹冰和我去病区的医生办公室找到顾铮。顾铮是顾嘉辉和蒋丽英的儿子，贺兰的主治医生。顾铮说贺兰的肿瘤发现较早，手术可算成功；但谁都知道，脑胶质细胞瘤是一种恶性程度极高的癌症，复发率几乎100%，没有人有把握贺兰脑子里的病灶是否被彻底清除。

回学校的路上，我和梅丹冰的心情都很沉重。我们在翠湖旁边，梅丹冰小心地说："你是不是觉得，贺兰的病跟去年的'失窃事件'有关？"

我眼眶里一下就蓄满了泪。我在得知贺兰得病的第一时间，就确信它一定跟"失窃事件"有关。

追根问底，是我让贺兰得了癌症。

前一年的3月份，那是一个周日的晚上，我从家回到学校，梅丹冰把我约到翠湖边一处僻静的山石后面，告诉我宿舍里出了事：白灵灵卖东西的钱丢了。

白灵灵是一个"问题女孩",在两性关系上总出岔子。大学几年里,白灵灵做了5次人流。半年前,白灵灵又一次意外怀孕,系里给了她一个严重警告和留校察看的处分。白灵灵远在四川的家人不能接受,一气之下和她断绝了关系。白灵灵的生活陷入困顿,不久她弄到一点小资本,在同学中售卖起长筒袜、指甲油、收腹带、方便面一类的货品,日子才有了转机。

白灵灵是等到第三次发现自己的钱不翼而飞时才向寝室长梅丹冰报了案。这一次,白灵灵故意在几张钞票上做下记号,将它们混同一堆零散物品扔在床上。晚上,白灵灵回到宿舍,发现少了一张五元钞和一张两元钞。

显而易见,315宿舍出了家贼。

梅丹冰正和我说着,白灵灵也匆匆赶来。最近一次案发在周末,我和梅丹冰回家不在现场,张静之前拿到耶鲁大学医学院的一份奖学金已经出国,宿舍里就剩下贺兰和欧文珮了。

这个不名誉的窃贼,只可能在她们两人中间产生。

"不会是贺兰。"我说,"她家那么有钱,她没有作案动机。"

贺兰的外公解放前是上海滩有名的大资本家,父母是早年支援新疆的大学生,这些年家族重进商界,很快又成为当地首屈一指的富豪。贺兰生活十分讲究,所有日常用品都从上海邮寄来,连饭卡也由家里派人每学期到学校来结算,她自己手里从没拿过一分钱,同学都说:原来真正的贵族是这样的啊,像穷人一样"不名一文"。但贺兰并不骄傲和炫耀,平时穿戴用度十分朴素。

排除了贺兰,难道这个"犯罪嫌疑人"会是欧文珮?

欧文珮不是315宿舍的"土著"。欧文珮原先宿舍的床铺挨着水房的盥洗池,湿气让墙壁和褥子都生了绿霉。倪娇娇退学以后,系里就安排欧文珮搬过来住在我的上铺。欧文珮是班上最穷的学生。欧文珮家在云南与越南接壤的纳素山区,七八十年代的边境战争把当地人的生活拖入贫困。欧文珮的父亲早年在战争中支前阵亡,留下80多岁的瘫痪老母和4个年幼的孩子给他苦命的妻子。欧文珮是长女,家里为了供她读大学欠了一万多元债。大学5年来,欧文珮没添置过一件新衣服。在食堂,欧文珮从来不买米饭和炒菜,只吃最便宜的馒头就早晨免费的咸菜和午餐晚餐的免费菜汤。欧文珮的困顿不似白灵灵的困顿。白灵灵的困顿虽然也很糟糕,但她总有办法使自己摆脱困境,甚至一时比别人还好。相比之下,欧文珮的困顿却叫人绝望,因为它似乎永远没有转机,没有翻手的可能。

"这件事要是捅开了,学校肯定处分欧文珮。"我说。

"所以啊,我们得慎重。"梅丹冰说出了她一直的顾虑。

"但这事儿让人别扭。"白灵灵很生气,"都在一个宿舍,你明知道她偷了你的东西,还得装不知道,人家不该骂我傻×啊。"

"这样吧,"梅丹冰说,"白灵灵,以后你管好卖东西的钱物,不要放在明处。还有你,闹闹,也总爱把钱四处乱丢,以后也不要这样。咱们先不在客观上促使欧文珮继续犯错误,再观察一段时间,好吗?"

白灵灵做了一个"操"的口形,点头同意。梅丹冰又叮嘱我们保密,包括贺兰也不要讲,知道的人越少越好。三人便回到宿舍。

但我还是把这件事跟穆晨锤说了。小时候,我们大院里的孩子把爱传话的人叫做"电报嘴"。我不做"电报嘴"已经很久了,但见了穆晨锤,我的老毛病又犯了。我对穆晨锤说:"谁能想到,梅丹冰要我们先从自己做起,不给别人犯错误的机会?"

"你这位同学确实不错,心地善良,又有思想。不过,我倒有另一个问题:那位偷窃的同学,她的动机是什么?"

"梅丹冰从侧面问过欧文珮,是否家里遇到困难,可欧文珮说没有。"

"她是一个什么样的人,她平时表现好吗?"

"欧文珮家里虽然穷,但她一点儿都不自私、也不贪婪,还热心助人。"

"如果是这样就有问题了。你想想,一个平素端正自律的人忽然行窃,她背后一定另有隐情。"穆晨锤思考了一下,说,"舒展,你能介绍我认识你那位丢钱的同学吗?"

"干吗?"我奇怪。

"我想见一见她。"穆晨锺说。

"您终于想见她啦?"我笑道。

"怎么?"穆晨锺问。

"她曾经要我介绍她认识您,被您拒绝了。"

"哦?你是说……"

"对啊,白灵灵就是贾鸿图的研究生。"

穆晨锺说服了白灵灵收下了他的100元钱。穆晨锺要白灵灵仍像以往一样,将它们断断续续放在欧文珮触手可及的地方。白灵灵除了取笑穆晨锺有一些迂,倒也乐于从命。梅丹冰却表示反对,她认为凡事要坚持是非和原则,如果明知偷盗是不对的,就不应该鼓励。穆晨锺否认他在鼓励偷盗,他甚至不承认他拿出的是金钱,他说它们是上帝呼唤迷途羔羊的"青草"。

只是,这只羔羊似乎没有回头的意思,白灵灵床铺上的钱仍然不紧不慢地丢失着。中间,穆晨锺又补充过一回。梅丹冰几次想开诚布公找欧文珮谈谈,但因错过了第一时间,谈话变得越来越难以实现。白灵灵不躲避欧文珮。白灵灵觉得她在"施舍"一个窃贼,因而经常指使欧文珮干这干那,对她的态度非常恶劣。只有贺兰,因为毫不知情,对欧文珮一如既往,甚而更加体贴。

欧文珮的一次意外晕倒,提前结束了这一切。

校医院急诊科医生只稍微一看就诊断欧文珮严重贫血。随后出来的化验报告显示,欧文珮的血色素竟然低到难以想象的5克!在医生严厉的盘问下,欧文珮承认了频繁卖血的事实。医生气愤地说："你身为医学研究生，难道不知道这样会毁了你自己的身体吗？而且，这对那些受血者也是一种不负责任的行为！"化验报告还显示：欧文珮患上了严重的肝炎。

欧文珮一句话也不说，就哭了。

出院后，欧文珮向学校递交了退学申请。她在报告中交代了理由：半年前，欧文珮的母亲进山偷砍林木，失足跌进山谷摔成高位截瘫。欧文珮的家庭完全失去了劳动力和经济来源，无以为计的欧文珮只有去卖血。欧文珮每周末都乘长途车到郊县卖给非法的小采血站，因为他们不会体检和要求献血间隔时间。日久天长，欧文珮的健康透支，身体终于垮掉。

欧文珮的遭遇在博雅掀起波澜。学校考虑减免欧文珮的学费，梅丹冰又发动全系同学为欧文珮捐款。这个倡议得到校学生会的支持，捐得的款项不但够欧文珮完成学业，还有相当富余接济她的家庭。欧文珮却坚持退学。她说对于她，到北京上大学已经是一个梦，念博雅英语系就不应该了。这个世界上的人是分等级的，这个道理以前她不认，现在认了。这就是命运。命运把她降生在彩云之南的那个闭塞山沟，她就要服从。

6月是一个毕业的季节，一个分离的季节，一个凭空伤感的季节。

毕业生离校的前一天晚上，北京高校校园民谣乐队到博雅巡演。舞台搭在学校门口内的中央草坪上，白天，这里刚刚举行了毕业典礼。我和梅丹冰白灵灵贺兰簌拥着欧文珮，站在舞台下面。张静去美国后，315宿舍的同学还是头一次聚在一起。一个高个子长头发，脖子上扎一条小丝巾的漂亮男生走上舞台，演唱了《同桌的你》和《睡在我上铺的兄弟》。接着，一个梳披肩发穿白色连衣裙的女学生自弹自唱了罗大佑的《闪亮的日子》。女学生身后，细小的飞虫在射灯的照耀下，幻化成无数个亡命的精灵，于夜空中绝望地起舞。

欧文珮在人群里显得十分渺小。我站在欧文珮右侧稍后一点的地方，看她不时低头揉擦眼睛。我也低下头，乘人不备飞快抹去流到脸上的泪水。以往，在315宿舍除了我和梅丹冰，就数跟欧文珮关系最好。欧文珮性格开朗、随和，北京话讲叫"吃玩"，我常拿她开心。不久，发生了"失窃事件"。我像因为窥视了别人的隐私而感到不自在，怀疑使信任也没有了。欧文珮也变得格外沉默寡言忧心忡忡，她总是来去匆匆，越发像一条影子，毫无防备地投下没有温度和质感的存在。

现在回想，我们是多么的粗心啊。

曲终人散。露水已经开始下来。大学生们还像一群游魂，流浪在夜风渐凉的校园里。白灵灵说："反正睡不着，不如去酒吧坐坐。"

学校对面是一条酒吧街，每一间里都挤满了分离在即的学生。白灵灵熟悉情况，拣了"樱花时节"进去，在一个角落里坐下。白灵灵做主点了饮料和零食。大家默默啜饮着，彼此都不说话，连碰杯都不。梅丹冰从书包里拿出一个牛皮纸信封递给欧文珮。欧文珮疑惑地看了看梅丹冰，拾起信封，打开往里望了一眼，立即推了回来，说不能要。

"这是宿舍同学的一点心意，我们也只能做到这些了。"

"不，你们的心意我领了，钱我坚决不要。"

"我们都是真心诚意想帮助你啊！"我说。

"你们已经帮我许多了。"欧文珮说，"以往，我们一起去食堂吃饭，你们把自己的菜拨给我，说你们不爱吃。你们把崭新的衣服送给我，说你们不想穿了。这些，我嘴上不谢，心里都是明白的。说实话，要是没有你们的帮助，这个大学我早读不下去了，但我不能接受你们的钱。那样的话，我就真的太'贫穷'了。"

梅丹冰和欧文珮推来推去。这情形让白灵灵不耐烦，她突然高声道："得啦，欧文珮，你就收下吧。以往你不都'接受'了嘛。"

欧文珮愣住了，说："以往我接受什么了？"

白灵灵自知说走了嘴，索性摊牌，说："实话告诉你吧，你偷拿我的钱，我们早就知道。那些钱不是我的，是闹闹的导师穆晨锤的。"

欧文珮大瞪着迷茫的眼睛，说："我什么时候拿过你的钱？我从没有拿过别人一分钱！"

几个人都蒙了。我们茫然地面面相觑，然后又将目光投回到欧文珮脸上。欧文珮因为气愤而苍白的脸孔让我们相信了她。——可是，那些失窃的钱是怎么回事呢？它们去了哪里？

那个由来已久的窃贼，又是谁呢？

突然，坐在阴影里一直沉默的贺兰跳起来，蝙蝠一样冲了出去。

并蒂之爱

直到第二天离开学校，欧文珮再也没有触及"失窃事件"。前一晚，欧文珮和衣在光板床上躺了一夜。她的行李下午已经交办托运，原本说晚上借同学的卧具凑合一下。但欧文珮拒绝了。梅丹冰和我都拿出自己的干净床单和毛巾被，欧文珮笑着摇头，说谢谢。她那笑里，透着分明的寒心。

第二天，欧文珮背着她死去父亲的旧军挎，一个人去了火车站。欧文珮走时没有哭。她一滴眼泪都没有掉，也没有回头。我和梅丹冰白灵灵一齐站在欧文珮身后，我们全都没有哭。

我们没有资格哭。因为我们全都伤害了欧文珮。这个从云南边境大山里走出来的女孩，在由她的同学们的爱心、仁慈、道德和财富组成陪审团的法庭上接受了错误的缺席审判。我们的善良使我们长时间将她视为"罪犯"，却长时间地宽容着她，这比将她误判有罪并予以惩罚更令她感到伤害。梅丹冰后悔没有在一开始就杜绝事件的继续。我的沮丧更无以复加，如果不是我将事情告诉给穆晨锤，后来的发展无论如何不会这样。白灵灵的悔恨是用摔摔打打来表达的。与其说白灵灵懊恼自己对欧文珮的骄横和蛮不讲理，不如说她更埋怨欧文珮当时的那种逆来顺受。

心情最复杂的是贺兰。欧文珮的猝然离去让贺兰成了一个谜，没有人知道这个漂亮文静的姑娘为什么要做一个长期的贼。贺兰只如数退还了300多元"赃款"，却什么也不肯交代。——人们发现，贺兰偷去了这些钱，一分也没有花。白灵灵当初做了记号的那几张钱，还依然健在。

如果不是为了挥霍，贺兰为什么偷钱呢？

贺兰的冷漠被视为顽固，她一向的美丽也变得面目可疑。同学们都不理贺兰，贺兰则用沉默为自己垒起一座高墙，她整天躲在蚊帐里，给她那个叫姜健雄的人写信。

这个世界上，无论发生什么都不能阻止贺兰做这件事。

"我恐怕害了那个叫做贺兰的孩子。我一定是害了她。"当所有的人都认为欧文珮是"失窃事件"的最大受害者，穆晨锺却偏偏对贺兰牵挂不已。穆晨锺从未有过如此颓唐，他忽然间苍老了，头发比以前更加花白，背也更加驼起，整个人像遭受意外霜冻袭击的茄科植物，拼命地萎缩下去。

一天深夜，我正在暗房洗印实验标本显微照片，穆晨锺突然来找我。

"舒展，你有空吗？"穆晨锺敲击暗房的门，我告诉穆晨锺我刚刚开始。

"有件事，我想跟你谈一谈。"穆晨锺犹豫了一下，还是说。医学实验中，同一批结果的照片最好使用相同的洗印条件一次完成，所以洗照片的活儿中途不好停下，我猜不出穆晨锤有什么事非要在这个时候告诉我。

"主任，要不，您进来好吗？"穆晨锤小心掀开厚重的门帘，趔身进到暗房。穆晨锤环顾四周，有一些局促。我搬来一只转椅给穆晨锤，自己坐在对面，说：

"主任，您想说什么？"

"是关于我女儿，"穆晨锤说，"我的'另一个'女儿。"

我没想到穆晨锤要谈的是这件事。刚上研究生不久，罗艺兵就告诉我穆晨锤有一个女儿，两年前投湖死了。这件事成了穆晨锤的心中之痛，罗艺兵提醒我千万不要在穆晨锤面前碰触这个话题。

而穆晨锤此刻的语气，似乎要揭开这个秘密。

青莲是穆晨锤的另一个女儿，大青荷5岁，是她的姐姐。

跟青荷的性格相反，青莲从小文静内向、善解人意。穆晨锤留学英国那年，青荷刚出生不久，青莲承当起姐姐的责任，替母亲分担家务。11年后，穆晨锤回国，青莲已经长成一个亭亭玉立的姑娘，美丽、娟秀、含情脉脉。不久，穆晨锤发现青莲的生活里一些难以解决的麻烦。青莲从小患有严重的牛皮癣，这使她放学后常将自己关在房间里，从不结交朋友。一次，青莲对穆晨锤说："爸爸，您是医学专家，您研究我的病，帮我治好它，好吗？"

穆晨锤深感对不起女儿。这些年，世界上许多可怕的顽症都一一被攻克，连癌症也不再被视为"不治之症"，但人们对一些看似简单的疾病却仍束手无策。

后来的一天，刘苏娜突然痛打了青莲。刘苏娜对穆晨锤说，她提前下班回来，撞见青莲在房间里吻青荷。刘苏娜确信，那绝不是普通的姐妹之吻，而是羞耻的肮脏的举动。穆晨锤把女儿带到办公室。穆晨锤让青莲坐在自己的位子上，他在她面前跪下，抚摸着女儿说："青莲，爸爸对不起你。爸爸不应该出国，应该留在家里，陪着你的。"

一直承受着刘苏娜的暴打而没有吭声的青莲突然哭了。青莲说，班上一个男孩子诅咒她，说永远没有人会爱她，因为她有牛皮癣，会传染。青莲委屈地说她只是想在妹妹身上试一试，看看能不能传染。

穆晨锤放心了，他对女儿说："等你长大了，一定会有男孩子来爱你的。因为你是一个好姑娘。"

穆青莲点了点头。她看着父亲。露出诚恳的羞涩。

然而，穆晨锤并不知道，貌似纯洁的女儿欺骗了自己。

青莲真的喜欢她的妹妹，她很"爱"她。一天，穆晨锤意外透过浴室门缝，窥见到一幅画面：喷水的莲蓬下，他沐浴的女儿们像一对天使，正赤裸地拥抱在一起。青莲无比陶醉地亲吻着妹妹的头发，一只手抚摸着妹妹刚刚发育起来的小棕子一样幼稚的乳房。另一只手，滑向了青荷的下体。

穆晨锤痛苦地闭上了眼睛,他感觉到他的心脏在致命地绞痛。西方统计研究表明,在普通人群中,完全的异性恋和完全的同性恋只各占人口比例的3%,中间94%的人则具有双性恋倾向。穆晨锤相信,自己的女儿只是性趣味的暂时异常,绝不会是那令人绝望的3%!穆晨锤对青莲付出了全部的耐心和努力。他给青莲详细讲解人体的构造和性的细节。为了培养青莲对异性的兴趣,穆晨锤甚至给青莲拿来一些他从国外带回的堪称色情的画册读本。

可是,这样过了一年,穆沉重发现他失败了:他的女儿是一个100%的HOMO。穆晨锤难过极了,他想这是上帝对自己的惩罚,一定是他哪里做错了。穆晨锤一如既往地爱着青莲,希望能帮助她。可是,刘苏娜却怎么也不能接受这件事,她对青莲殴打、谩骂、隔离,疯狂和歇斯底里。

结果,青莲在她18岁那一年,把自己投进了翠湖。

"青莲和你同岁,她要是活着也该你这么大了。"穆晨锤忧伤地说,"看到你,我常常想起青莲。那次你昏倒在雨里,醒来后哭诉你的一只大白鼠死了,我几乎就把你当成了青莲。青莲也像你这么善良,她的心里全是爱。"

我默默地听着,不知该说什么。

"青莲的死是我的责任。"穆晨锤疲倦地说,"我不应该出国,并且那么长时间没有回来,使女儿在成长的最关键时期缺少父爱,缺少来自男性的赞美和鼓励。——噢,还有那致命的牛皮癣。即使只是一个诱因，也与我有关。我一直有神经性皮炎，情绪紧张的时候会掉头发和有头皮屑。最主要的是，我不了解青莲。我以为我了解她，我按照我的想法帮助她、导引她，其实我根本不了解她。"

"主任，您担心的是贺兰？"我忽然明白了穆晨锤为什么告诉我青莲的秘密。

"是的。"穆晨锤喟叹道，"我发现，我一点儿都不了解这个孩子。就像一种奇怪的病症，我在不了解的情况下给病人开了药，这些药可能不但无益，反而有害。"

"也许没那么严重。"我安慰说，"我觉得贺兰的情况并不是心理上的问题，也许就是简单的见财起意也说不定，您用不着太担心。"

穆晨锤听了我的劝，像好不容易放下一个包袱，突然感到了虚弱，说："舒展，青莲的事情我从未对人谈起过。青莲死后，我跟刘苏娜也不谈她，她是我们夫妻之间的一个禁忌。"

出于被信任的感动和怜悯，还有无能为力的尴尬，我伸手摸了一下穆晨锤痛苦地交叠在一起的手。我吃惊地发现，穆晨锤的手竟然不再柔软细腻，变得无比衰老僵硬，没有弹性，仿佛灵魂偷跑后剩下的空壳。

"主任，您没事吧？"我低声问道。

两串眼泪从穆晨锤筋络毕现的手背上猝然滚落。穆晨锤踉跄地站起，碰倒了椅子，我去扶他，盛显影液的搪瓷皿又打翻在地，相纸顺势流了出来，像流在鲜红的血液中……

我再一次坠入爱河。我爱上我的导师，一个大我31岁，灰白头发，驼背，气质优雅而忧郁，有着悲惨婚姻和不幸家庭经历的男人。我们陷入了热恋。

我爱得那么疯狂，像得了强迫症。我不能忍受和穆晨锺超过一天的分离。我们不能忍受超过一个上午或者一个下午的分离。我们没有任何一个晚上不见面。被需要的感觉充满奇妙的欣慰和力量感，就像一个干渴的人对于清泉的依赖，会使泉水更加喷涌。看着自己如何滋养了一个枯萎了的生命，使他如沙漠般的心田重又丰饶温润，我心里充满了幸福感。

"舒展，见到你以前我从来就没享受过爱情。"穆晨锺说，"我跟刘苏娜在一起就像一个乞丐。每次，她都要我跪在地上哀求她才肯跟我做。她性冷淡，根本不配合，像一截木头直挺挺地毫无感应。如果她不高兴，还会突然把我踢开。哦，我说出来都觉得可耻：有时我在下边做，她居然躺在那儿看报纸，好像我是一条野狗，在吃她毫不在意的剩饭一样！"

"你太太根本就不爱你！"穆晨锺的话让我心如刀绞，我宁愿他没有告诉过我。

"不然，我也不会出国11年，中间一次都没有回国。"穆晨锺悲伤地说。

"你为什么不离婚呢？既然你太太不爱你，你不幸福，你就应该离婚！"

我那时阅历不深,还天真得很,一味相信"没有爱情的婚姻是不道德的"的鬼话,把幸福看得比什么都重。

愤怒罗生门

结束和我同居的那个寒假,新学期开学后,穆晨锤正式向刘苏娜提出了离婚。

我没有想到离婚竟是这么复杂的一个过程,它是和平年代里你能遇到的最残酷的战争。这个过程给穆晨锤如此巨大的打击,他一贯的优雅气质早不复存在,唯一关心的是怎样在离婚中多保住一些财产,离婚后刘苏娜会不会顺利搬出他名下的房子等等,都细微而具体。

我和穆晨锤不能再像过去,坐在有阳光的房间里从容而宁静地交谈了。穆晨锤每次找我都偷偷摸摸的。他抽空到我的实验室,先看好左右没人才迅速钻进屋子,用身体抵住门,招手叫我过去。他一只手握住门把手,另一只匆忙地伸过来在我身上胡乱摸一把,又拽我的手按在他的身体上。

我被迫摸着穆晨锤,很切近地看着他双目紧闭的样子和脸上醒目的斑点,听他发出压抑的呻吟。只三五秒钟,穆晨锤便推开我,往回收收裤裆,转身拉开一道门缝,探头向走廊张望,见没人,便回身冲我匆忙做一个飞吻的动作,猫着腰俯身快步离去。我站在门口,从背后注视着穆晨锤。穆晨锤一直让他显得谦逊和温和的驼背,这时看上去很猥琐。我的心于是很疼。

一切不体面的事都让我心疼。

对于离婚这件事,穆晨锺一开始想得过于简单了。刘苏娜提出:如果离婚,家里现有一切物品归她名下,国内的现金、存款及一切有价证券全部归她,国外存款一半归她,青荷由穆晨锺抚养,抚养费自理。这是一个有目共睹的"南京条约"。穆晨锺看出刘苏娜想借财产要挟自己,迫使他不能离婚。说到底,刘苏娜是不愿意离的。一个女人,那样大年纪,半辈子都吵闹过来了,何在乎再吵闹半辈子?但穆晨锺决心已下,说什么也不会回头了。

几经周折,穆晨锺痛下决心,同意了刘苏娜的条件。然而次日,刘苏娜又突然反悔,提出要穆晨锺将全部财产都给自己。"否则,"刘苏娜对穆晨锺说,"你一辈子也别想离婚!"

"舒展,我该怎么办?"穆晨锺憔悴疲惫、苍老不堪,我看着很心疼。我不了解物质的可贵,对金钱在生活中的角色毫无概念。同时,我也不想在穆晨锺的离婚过程中给他任何压力,我固然无法排除自己客观上的存在,至少应该削弱影响。这是我道德的一部分。

"舒展,如果我不名一文,你还爱我吗?"穆晨锺问我。

我点点头,答应了他。

"这我就不怕了。"穆晨锺说。

这是穆晨锺决定离婚起,我第二次听他说"不怕"。穆晨锺心里一定怕着什么，不然，他不会总这样说的。穆晨锤又说："舒展，我离婚以后我们到国外去。我先辅佐你的学业，帮你在医学界立足。然后，你养活我。"

我对这句话感到陌生。穆晨锤从来都是优雅自信、超然物外的，偶尔我们也谈论生活，但那大多是被时光之流淘洗过的记忆，是时光的碎钻，而不是沙。此刻，穆晨锤竟然谈论起生计问题了。一场惊世骇俗的精神之恋，就这样正式沦为一份拥挤驳杂的现实生活。

我不记得我当时是否给了穆晨锤一个肯定的回答。我好像沉默了。也许，在穆晨锤看来，沉默是我的默许。而在我，却是渐起的悲伤和困惑。

最终，穆晨锤答应了刘苏娜的财产分割要求，同意把全部财产都给刘苏娜。但就在去街道办事处办理手续时，刘苏娜又不干了。刘苏娜说，穆晨锤还有一笔1万英镑的存款在英国没有交出。穆晨锤留学回国后，又曾数次去欧洲做访问学者。他将节省下来的津贴存在伦敦一位朋友名下，准备将来作为青荷的教育基金。

刘苏娜毫不通融。穆晨锤求刘苏娜，说青荷也是你的孩子啊，你不能做得这么绝情。刘苏娜可不听穆晨锤的，她现在唯一要做的，便是尽量地绝情。

穆晨锤绝然说："这笔钱是青荷的，你就是把我杀了，也别想得到1个便士！"

刘苏娜就又去找组织。刘苏娜知道如何让组织厌烦她,进而厌烦穆晨锤。组织果然被烦到,他们对穆晨锤说:"你不是想离婚吗,你按照刘苏娜的要求把钱都给她不就得了嘛!"

穆晨锤说那钱是给女儿将来出国读书用的,不属于他的财产。组织上的人听了很不高兴。穆晨锤自己出国名利双收不算,连不争气的孩子的出路都给铺好了,而他们的孩子每一个都比穆青荷学习好,前途却还得自己打拼。组织上的人劝穆晨锤做事要讲方式方法,要抓主要矛盾和矛盾的主要方面。

"别什么都想要!"组织上的人说,"天下没有那么多好事!"

穆晨锤发现,组织上已经不能给他提供任何保护;相反,他们正将他往深渊里推。终于,穆晨锤想到了出走,他必须在被置于死地之前设法逃命。

穆晨锤向学校申请到奥地利萨尔兹堡医学院神经生物研究所做访问学者。格里博达是穆晨锤留英时的同事,他手上有一份科研基金,他向穆晨锤发出了邀请。

3月初的一个早晨,穆晨锤突然来找我,告诉我他离婚了。穆晨锤说:"舒展,告诉你一个好消息,我离婚啦!"

穆晨锤的话听上去逆耳。我从不认为离婚是一个好消息,任何人的离婚都不是。穆晨锤以为我不相信,从口袋里掏出一个墨绿色本子递给我,快活地说:"喏,我现在自由了。"

我打开离婚证,里面的穆晨锤神情肃穆,头发花白,看上去十分烦恼。刘苏娜听说穆晨锤正在申请出国,担心他一走了之,自己鸡飞蛋打一无所获,于是在反反复复的纠缠之后,终于同意和穆晨锤离婚。刘苏娜得到了除那1万英镑以外的全部家产;同时,失去了她的丈夫、女儿和一个家。

我合上离婚证递还给穆晨锤,笑了一下表示祝贺。可我忽然感到沮丧,甚至有一些后悔。我原以为爱情是一个家庭存在的唯一理由,也是它得以存在的全部理由,在目睹和部分参与了穆晨锤家庭解体的整个过程之后,我却不确定起来。我发现,除了没有爱情这一点,穆晨锤和刘苏娜的婚姻存在还给了他许多别的:令人仰慕的名誉、巨额的财富、完整的社会关系、如常的生活,以及家里积攒多年的盆盆罐罐。

——而这后一点,比其他任何东西都更能体现一个家庭的价值。

我的爱情要多么深厚,才能弥补穆晨锤失去的这一切,再给予他更多的补偿呢?如果我不能弥补和补偿,穆晨锤如此惊天动地伤筋动骨的离婚,岂不是不值?

几乎是赎罪,我每天都去医院看望贺兰。

贺兰不让学校将她得病的消息告诉家人免得他们操心。贺兰是一个外表柔弱内心坚强的女孩,术后的化疗和放疗都独立挺了过来,是病区的"模范患者"。贺兰仍然每天给姜健雄写信,我替她去邮局寄出。一次,贺兰化疗吐得死去活来,刚刚平稳一些又要写。我忍不住问贺兰姜健雄是不是她的男朋友,贺兰想了想,笑说:"就算是吧。"

"什么叫'就算是'。他要真是,怎么这么多年从来不给你回信?"

"他有他的不便。"贺兰说。我怀疑那个叫姜健雄的人,一定也是一个有妇之夫,跟贺兰有了感情,又放弃不了家庭,便回避着不与贺兰联系。只可惜贺兰痴情,这么多年了都不能忘。

晚上,我拿着刚发下来的奖学金去青荷的住处。开门的竟是一个十七八岁的男孩子。青荷裹着一件毛巾浴衣从卫生间出来,看到我惊诧的表情,青荷轻蔑地笑了一声,转身往房间里面走,摇着手说:"是不是给我送钱来啦?"

我随青荷进到房间,不放心地说:"你不能让一个男孩住到你家里啊,弄不好你会吃亏的。""吃什么亏?"青荷笑说,"你说话怎么像50岁的老女人,你真以为你是我妈呀。"

"你——"我生气地说,"你爸要是知道你这样也会操心的。"

"操什么心啊?你是说怕我跟他发生关系吧?要是我告诉你我早就不是处女了你不会吃惊吧?"青荷一脸坏坏的表情,笑说,"我早就不是处女了!"

"什么?"我说。

"我12岁就不是处女了,那时我还小呢,连月经都还没来。"

见我惊讶不已,青荷不以为然,说:"我姐把我搞成了一个女人。"

"你说什么？"我更难以置信。

"你不会不知道我有过一个同性恋的姐姐吧。——没错，是她搞破了我。后来，她觉得对不起我，就投湖自杀了。"

"可是，可是，你爸说她是因为……"我一迭声地重复，却说不出更多的话。

"所以，我现在跟谁都无所谓了。就说那屋那个男孩吧，我们好歹年龄相当、条件般配啊。可你和我爸那算怎么回事？我爸都可以做你爸了你们还干那种事儿，嘁！说实话我都觉得恶心！"

我被青荷说得满脸通红，第一次对我和穆晨锤的爱情感到了羞耻。

从青荷那里出来，我到翠湖边一处僻静的地方，捡了一块石头坐下。我需要理一理思路，想清楚一些事。穆晨锤离婚后，刘苏娜到我宿舍来找过我一次，她以一个过来人的身份告诫我穆晨锤是如何的虚伪和自私。刘苏娜说穆晨锤为了自己成名成家，一出国11年不回来，她一个人带孩子、上班、做饭、洗衣服，累得椎间盘突出、子宫脱垂。刘苏娜原以为熬到穆晨锤回国能松一口气，但他回来后还是不管家事，整天泡在科里。刘苏娜说自己年纪大了值不起夜班，让穆晨锤去学校说说给她换一个不值夜班的科室，可穆晨锤为了要维护他的形象，硬是不肯去说，还整天觉得妻子没水平，跟他不在一个档次，整天向人诉苦，尤其喜欢向女学生诉苦，等等。

说到一半，刘苏娜已经抽泣起来。我难以判定她是假装还是真情，也许一开始她有着做戏的成分，但说着说着真就入戏了，把自己真给感动了。刘苏娜说起她和穆晨锺的私房事，虽然我一再拒绝表示没兴趣知道。刘苏娜说穆晨锺出国11年，等于让她守活寡了11载。别看穆晨锺平时像一个绅士，他其实根本不懂得爱情，刘苏娜说自己身体不好，多年贫血，穆晨锺却一点儿也不体谅，什么时候来了兴致就什么时候要做，死气白赖的，有时候还跪在地上，样子令人恶心。尤其穆晨锺粗鲁和不讲究方式，连铺垫都没有，就那么硬来，像一条发情的公狗。刘苏娜有黏膜溃疡症，穆晨锺也不管不顾，每次都弄得刘苏娜死去活来，他反倒说她性冷淡。刘苏娜擤着鼻涕说："我给他生了两个女儿，做过三次人流，我还怎么冷淡！我跟穆晨锺夫妻这么多年，说句不要脸的话，从来就没有体验过什么是高潮！"

我听得有些瞠目。刘苏娜指责穆晨锺的桩桩件件，恰恰是穆晨锺抱怨刘苏娜的点点滴滴。相同的事情由不同人的嘴里说出来，居然如此南辕北辙，叫人无法分辨真相。刘苏娜恨恨地说："要单是我和穆晨锺感情不和也罢了，有一件事，我永远不能原谅他：是他害死了我的女儿！"

刘苏娜承认她有一个性情怪异的女儿，但否认青莲是同性恋。刘苏娜说自己对青莲是粗暴了一些，她想孩子总是要管教的，但穆晨锺都干了些什么呢？刘苏娜说着又泪流满面，她双手拍打着床铺，神经质地呜呜哭泣，说道："穆晨锺这个老流氓，他给我女儿讲那些不要脸的男女之事,给她看国外的黄色杂志。最可恨的是……老天啊,叫我怎么有脸说出口呢!穆晨锤这个禽兽不如的东西,他……她居然在我女儿房间跟她胡来,抱着她干'那种事'!一想起那天的情形,我就恨不能把自己的眼珠子挖出来在地上跺碎!我怎么能允许这个老流氓对我女儿那样呢,我就是让女儿死也不能让穆晨锤对她那样!我狠狠打了青莲,结果,我女儿就跳湖自杀了。"

刘苏娜撕扯着自己的头发,捶胸顿足,像疯了一样。

后来,穆晨锤得知刘苏娜找我的事,十分紧张地询问。我原想求证刘苏娜的话,但因为它们太难以启齿,便什么也没说。穆晨锤一再告诫我不要信刘苏娜的任何话,他说她是一个恶毒的女人,一心想毁掉我们的幸福。因为当时还爱着穆晨锤,也因为不愿意相信自己不愿相信的,我后来果真"忘掉"了这件事,"忘掉"了刘苏娜告诉我的。而刚才,青荷的话却提醒了我。

这到底是怎么一回事啊!青莲到底是怎么死的?穆晨锤说青莲因为是同性恋,遭到刘苏娜的责打愤然自杀。青荷说她姐姐是不堪弄破了妹妹的身体,所以离世。而刘苏娜却又有着另一个更为可怕的解释,怪穆晨锤和女儿有不伦。我不知道真相是什么。也许他们说得都对,也许都不对;也许他们都部分说了真话,也许都撒了谎。也许,他们就像我现在一样,永远也不可能知道青莲自杀的真正原因。

我并不想知道青莲死的真正原因,——当然我想知道,这么诡异的一件事，我不可能没有好奇。但我更想知道的，是穆晨锤知道些什么，以及他做了些什么。他知道他的大女儿是一个HOMO，可他知道他的二女儿已经不是VIRGIN了吗？他真的对他的大女儿做过那种事吗？过去，我毫无怀疑地信任穆晨锤；而现在，却产生极度的怀疑。

"真是可耻啊！"我想，"所有的人都不是处女了，连青荷都不是了，我却还留着这破玩意儿，还用它跟穆晨锤较劲，跟自己较劲！"

第四章

我撒谎失去了贞节

几乎在难以自制的愤怒情绪下,我用许安阳送我的手机拨通了他的电话,要他派人给我送一张机票来。

我接着坐下来给穆晨锺写信,我告诉他我送了一些钱给青荷,然后我即将起程去深圳,去完成我的"V计划"。

飞机徐徐降落在深圳福田机场。我从机舱来到悬梯外,一眼就认出了停机坪上的许安阳。只有许安阳能让自己站得那么挺拔、俊美。"他一点儿都没有变啊,"我在心里说,"这个骄傲的男人。"

"啊,闹闹,你一点儿都没变。"许安阳快步走向我,在我面前50公分的地方立定,左手叉于腰间,歪头看着我,像一个农民看着收获时被忽略掉的一棵好庄稼,眼睛里冒着欣喜得意的亮光。

我却忽然恼了。这个世界上,所有的人都可以用这句话问候我、恭维我,一笔带过五年的岁月,唯独许安阳没有资格。他这样子说,就是对我的冒犯。许安阳完全没意识到这一点。他像一只久别重逢的麝鹿,快活地拎起我的旅行箱,揽住我的肩头。我抖开许安阳的胳膊,说:"你怎么能进到这里?"

"闹闹,你忘了我曾经是一名空军军官。"许安阳不无得意地说,"如果你愿意,下次我可以把车子开到停机坪上,让你得到国家领导人一样的礼遇。"

"对不起,我不愿意。"我冷漠地说。

许安阳的住处是位于大梅沙嘉世豪别墅区里一座带室外泳池的花园洋房。我被房子的气派惊呆了,问许安阳哪儿来的钱买如此豪华的住宅。许安阳边从车上往下取行李边笑说:"闹闹,深圳是一个特殊的地方,在这里是不应该随便询问别人经济来源的。当然,我不介意你提任何问题,我很愿意回答,我只是让你更多了解深圳而已。"

许安阳告诉我,他和武警黄金部队合作开了一个贸易公司,经营从海上过来的和海关罚没的汽车类商品。许安阳的公司负责场面上的运作,背后由武警支撑。

"你意思是说,你们在贩卖走私汽车?"我难以置信。

许安阳笑着摇摇头,怜爱而无奈地说:"闹闹,看来除了我原本想要对你说的一大堆话,我还要告诉你许多别的事。比如,我要再告诉你一条关于深圳的'潜规则'：在这里，不要提'走私'两个字。因为你碰到的任何一个人都有可能正在或者曾经参与这种交易，你这样说会让他们感到不自在。"

"可是，你们这样做是执法犯法啊。"我说。

"恩格斯说过：'资本来到世间，从头到脚每一个毛孔都滴着血和肮脏的东西。'深圳现在发生的事，就是在验证伟人的论断。"

许安阳打开房门进到客厅，从不同房间出来两个武警军官和一个士兵。许安阳介绍说他们分别是廖大队长、助理小赵和司机雷子。三人客气地称许安阳"徐总"，并道他辛苦。我没想到许安阳的家里还住着其他人，十分难为情。但从他们的眼神里，我看到的只是顺从和恭敬，毫无个人情绪。

吃过晚饭，众人纷纷懂事而礼貌地离席告退。客厅里，只剩下我和许安阳两人。许安阳从沙发中站起，坐到我身边，眼睛直盯着我，动情地说："闹闹，我不是在做梦吧？"

我嗤笑了一下，没有回答。许安阳说："想听听我的故事么，这些年我都做了些什么？"

"不想。"我说，"我累了，你的卧房在哪里？"

许安阳一怔，旋即说："哦，瞧我，多么不细心。光顾着跟你说话，忘了你坐飞机很辛苦。也好，我们今天先不说了，反正以后有的是时间。"

"许安阳终究没有变啊。"我在心里耻笑，觉得眼前这个男人真是太过骄傲了。

我躺在许安阳巨大的贝壳形睡床上。许安阳沐浴的声音透过方砖玻璃墙哗啦哗啦地传过来，像梦中的雨。我可能睡着了。我做了一个梦，梦见天在下雨，哗啦哗啦的，空气中满是潮湿泥土的气味。大地上开出许多蘑菇，漫山遍野。我欣喜地脱去衣服摘了许多蘑菇，但当我抱着蘑菇回家，打开衣服却发现，蘑菇竟变成了女人的子宫。我吓得一惊，睁开眼睛许安阳正离我5厘米的上面，专注地俯瞰着我。许安阳的眼睛像一种善于夜晚出游的野生动物闪闪发光，我又吓了一跳，下意识地按住胸口的蚕丝薄被。

"我吓着你了？"许安阳轻声问。

"上来吧，"我掀开被单，露出我的裸体。许安阳关了顶灯和壁灯，将枕边的台灯调亮。我受到光亮刺激，皱了一下眉，许安阳的嘴唇恰巧盖在了那里。

"别！"许安阳一点一点往下移动，他的嘴刚刚碰触到我的唇，我像被电到，"嗖"地避让开，说，"别碰这儿！"

"为什么？许安阳竖起身子问，像一条迟疑的眼镜蛇。

"不为什么。"我扭头闭上眼睛，不看许安阳。

许安阳越过我的唇，继续从脖颈向胸脯、肚脐、小腹一路下去。我感觉得到，许安阳正努力平复由于刚才意外的中断带来的情绪波动。他做得很投入，至少看上去是这样。许安阳移身到我的下身，分开我的双腿，在那里仔细拨弄着。

我平躺着,像一条搁浅在海滩的凤尾鱼,由任许安阳的摆布。猛地,我的脑袋"嗡"地一下,——5年前,许安阳在他总参内部招待所的房间里,也曾对我的身体这样检视。当时,我以为许安阳是出于对我的怜惜和动情;而此刻,我突然明白了许安阳这个动作细节的含义。我"哗啦"从许安阳身下蹿起,抓过被单裹住身体,满面羞愤地说:"你干什么?"

"不干什么。"许安阳略微尴尬道。

"你不用检查了,我已经不是处女了!"我愤然说。

"噢,闹闹!"许安阳被我戳破意图,半是难堪半是痛苦俯身跪在我身前。

我低头看着赤身裸体的许安阳,心头涌起一阵复杂的情绪。说不清我为什么要撒谎,骗许安阳我已经不是处女了,但我就是不想让他知道。

对于我,那似乎是耻辱和耻辱的复仇。

我原本对和许安阳过去的恋情已经不再挂怀。可是,在机场见到许安阳的第一眼,我就知道了,这一切其实还没有完,它从来就没有完。我紧了紧裹住自己的被单,终于说出这些年来一直深藏心底令我困惑的问题,那个许安阳之前提起而我因为羞愤制止了他的"那一件事"。

"哎——"我叫许安阳,"你能告诉我,那天早晨,你为什么不要我吗?"

"噢,闹闹,别说了。"许安阳从床上爬起,也扯过浴巾遮住下体。

"你太太说你……阳痿？"我坚持追问。

"她说得没错，"许安阳镇定了一些，说，"在那天早晨之前很久，我一直阳痿，包括我们在一起的前半夜，我也是不行的。"

"可是，你当时不是跟好几个女的都有来往吗？"我说来仍然愤愤。

"噢，闹闹，这是一件很复杂的事，算是男人的通病吧。"许安阳坦白道，"男人渴望占有更多的女人，就像他们渴望更多的权力；但这占有不一定全都是性，也包括被仰慕和对对方情感的支配。"

"就像我们那样？"我尖刻而冷漠地说。

"不！我们是不同的。"许安阳顿了顿，说，"坦白讲，也许一开始没有不同。我对你也像对其他异性，只是渴望把对方俘获过来，成为自己魅力的战利品。但后来就不同了。后来，我真的爱上了你。"

我嗤笑了一声，表示不屑。

"闹闹，请相信我，最能证明这一点的就是你治愈了我的病。那天早晨，我们拥抱在一起，你说渴望为我生一个孩子。我当时听到这句话，仿佛被从天而降的雷电击中，身体突然充满了力量，一下子就又行了。"

"那你为什么没有做？"

"我不能做。"许安阳痛苦地说。

"什么叫'不能做'？"

"闹闹，你还记得当时的情形吗，你一丝不挂地躺在我面前，把一切都交给了我。那是怎样的一具胴体啊！你躺在洁白的床单上，残冬或者初春的阳光透过窗帘的缝隙单薄地洒在你的裸体上。你年轻的肌肤细腻如极品绸缎，上面有一层细密的绒毛在熠熠生辉。你皮肤下面的血管像一缕缕水草摇曳荡漾，发出幽蓝的光芒。那一刻，我听得到你身体里激情喷薄欲出时润滑流畅的声音。面对着这样的身体，我忽然做出一个连我自己都意外的决定：我决定不要你了。——闹闹，你知道我靠着多么大的意志力才控制住自己不进入你的身体吗，那对我真是一次炼狱般的考验，我记得当时我把你的胸口都咬破了是吗？"

许安阳下意识地伸手，我躲开他捂住了自己。在我胸口剑突的下方，有一个啮噬留下的瘢痕。它因为用力和深刻，而像一只展翅的蝴蝶。许安阳停了停，接着说："不过，我很高兴那天早晨没有要你。这些年，我始终记得你那里完美无缺的样子。那个画面给我了无限美妙的遐想，我几乎就是为了再见到它，才扛过这许许多多的艰难和挫折。我为此养成一个毛病，——噢，闹闹，我想我没有必要再向你隐瞒我的生活了。你知道，深圳这个地方性服务业十分发达，4000块钱就可以找到一个处女。这在这里叫做'开苞'。因为想着你，我每周都要找一个女孩子来'开苞'。每一次我都想象着是跟你做，我叫着你的名字，要她们答应,只有这样我才能够达到高潮。闹闹,今天再见到你,我真的很高兴。虽然你已经不是处女了,但我仍然满意我那天的做法,为此骄傲!"

我听得吃惊,好久才说:"你为此骄傲?"

"是的!我为此骄傲!"许安阳肯定地说。

第二天早晨,许安阳叫人把早餐布置在三楼露台上。我们面朝大海,对着冬天的早晨。我和许安阳讨论着天气和海。我们聊了好久,饭差不多吃完了,许安阳终于忍不住,说:"闹闹,你怎么不问问宋雅的情况?"

"我为什么要问,那是你们的私事。"

"我们分居好几年了,"许安阳自己说,"从我到深圳我们就没有在一起了。"

"宋雅是你这辈子能遇到的最好的女人,你不会再碰到比她更好的了。"

"我承认宋雅给过我很多帮助,但她总不能原谅我一些事,她后来变得很怨毒,这让我受不了。"

"那是因为你从来没有忏悔过。你从来就没有真正地忏悔,你只是希望你太太不计较你而已。"

"我不知道女人为什么都这样,以揭男人疮疤为痛快。"

"你这样说真的很无耻。"我替宋雅抱不平,"谁不知道疼啊,女人自己若不是疼到受不了,她们怎会去折磨男人。"

"噢,舒展,我们不说这个了。"许安阳试图扭转话题。

"舒展，嫁给我吧。"许安阳突然说。

"Are you joking？"我笑说，"你在开玩笑吧。"

"不，我是认真的。"许安阳说，"在心里，我一直爱着你。"

"呵呵，且不要说我已经不爱你了，就是爱着，你也没有权利说这种话对吧？"我嘲讽说，"你还有婚姻在，怎么能请求我嫁给你呢？"

"如果你能定下来，我就跟宋雅离婚。"

许安阳的话让我恶心。男人们怎么都这样，即使他们的婚姻再漏洞百出、无法忍受，他们也还是会忍，直到找到另一个女人替代、找到"下家"，那时他们就会果断地了结、头也不回。我对许安阳说他那样做对宋雅是不公平的，我说："如果你对宋雅不公平，我同样有理由相信，有一天你也会对我不公平。我的逻辑没错吧？"

"哦，闹闹，你不知道我有多么爱你。"许安阳说。

"爱是会变的，它会像露珠一样消失。我也曾经爱过你，但现在不了。"

"不，闹闹，你还是爱我的。昨天我第一眼看到你在飞机旋梯上，我就知道你还爱着我的，你的眼神骗不了我。"

我被许安阳看破心情，很生气，故意讥讽说："你的问题就是太自信了。你以为所有的人都在你的掌握之中，所有的事都被你控制，但事实不是这样。事实是，我4年前就已经不再爱你了。"

"4年前？"许安阳不解。

"是的，"想到这将是我和许安阳的最后一次见面，我还是决定把所有事情都告诉许安阳，让他死个明白。我说："4年前我去飞行团找过你。如果那时我见到了你，我会告诉你，无论你之前做过什么，你说过我什么——听说你对上面来的调查组说是我勾引了你是吗？这些都无所谓，我依然爱你，只要你需要，我会把我的生命全部交付给你。"

"4年前你去找过我？我怎么不知道？"许安阳惊得坐起身子，像一条激动的响尾蛇。

"我坐过了站，一下到了青海。"

"哦，天哪，那太不幸了。"

"不，那恰恰是我的幸运。"

"为什么？"

"你到过藏地吗？"

"没有。"许安阳感到遗憾，"我一直想去那里，那里是我的梦中天堂。"

"是的，藏地就是天堂。"我告诉许安阳我怎样因为看错了地图而走去青海湖，我怎样在青藏高原呈弧线的旷野上一人独行。在回来的路上，我见到一位磕长头去拉萨朝圣的藏族老阿妈，她是整个行程中最令我震撼和难以忘怀的。从此，藏地成了我的"宗教"。我像力士安泰，找到了获得力量的方式。只要我的双脚踏实地落在青藏高原的冻土上，我就能感觉源源不断的力量注入我的身体。它们像血液一样温存、柔韧，让人幸福。

"舒展，我们一起去西藏吧，一起去那个离天堂最近的地方。"许安阳激动地扑过来，跪到地上捧起我的双手。

"你还是送我去机场吧。"我饮干杯子里最后一滴液体，站起来说。

"什么？你就要走吗？你要去哪里？"许安阳感到错愕。

"回北京啊，"我说，"我还有实验等着做呢。"

"可是……可是……"再次找到我以来，许安阳第一次变得不自信，似乎对我完全失去了把握，他语无伦次，说："你不打算留下来跟我在一起吗？"

"我什么时候说过我要留下来？"我说。

"可是，我以为你肯来深圳就是……"许安阳变得有些结巴。

"你'以为'错了！"我截住许安阳的话，决绝地告诉他。

"舒展，你好像很恨我？"许安阳显出迷惑的神情。

"我'好像'很恨你？"我重新坐回椅子里，失声笑起来，"你怎么能说我'好像'很恨你？——我根本就是恨你！这些年，我一直恨着你。我不恨你让我爱上了你，那是我的错，但我恨那天早晨你没有要我。你说你因为爱我才不要我，其实根本不是。这些年我一直困惑，直到昨晚我才明白：在那个拉着厚重窗帘的，有着残冬或者初春阳光透进来的早晨，唯一制动了你进入我的身体的力量不是别的，只是我18岁的身体本身！

"我当然记得那是怎样一具胴体，我光滑的皮肤像极品的绸缎，上面还有一层生动的绒毛在阳光下熠熠生辉。我也听得见自己身体里激情流淌的润滑声音。那是生命初初流淌的悦耳之声，如同清泉敲击河床上光润的鹅卵石，如同流星穿越漆黑的宇宙，奔去做一粒新鲜的尘。正是这天籁般的声音，让你忽然间惭愧了。你不敢要我！你知道自己不配。我的纯洁和完整会伤害到你，让你被灼伤、被割伤，所以你不敢。如果可以选择，我宁愿自己18岁的身体不那么纯洁、那么神圣。如果我18岁时的生命中有丝毫的瑕疵，使你可以乘机而入，也许我将以那个流血的伤口为切入点，与这个世界嫁接，成为它上面的一个枝丫，开花结果。——而不像后来、像现在。我现在什么都不是，我拿我的身体一点儿办法也没有！"

我气愤和伤心，不由得哭了出来。

"噢，舒展，你太残忍了。但你说得没错，我知道这一天总会到来的，我罪孽深重、不可饶恕，但我希望用我全部的余生来向你赎罪。"许安阳又跪到我面前，虔诚地抱起自己的双手，像一个真正的忏悔者。

"送我去机场！"我抹掉眼泪，转头向着远处的大海。

美国病人

然而，就像你可以想象的。我并没有如我的预期，在深圳丢掉贞节；我也没有如我以为的，同许安阳不再见面。

第一次从深圳回来，隔了一周的第二个周末，我又去了一次。之后，我每个周末都从北京飞去深圳。国航CY1257机组的乘务员很快认识了我，她们总是给我预留下头等舱最后一排右侧临窗的座位。

从那个位置，我可以看见苍茫的云海上，如日出一样灿烂夺目的夕阳。

我依然没有和许安阳发生关系。我们睡在同一张床上，但我们没有性交。我不知道许安阳在后来漫长的牢狱生活中是否想起过这件事，并为之深为抱憾，他当时却是兴头兴脑、兴致盎然的。许安阳当然想跟我上床——这个"上床"的含义跟他5年前问我的那个意思一样，但我拒绝了他。我说我们分开了这么多年，我已经不了解你了，我需要时间。许安阳觉得对，就答应了。

我不知道许安阳为什么答应，他或许是太自信了，以为我还爱他，进入我身体是早晚的事；或许，他真的觉得罪孽深重，想要给自己一段时间沉淀、清洁。我强迫许安阳给我讲他这些年在深圳纸醉金迷的生活，我像许多年前强迫自己看《法医学图谱》

一样强迫自己听。故事讲到最色情、最丑陋的地方,我便要求中止。这时,许安阳已没有颜面要求跟我发生关系,他惭愧得都快要再次阳痿了。那些日子,我和许安阳就像《一千零一夜》里的山努佐德和老国王。——不同的是,不肯"上床"的是我,一味讲故事的却是许安阳。

何雨那天来电话时,我正跟许安阳在布吉一个夜总会看一群俄罗斯女郎热辣放荡的钢管舞表演。

"真是'弱国无外交'啊!"许安阳说。作为一名前军人,许安阳在寻欢作乐的时候想的仍然是宏大主题。许安阳指着舞台上最漂亮身材最惹火的女郎说:"喏,那个姑娘,你信不信我500块就可以让她'劈叉'?"

我笑说:"500块钱,太少了吧。"女郎据说曾是苏联艺术体操冠军,还拿过奥运会奖牌。许安阳在桌上的便笺簿上写下他的电话号码,从钱夹里拿出一百元港币裹上,打响指叫来男服务生,指着台上的女郎对他耳语了几句。服务生拿着钱卷领命而去。

正这时,我的手机响了,号码竟是何雨的。场子里太吵,音乐很响,俄罗斯女郎已经把衣服全脱了,像蛇一样缠在钢管上,台下的人都疯掉了。我挤出人群到表演厅外的洗手间里,冲何雨高兴地喊:"Hallo!你好!"

何雨的声音似乎并不高兴,他说:"闹闹,我可能遇到些麻烦,我需要你的帮助。"

我热汗淋漓，坐到洗手台上一边扇着风一边说："有啥事，说吧。"

何雨说："我可能会耽误你一些时间，不过，我会报偿你的。"

我笑说："哥，想不到你真成美国人了耶！那你会按美元给我付费吗？"

何雨是美国波音公司旧金山分部的飞机设计师，他的老板索罗斯是一个对社会主义国家深怀偏见的白人。索罗斯看何雨不顺眼，总挑他的毛病，暗示何雨即使他的工作无懈可击他也可以开除他。索罗斯说这话时何雨马上就要拿到绿卡了，如果这个时候被开除，不但绿卡要泡汤，连身份都会丢掉。

索罗斯的话让何雨紧张。何雨的老板挑衅，说除非何雨承认，他来自"红色地狱"，是美国拯救了他，何雨申请绿卡就是为了赖在美国不走。

何雨气得浑身发抖，他正告索罗斯："第一，我来自中华人民共和国，不是来自'地狱'；第二，我也不是要赖在美国不走。我是斯坦福大学飞行动力学博士、波音最优秀的机械工程师，我为美国做了许多贡献，美国需要我！"

何雨说如果索罗斯真的开除他那他就完了："我拿不到绿卡，不能在美国待下去，那我真的就全完了。"

关于绿卡，我知之不多。我原以为那是一张类似银行柜员机的硬卡片，只要将它随便插到美国的土地上，就可以轻松兑现大把的梦想。我后来才知道,绿卡并不是一张无限额储蓄卡,它甚至不是绿色的。但就这么一个小东西,让无数中国优秀青年背井离乡有家难回。何雨就有家难回。何雨出国以后一次都没有回过国,有时我很想念他。不过,我想,如果何雨想得到那个叫做绿卡的东西,他就应该得到。何雨是一个认真的人,他专注、集中,兴趣不多,他说他喜欢待在美国,我想,他就有权待在那儿。我说:"放心好啦,哥!你那个狗老板,叫什么'丝'的,他不能把你怎么样。"

但何雨还是担心。他唠唠叨叨啰里啰唆,一直强调不是他要赖在美国,而是美国真的需要他。何雨总这么说,煞有介事似的,倒让我觉得了他有些不面对事实。何雨离开中国前个人生活非常糟糕,若他那时不走,怕是整个人都会毁掉。从这个意义上讲,索罗斯的话也不完全算错,的确是美国"拯救"了何雨。我打断何雨的唠叨,说:"哥,坦白讲,我也认为是你更需要美国,咱承认这一点并不丢人嘛。"

"不是的,闹闹。"何雨急忙纠正,"不是我要赖在美国,的确是美国需要我!"

直到这时,我才相信,何雨真的出了问题。

从深圳回到北京一周后,我收到何雨两星期前寄出的信。何雨用大16开的黄色细蓝格信纸,正反两面写了满满7页。

接下来的4个月里,我哥哥一共给我寄来196页这样的信。现在,要让我完整复述何雨信里内容是一件为难的事———一个后来被确诊为急发性躁狂型抑郁症患者的话，是很不容易理出头绪的。

在何雨的叙述里，他表现出足够多的精神异常现象：紧张、敏感、多疑，情绪激动、思维强迫，满脑子抑制不住的幻觉。何雨说他白天不敢上街，疑心身边的每一个人都是移民局的探子，他们跟踪他、监视他，处心积虑地要将他赶回中国。晚上，何雨早早回到租住的公寓，反锁上房门、拔掉电话、用图钉钉紧窗帘，却仍觉得危机四伏。即使在睡梦里，何雨也不能免除焦虑的困扰。他"看到"一些粗鲁的人破门而入，不由分说将他装到麻袋里，甩上集装箱卡车拉走，扔进太平洋。

我前面说过，在突发事件面前我的反应总是迟滞。我拿着何雨的信不知该怎么办，就把它放进了抽屉里。我不相信何雨会出问题，何雨那样出类拔萃、无与伦比，他怎么会有事呢？过了两天，何雨又打来电话，问我有没有收到信。我说收到了。何雨说你怎么看？我不好意思说不知道。我说："哥，要不你回国休假吧，正好你好多年没回来了。"

何雨说不。何雨担心一旦离开美国，便再不可能回去了。他说："我不能离开美国！"

何雨去看了心理医生。何雨特地约请了一名华裔女医师朱迪·福斯特为他做分析。朱迪很容易就为何雨作出了诊断，但她对他无能为力。朱迪是一个典型的ABC，一个年届30的4岁女孩的单身母亲，可实际上还天真单纯得要命。何雨讲述他在中国经历的事情，朱迪瞪着美丽空洞的大眼睛，像听天方夜谭。

何雨的情形越来越糟，开始出现躁狂症状。何雨不能打消对被撵出美国的恐惧，他感到绝望，想到了放弃，何雨说："如果索罗斯真的毁了我的前程，那我就去杀了他，和他同归于尽！"

1995年的中国，因特网还没有普及，国际长途电话十分昂贵，何雨与我的联系主要靠信件。一封信件即使走航空，单程也要半个月。我接到何雨写着这样文字的信，心都要碎了。何雨是一个极忍耐的人，这样的人一旦说要放弃那是很危险的。我担心何雨，不知道这过去的两个星期里，大洋彼岸都发生了些什么。——实际上，一切最可怖的意外都可能发生，且时间充裕。

我不想何雨发生意外，我不想让他死。我自己是不介意死的，可我不希望何雨死。何雨是我的哥哥，我只有这一个哥哥。我回家把何雨的事和盘说给了父母。父亲被这突如其来的情势搞蒙了，他坐在客厅昏暗的灯下，举着何雨的信，一会儿戴上眼镜，一会儿又摘下，翻来覆去怎么也看不懂。父亲仰脸问我："闹闹，你哥哥这是怎么啦？"我摇头，说我不知道。

母亲原本就不管事，这时更没了主意。她在屋子转来转去，最后依住一个门框，对我说："舒展，我和你爸都老啦。你哥的事，你得管起来！"

听到这话，我心里涌起一阵悲凉。我第一次发现，我的父母真的开始老啦。尽管在我过去的眼里，我父母从来就是疲惫的和苍老的，可他们从未像现在这样茫然无措和无能为力过。

我忽然很想要哭，心想：我的家里，终于没有了一个顶天立地的男人啦。

我写信给穆晨锤，告诉他何雨的病情。穆晨锤收到信后立即回过来我电话，他给了我一个地址，要我去找他的朋友赵一荻。赵一荻80年代在德国攻读心理学博士，回国后开了一家心理咨询门诊，专门给在华的高端外国人做心理咨询服务。

我在国贸B座16层的一间写字间找到正在工作的赵一荻。赵一荻大约三十七八岁，长得很漂亮，像成名以后的张爱玲。听了我的叙述，赵一荻得出和朱迪相同的诊断。我请求她为何雨做心理治疗被拒绝，赵一荻说异地咨询会因为交流不畅妨碍效果。我像学校附属医院里常见的那些有病乱投医的乡下人，丧失理智地哭了起来，抓着赵一荻的白大衣袖子说：

"您不能见死不救啊。您要是不给我哥做治疗，他一定会死的！"

赵一荻终于答应了为何雨做治疗。但是她说整个治疗过程需要我的参与。

"那当然。"我说，"我不会撇下我哥不管的。"

三天后，我又来到赵一荻的诊所。赵一荻拿起一支签字笔，在速写簿上写下一个英文单词。我惊讶地读出：

"LIE——？"

"是的，谎言！"赵一荻点点头，"这是你哥哥问题的症结。"

"不，我哥哥从不撒谎。"我说，"我哥哥是世界上最诚实的人。正因为过于诚实，无法适应国内的生存环境，我哥才去美国的。"

"恰恰如此，谎言才伤害了他。"赵一荻解释道，"何雨的老板说得不错，你哥哥是为了逃避才去美国。但他又不愿按照索罗斯的要求，承认中国是'红色地狱'。他于是撒谎，强调'美国需要我'。可这个理由是不真实的，这一点何雨心里很清楚。所以，你哥哥目前的心理疾患与其说来自他老板的恐吓，不如说来自他内心对承认事实的恐惧。"

"那就承认好啦。"我说，"承认美国的月亮比中国圆也没有什么。"

赵一荻摇头道："何雨对索罗斯的撒谎只是引发他焦虑的诱因，不是根本的致病原因。这好比大海上庞大的冰山，形成冰山的冰核却可能很小，很隐秘。"

"我哥哥的这个'冰核'是什么呢？"我问。

"现在还很难说，我怀疑它是你哥哥小时候的某个经历或事件。你哥哥在来信中说了很多那个时候的事，表面上看它们跟他现在遇到的麻烦不相干，其实恰恰反映了它们背后是有联系的。"

"我哥哥小时候发生了什么？"我问。

"这正是我们要寻找的。"赵一荻说。

想像阿甘一样

之后的4个月里，我像一个不畏艰难的探险者，一次次潜进何雨寒冷幽暗的脑海深处，在他的意识冰山间穿游逡巡，不放过任何一条细小的裂缝和任何一块貌似纯洁的冰体。

何雨这次突然发病，重又勾起早年和父亲的恩怨。何雨拒绝与父亲直接对话，只肯写信给我。我每次收到何雨的信，先要骑车回家给父亲看，因为何雨信中提到的那些陈年往事只有父亲说得清楚。然后，我从家赶到国贸见赵一荻，听她对何雨病情的分析。从赵一荻的诊所出来，我再骑车回学校处理实验室的事，到医院看望贺兰、给何雨写回信。

累，是后来感觉的，当时顾不上体会。当时，我只有一个想法：挽救我的哥哥。我从没有这样深刻地体会到"血缘"一词的含义，它是那样生动和迫在眉睫。

一次，何雨问我有没有看过汤姆·汉克斯主演的 *Forrest Gump*，何雨说："我不知道它的中文名字，也许叫《阿甘正传》。"

我说没看过。我说："阿甘怎么了？"

何雨说："有时我在想，阿甘那么笨的人，智商只有75，上帝都给了他一条活路。我想，就算我是阿甘吧，只要我肯努力、不放弃，上帝也会给我一份属于我的生活的，你说对吗？"

当时，《阿甘正传》刚刚在美国上演，盗版碟还没有登陆中国。我不知道阿甘是怎么回事，也不知道我哥哥的，只一味要他坚持，等我给他寻找到出路。何雨果真听了我的，他说他心情不好时就像迪斯尼卡通中的普鲁特狗，在外面撞了霉运，便万分沮丧地爬回自己窝里。何雨说："我趴在窝里，告诉自己再忍耐一下，也许就能等到你帮我解决问题的办法。"

偶尔，我也开玩笑，提醒何雨曾经许诺给我"报偿"的事。何雨每每局促，说那你要什么呢？我就笑，说："唔，我现在还没想好，等我想出来了再告诉你。"

几天后，陈子东帮我找到《阿甘正传》的碟片。我拿回宿舍用他送我的便携式VCD机放出来看。看完，我就哭了。我哭得很伤心。我想，我哥哥怎么能把自己比作阿甘呢？那个傻乎乎的阿甘，他怎么能像我哥哥呢？我哥哥，他可是一个神童啊！

何雨开始接受学校教育时，正值20世纪70年代。当时提倡"知识无用论"，跳级是绝对不被允许的。为了将何雨培养成才，父亲带着哥哥像革命草创时期的游击队，四处辗转。每到一所新学校，父亲都要教给何雨一套说词，以应付老师和同学的盘问。

父亲没有想到，这个撒谎的任务对何雨有多么艰难。一次，何雨被一个老师骂着"跳级狗"从教室撵了出去。回到父亲借居的老乡家里，何雨哭了，他对父亲说不想去上学了。意志坚定的父亲沉默了半天，还是劝何雨："你听爸的话，咱们再换一个学校。好吗?"

父亲为何雨制订了一整套严格的学习规划,令他像一名性急的三级跳运动员,接二连三地跳级,只13岁就进了清华,是那一年北京理科高考的第四名。

然而,情形几乎在一夜之间发生了变化。在大学,何雨从一个文静内向的乖孩子变得激进和叛逆。何雨指责父亲过去逼迫他学习、限制他自由,不尊重他的意愿。何雨不知从哪儿学来许多古怪的词汇,深奥而拗口,家里人全听不懂,无法跟他对话。何雨要父亲认错,父亲不肯。几十年的政治运动,父亲全靠他的睿智和永不认罪的顽强,才得以勉强过来。父亲的态度激怒了何雨。何雨如同一个投胎转世的"五四青年",对父亲指手画脚疾言厉色。父亲蜷缩在沙发里,头垂在胸前不能说话,一说话何雨就又吵。

何雨的大学成绩并不出色。他刻意挥霍自己的智力,只因为这曾经是父亲寄予厚望的。何雨拒绝父亲的期待考研究生,草草毕了业,分配到机械工业部一家研究所。何雨以为只要经济上取得独立,就可以摆脱父亲了。但其实,他还只是一个十七八岁的大男孩,单纯、善良、脆弱,有一点神经质,容易受伤。何雨在中国的最后几年生活得很不好。他固然努力,试图适应社会,但很不成功。期间,何雨停薪留职去了深圳,可不到一年又被迫回来。

何雨的性情变了许多,跟父亲的关系更糟了,动辄大发雷霆，越来越不近情理。我平时虽然咋呼，却都是杯水风波，我不敢破釜沉舟，不敢让父母真的伤心。何雨比我狠。何雨跟父亲发火，就敢把瓷杯扔到地上，敢把大衣柜的镜子砸碎。一天，深夜，何雨的房间传来砰砰的闷响，一家人都被惊醒。父亲和母亲披衣赶过去，只见何雨的拳头鲜血淋漓，墙壁上满是血迹的砸痕。何雨泪流满面，他声音嘶哑地对父亲怒吼，骂他是"魔鬼"。

何雨说："我恨你！我恨你对我的爱！你知不知道，你的爱是可以杀人的！"

母亲扑上去抱住何雨，将他流血的拳头抢在怀里，大哭道："孩子，你不要这样啊！有什么话你说出来，你千万不能这样对待自己！"何雨在母亲怀里挣扎，仍要去撞墙。母亲不知哪儿来的劲儿，牢牢逮住何雨，让他无法再伤害自己。母亲太过用力，脸白得像一张纸，她回头冲父亲吼："该死的！你就不能向孩子认个错吗？"

父亲惊在一旁不知所措，良久，才嗫嚅道："孩子，不管你怎么看，爸是爱你的，爸为你可以去做任何事，包括去死！"

我赤足躲在何雨房门外的阴影里，手抠着墙壁，浑身止不住地发抖。我想，父亲怎样能说这样的话呢，他要是死了我怎么办？我的喉咙里仿佛堵着一团水草，憋得喘不上气。

过了许多年，我才知道，何雨那时就已经患了不轻的抑郁症。何雨当时的情形十分危险，他的神经非常紧张和脆弱，像一根绷得太紧的琴弦，稍微再有一点刺激便可能断掉。

何雨还是出事了。他在1989年5月的一个晚上离家出走，不知去向。

我的家陷入空前灾难。父亲一夜间苍老了40岁，像一个刚刚从墓穴里爬出来的僵尸，六神无主，魂不守舍。父亲猜测何雨卷入了学潮，他去了海淀每一所大学，又挨个找到何雨的同学，哪里都没有何雨的消息。

每天早晨，父亲天不亮就出门，赶坐头班地铁去天安门广场。不久以后，城市交通瘫痪，父亲改骑自行车，出门就更早了。在家里，我又抑制不住开始抠食墙皮。我正复习高考，时间进入倒计时，何雨的失踪和父亲的早出晚归令我完全读不进书去。我长时间站在我房间朝北的窗前，俯瞰着长安街上的景象。紧闭的木格窗阻挡了外面的燥热和混乱，让我因为置身阴凉而对眼前的一切生出一种固执的怀疑和不真实感。

父亲回来得越来越晚了。我很困倦，把复习资料摊在书桌上，头枕在臂弯里，一边看书一边等父亲。很多时候，我的眼睛已经闭上，悄悄地睡着了。但一听到门锁的响动，我总会惊醒。我推开椅子跑去客厅里，看见父亲垂着头，拖着疲惫的身体进来，我便知道，何雨仍然没有找到。

我整整一天没有见到父亲，但我几乎不敢看他的脸。父亲的脸色越来越灰暗，皱纹深重，布满绝望的顽强，看了让人伤心。我只在父亲身边站一下，什么也不说，就回到我自己的房子里，把门阖上。

6月初的一天深夜，父亲回来得特别晚。他看上去格外忧虑，说走遍了广场的每一块地砖，都没有找到我哥哥。那晚，我睡得很不好。凌晨的时候，我又做了那个我经常做的梦。在梦里，我寻找何雨，不知怎么又找到那片海底。我掀起每一块礁石，看底下有没有何雨。借着海水强劲的浮力，我将一块巨大的黑色礁石推到一旁。无数细纱腾起弥散的浊浪里，一条光亮的隧道忽然显露在我的眼前。

如同以往无数次，我向隧道尽头的光亮处游去。就在我快要接近隧道口的时候，那个地方出现一个模糊的人影。他挡住了我的视线，他向我伸出手，无比亲切地说："来吧，我的孩子。"

那个人很像我的父亲。我不由地叫了一声："爸爸！"

忽然，远处传来一记清脆的响声，像一个气泡从海底升腾并破碎在海平面上。我猛然惊醒，本能地从床上跳到地上，推开挡住我的椅子，光脚向客厅跑去。我拉开房门。外面，何雨背着一个脏乎乎的破牛仔包站在我面前，他衣衫不整，头发很长，胡子也几天没刮了，手中正拿着家里的钥匙。

看到何雨我毫不吃惊，但他让我愤怒。我因为愤怒而泪流满面，我抓着何雨的衬衫把他拽进家们，狠命地打他、踢他，踩他落在地板上的影子。我哭着说：

"哥，你找死啊！你到底去哪里啦？"

何雨去了湖南老家。他原本是想去自杀的，遗书都写好了，不知为什么又没有死。

不堪一击的语言

正如人们担忧的,贺兰脑子里的瘤子果然没能根除。第一次手术3个月后,贺兰又做了第二次脑部肿瘤手术。

第二次手术后,贺兰做出了一个惊人之举:她把从自己脑内取出的肿瘤当做研究标本,做了一套细胞凋零实验,作为自己硕士论文的一部分。

"凋零"(apoptosis)是医学界新近提出的关于肿瘤发生机理的一个概念,它指除病理性坏死外机体细胞的正常死亡。从生物学角度讲,死亡如同再生,对维持自然界的平衡、物种种族的延续,甚至个体缜密有序的生命过程都十分必要。生物体细胞的正常死亡程序被称为"凋零机制"。而一旦某个组织细胞丧失了凋零机制对它的控制作用,它就将无限地分裂增生,成为癌肿。贺兰搞到了一些细胞凋零因子抗体,用在她自己的脑瘤切片上,它们果然又有了旺盛的活力。

我仍然每天去看贺兰。但这次手术后,再面对贺兰,我不知道该说什么。胶质细胞瘤的手术治愈率只有不到1‰,一旦二次复发,几乎不再有康复的可能。在事实面前,我总是无话可说。所有那些安慰病人的套话此刻在我看来都是多余的,甚至是虚伪的。贺兰比任何人都了解自己脑子里的这块癌肿。她知道那瘤子生长的确切位置,想象得出癌细胞如何如雨后春笋般迅速地扩增和占位。贺兰体会得到大脑受损的一系列变化:头痛、恶心、智力下降、运动失控,等等,她甚至可以在基因水平上分析这些过程的本质。还有什么比如此清醒地看着自己一步一步走向死亡更残酷的事情?

贺兰的床头柜上放着一只1000ml的广口标本瓶,里面盛着她的一块浅白色脑瘤组织。一次,我去看望贺兰。贺兰正对着标本瓶发呆,看见我进来,她冲我凄然一笑,幽幽地说:"舒展,都说死亡对于生命是必需的,可有谁真的愿意死掉呢?即使一个癌细胞,一个在错误基因编码下生长出的组织,它也拼命地不想死掉。"

之前,我常谈到死。博雅7年,我参与和见证过许多救治命悬一线的病人的案例。"白衣天使"听上去充满了温柔仁慈的具象,一个长着美丽面庞和一对翅膀的小人儿,借一颗爱心和一根魔棒兑现着生灵不死的请求。可我们从事的却是一项以生为目的而以死为结局的博弈,我们必定要输的。人类对于生的努力如同春播夏作,而死亡是秋后的颗粒归仓。没有人能逃脱得了。

我转头去看标本瓶里那块癌肿。它刚刚离开贺兰的身体,还没有被福尔马林液完全浸透,故而轻盈漂浮、缓缓游动,像一朵盛开的海葵。看着它我忽然想,无论我曾经怎样蔑视生命、崇拜死亡,但面对贺兰,我却极端地希望她活着。

真的,我就是希望贺兰活着。为此,我宁肯接受她不再美丽的脸庞。

这天，梅丹冰约我一起去看贺兰。我们进到病房时，贺兰正同邻床一位抱孩子的少妇说话。少妇很年轻，她怀中的小孩只1岁多一点的样子，头戴一顶黄色棒球帽，边缘露着一圈纱布，显然是一个小病人，但是十分可爱。我指着小孩问："这孩子什么病？"

"脑瘤。"少妇说。

脑瘤？！我暗吃一惊，后悔出言唐突。梅丹冰硬着头皮接问："手术做了？"

"前天做的。"旁边孩子的父亲回答。他们原本住在儿科，上午刚转到神经外科病房。

"花了很多钱吧？你们给他买保险了么？"梅丹冰细致地问。

"已经3万多了，"父亲说，"我们没来得及给他买保险就查出了病。"

"那怎么办呢？"我替他们着急。

"怎么办？"少妇摸摸孩子圆鼓鼓的脸蛋说，"那也要给他治啊，他总还是一个孩子。"

小孩仿佛听得懂母亲的忧愁，他仰头看着母亲，往她怀里靠了靠，把自己缩成更小的一团，似乎这样可以减少带给母亲的烦恼似的。我试图做些安慰，说："那么，医生怎么说，能好吧？"

妇人忽然不悦，高声说："你们都是医生，你们知道的，脑胶质细胞瘤能好么！"

胶质细胞瘤？！我和梅丹冰都噤了声，下意识去看贺兰。贺兰住院后，同学来看望她，从不当她面提及她的病名。贺兰察觉我和梅丹冰的目光，却若无其事，冲我们坦然一笑。

孩子的母亲察觉到自己的情绪失控，有些怯怯的歉疚，过了一会儿，又主动搭话。因为我和梅丹冰都穿着白大衣，少妇便问我们都在哪个科室。少妇听我在病理教研室，忽然坐直身子，撩起小孩子头上的帽檐露出他的耳朵，问我："小医生，您说这个东西能治么？"

我俯身查看，只是一截小肉疣，便说："拴马桩啊，不碍事的。"

"它能做掉么？"孩子的母亲又问。

"现在不用管它，"贺兰插话道，"等他长大了你们来找我，我找人给他做了，保证不影响他娶媳妇——他是男孩是女孩？"

"女孩！"少妇甜蜜地说，同时抱紧了她的小女儿，情不自禁地吻了一下她的额头。

"女孩啊，那就等她16岁时来找我吧，绝对不妨碍她交男朋友。"贺兰像下达医嘱。少妇张大了眼睛，瞳人里第一次闪出光亮，追问说："到时候，您真的能帮忙给她做了么？不会留下疤么？"

贺兰歪头想了想，转身对梅丹冰说："这事儿还是你帮忙给办吧，舒展肯定要出国的，指望不上她。"

我和梅丹冰都听出贺兰的弦外之音，相顾而视，不知说什么好。少妇不了解贺兰的病情，以为她在推辞，而梅丹冰又不肯帮忙，她目光焦急地在两人脸上扫来扫去。贺兰对妇人说："要不我留下我们两人的联系方式。到时候你过来，找我们两人谁都可以。"

少妇连忙叫丈夫找来纸笔，一只手搂着孩子，一只手做着记录。大约她识字不多，笔在手里犹犹豫豫。贺兰见状，从少妇手中接过纸笔，刷刷刷几下写完递给少妇，郑重其事地说："放心吧，这件事我会负责到底的。"

这天上午，我去科里找尚尧汇报实验进展。丁薇说尚尧跌跤骨折，住院了。我连忙给鲁黄打电话，得知尚尧右侧跟骨骨折，刚刚做完手术。

下午，我忙完实验室的工作，带着用礼品纸包好的一棵花椰菜去附属医院骨科看望尚尧。我先去鲁黄那儿询问情况，恰巧孙朝晖也在。孙朝晖拎一台录音机，情绪有些激动，他说："我当众质问他，他不敢不承认。只要他一开口就好办了，有录音为证，看他还怎么抵赖！"

"但尚尧才做完手术，还在调养。"鲁黄搓着手，表情为难。

"怎么啦？"我见到孙朝晖的神情，似乎猜出几分。

"还不是和尚尧的事。"鲁黄替孙朝晖解释，"孙老师联系出国，尚尧给国外写信阻挠；孙老师申请调到医科院，尚尧也干涉，威胁对方中止合作。可是这边，尚尧又不让孙老师做实验，孙老师几次找他他都不见。这不，孙老师想到病房和尚尧对质。"

"哎呀，你这样做可太不仁义啦！"我听罢跳了起来，对孙朝晖说，"尚尧毕竟60多岁了，再有不对你也不能血剑封喉置他于死地啊！"

"尚尧何曾仁义过？"孙朝晖气愤道，"他不但抢了我的成果，还压了我整整两年，我的时间也是命啊！"

"反正，我觉得您这样不好。"我说罢离开他们，去尚尧的病房。

尚尧住在单人病房。房里到处摆着花篮和花束，如同一个生意兴隆的花店。尚尧斜靠在床上，丁薇坐在旁边削一只苹果。尚尧见我进来，惊喜地伸手欢迎。我将装扮漂亮的花椰菜递给他，尚尧接过大笑，夸我有创意，说这是他收到的最特别的花束，说罢情不自禁摸了我的脸一下。我笑着躲开，说："怎么会跟骨骨折，该不是跳冬青崴了吧？"

"嗯哈！知我者舒展也！"尚尧欣喜若狂地击掌。

"还笑！"我嗔怪，"您怎么像个孩子，整天跟冬青树过不去？"

"我倒真希望像孩子，"尚尧叹息道，"小孩子跌一跤一点儿事没有,我却落得粉碎性骨折,要往身体里打钢钉。这下好了,以后上飞机可麻烦了,脱光了安检也不会让我过去,哈哈!"

"得啦,您证明自己年富力强精力旺盛的地方多啦!"丁薇将削好的苹果小心送到尚尧手中,又拿毛巾替他轻轻拭去唇边濡染的果汁,其状似旁若无人,我故意这样挖苦。尚尧会意我的讥讽,不禁仰头大笑。

得知孙朝晖计划对尚尧搞"突然袭击",我一直替尚尧担着心,琢磨着怎样劝说尚尧,先回避一下孙朝晖的锋芒。

"教授,您和孙朝晖的事怎么样啦?"我故意问。

"还能怎样,"一提到孙朝晖,尚尧的笑脸立即转冷,"师徒一场,最终成仇。"

"教授,要我说,您就放孙朝晖一马吧,不然,这件事总被人议论,对您的名声也不好啊,您犯不上跟他计较嘛。"

"哪里是我跟他计较,"尚尧愤愤然,"是他整天到这里告到那里告。"

"教授,我听说孙朝晖联系出国,您说了不利于他的话?"我见说服不了尚尧,索性以实情相问。

"这件事是这样的:孙朝晖曾经向哈佛大学医学院神经病理学研究所申请做访问学者。对方老板伍尔斯恰巧是我的朋友,他来信向我了解情况,我当然要把我知道的孙朝晖向他介绍对吧。你不能指望我撒谎说'不知道',也不能指望我说他什么好话对吧。伍尔斯最后没有要孙朝晖,那是他自己的决定。"

"孙朝晖还说,他要调医科院,您跟医科院的人说,若要了他您就中止和他们的合作,医科院的人就不敢要孙朝晖了。"

"当然啦,医科院要孙朝晖是他们的权力,但我不跟他们合作也是我的权力。我并没有做强迫别人的事,也没有做超出我权力的事。"

我撇撇嘴,表示无可辩驳。我思维简单,容易相信人,听谁的话都觉得有理,但我还是决定给尚尧提个醒。

"教授,有一件事我不知道该不该说。"

"什么事?"尚尧问。

"要是孙朝晖来找您麻烦,您千万别跟他生气……"我吞吞吐吐地说。

恰此时,病房的门砰然撞开,孙朝晖怒气冲冲地闯进来,一下就到了尚尧病床前。他指着尚尧质问:"尚尧,今天我们把话说清楚。你敢不敢承认你霸占了我的成果?"

尚尧见到孙朝晖,气得脸色通红,半天说不出话。丁薇吓得"当啷"一声扔掉手中的水果刀,缩到角落不敢动弹。吵闹声引来骨科主任刘思贤、尚尧的主治医葛明和一群护士,鲁黄也在其中。

孙朝晖要的正是这种效果,他和尚尧针锋相对,吵到一起。周围人大多知道尚孙之间的这桩宿怨,他们怀着各自的复杂心态,虽则劝解,又不无期待着两人将事情闹大,彼此脸皮撕得再破些,老底揭得再狠些。

忽然，我瞥见孙朝晖手中的录音机，想起他此番找尚尧的目的，就是要刺激他说话以留下口实。孙朝晖年轻气盛，且有备而来，句句击中要害；尚尧术后虚弱，仓促应战，难免疏于周密，已经有了不少破绽。我猛地抢步上前，挡住尚尧，急切地说：

"教授，我刚不是跟您说，不要和孙老师吵嘛！"

尚尧惊诧孙朝晖的突然袭击，也气恼周围人的暧昧态度，正无处发泄，我恰来劝阻，尚尧一下抓到出气筒，猛地推开我，抄起床头柜上的花椰菜掷到我怀里，愤然吼道："舒展，你不要在这里耍小聪明做好人，你给我走开！"

尚尧对我的震怒制造了两秒钟的寂静。这宝贵的片刻空白，适时整理了屋内混乱的秩序，使大多数人猛然醒悟，终于决定一致平息眼前的这场意外。

只有我，抱着凌乱的花椰菜，转身分开人群，哭着冲了出去。

我边走边哭，心里万分委屈。我没想到尚尧会对我这样。我是整个病房里唯一真心为尚尧着想，又勇于站出来维护他的人，却恰恰被他冤枉和屈辱。快到宿舍时，途经道边一只熊猫垃圾筒，那熊猫正扛着一节空竹子冲人憨笑。我看看手里的花椰菜，愤怒地将它丢了进去。

我想我和尚尧的关系就算是完了。尚尧聪明善猜忌，太过自尊，我在众目睽睽之下被他误解，他怕难以相信我的真意。而我也不想为此再做解释，我对语言已经失去了信心。以往，我一直为我和尚尧之间的互为知己而得意,谁想到这份默契竟如此脆弱,一句话就可以将它摧毁。语言真是不可信任的东西,它甚至不如一条昆虫释放出的气味所表达的信息更加可靠。

我忽然很想回家。我在宿舍楼外的IC机上拨通了家里的电话,铃声响过无人接听。父亲也许去菜场了,母亲很可能去了花市。我上楼在宿舍躺了一会儿,又下楼往家里打电话。结果,还是没人。

我的心开始发毛,莫名地突突跳。我到菁菁饼屋转了一圈,回来又试了一次。振铃响了12声,依然无人回应。忽然,一个不祥的预感闯进脑海。我撂下电话跑回宿舍,抓起车钥匙转头下楼,冲到车棚飞身骑上车子,箭一样向家的方向奔去。

如丝带般的血

这一生里,我唯一一次抓住了灵感的预示,并听从了它的安排。

父亲身上插满导管,他四面望了望,迷惑地问:"闹闹,我这是在哪儿?"

"在急救室,老先生。"接诊医生说,"您急发心肌梗塞,要不是女儿及时送您到医院,再晚5分钟就耽误啦。"

"你不是在学校吗,怎么回来了?"父亲对眼前的一切仍有些糊涂。

"您管我怎么回来了!"我羞于告诉父亲之前的预感,对父亲恼怒道,"您怎么回事啊!何雨的那些破信怎么能就叫您犯心脏病?!"

我急急火火赶回家,推门进去,见父亲悄无声息地蜷缩在卧房的书桌底下。他的周围,何雨寄来的黄色信纸撒了一地,像一场隆重的菊花葬礼。

父亲躺在病床上,挣扎着说:"闹闹,爸有话对你说。"

"干吗?"我没好脾气。

"将来,你见到你哥要转告他,请他原谅爸。爸现在知道错了,爸最大的错误就是不应该让你哥读那么多书,让他那么小就上大学。可是,你哥哥不知道,为了让他能够上学,爸费了多少心。"父亲喘息了一阵儿,继续道,"你爷爷的成分是地主,以前的政策是不允许'地富反坏右'的孩子上学的。这是最狠毒的一招:剥夺这些人后代受教育的权利,让他们的子孙都变成傻子,自生自灭。你在湖南乡下还有一些亲戚,他们因为你爷爷就没有读过书。高考刚恢复那几年,上大学还要政审。我担心你哥因为成分问题受影响,才要他多学习,希望将来被哪个学校特招。后来,科大成立了'少年班',社会上突然吹捧起神童,我就更抓紧了你哥哥,现在看这是一个大错误。平时,我总告诉你们,凡是舆论大张旗鼓宣传的一定不是好事,不要做。到头来,我自己还是被欺骗了。国家搞了那么多年运动,教育全荒废了,现在开始抓建设,人才都绝了,政府就不择手段,'批量生产'

神童。结果，那一批孩子都被毁了。他们除了学习，身心没有得到全面发展，很多孩子后来的生活都发生很大问题，你哥哥也算一个吧。"

我看着父亲，一时竟无言以对。我从不知道父亲的故乡居然还有什么亲戚，他们仅仅因为祖父是地主就不被允许读书。在我看来，读书是天底下最天经地义顺理成章的事情。我5岁半被父亲送到旺宁，从那时起，我就知道自己将来一定会上大学，这是免不了的。就像春天后面跟着夏天，16岁后面跟着17岁一样，简直在劫难逃。有时，我甚至羡慕白灵灵和欧文珮，她们比我更能体会读书的好处和幸福，因为读书改变了她们的命运——并且把她们的命运往好里改了。

令我吃惊的倒是父亲。我认识的父亲是一个从来不肯低头就范、承认错误的人，此刻，父亲却要忏悔，请求他的孩子原谅他了。于是，我就想，父亲一定是要死了，他自己心里知道。面对将要死去的父亲，我的恐惧却很模糊，我苦笑着说："爸，您到底是爱何雨啊。为了他，您真的什么都肯做。"

"女儿，如果爸不行了，你一定把你哥哥接回中国。"

我没有答话。父亲叹口气，说："闹闹，我知道，你心里一直有想法，认为爸偏心。其实爸对你们都一样，只是你哥哥不如你，所以对他关心得多了一些。我和你妈走了以后，你就是你哥哥在这个世界上唯一的亲人了，你要照顾他。"

我木然看着父亲，依旧缄默。父亲看我不肯承诺他，就哭了。一条浑浊的泪水从眼角滚滚而出，沿着深重的皱纹四散开来，打湿了枕巾。父亲呜咽着说："闹闹，就算爸求你，你就不能答应吗？"

父亲的话突然让我愤怒。这股愤怒如此突如其来和难以遏制，我猛地起身，摔门冲出了监护室。

我跑到走廊尽头，俯身在窗外，放肆地哭起来。我突然恨我的父亲，觉得他过分。我管不管何雨是我的事，不关父亲的事！我一定会照顾何雨的，他是我哥哥，我不会放弃他。可是，父亲就不管我了吗？他就真的这样离开我了吗？他的生命我也有份啊！妈也有份啊！他自己也有份啊！他怎么可以单为何雨就这样不负责地践踏自己的生命呢！他凭什么！

尽管我不喜欢父亲，从来就不喜欢他；但当父亲真的将不久于世，我却突然发现自己竟是那么地舍不得他。我胡乱抹着流到脸上的眼泪，在心里怨毒地对父亲说："爸！如果您胆敢就这样死去，我一辈子都不会原谅您的！"

父亲还是不行了。严重的心衰使他无法维持基本的生命指征，他的身体正难以挽回地变得冰凉。父亲必须紧急输血，但医院的血库里没有父亲需要的Rh-型血浆。护士着急地过来跟医生讲，我听罢对医生说："我是Rh-型血，我身体里流淌的全部都是这种血！"

我请求医生不要采用对床输血方式，而是分开来做。医生说那是不恰当的，会增加血液污染的几率。我坚持这个主张，我不想让父亲知道我为他输了血。

　　我躺在配剂室铺着洁白单子的诊床上。一根透明的乳胶管接通了我左臂的贵要静脉，殷红的鲜血瞬间充盈了管子，使它看上去像一根象征好运的红丝带。我对自己血液的品相感到满意，温润、淳厚，像上好的玛瑙。许多年前，因为一部日本电视连续剧《血疑》，我才知道了自己也是那种极为罕见的、10万个人里面才有一个的稀少血型，它来自我的父亲。

　　站在父亲的病床前，我看着自己的血液缓缓注进父亲的身体，忽然有一种奇异的感觉，仿佛灵魂也随同那些鲜血飘移出身体，凝聚成一道仁慈的目光，高高在上，注视着眼前的一切。面对父亲，我又有了那种隔膜的不真切的感觉，之前不可遏制的怨怒也消失无踪。我原谅了父亲。我甚至有种格外的欣慰，仿佛自己为父亲输出的鲜血，将多年淤积于心的委屈一泄而尽。过去，我总是抱怨父亲爱我不够，我为此纠缠不清，烦恼不已。我从未想过，原来，我可以用这种方式获得解脱——令父亲欠我更多，多到他还我不起，多到我不再对他怀有希望。

　　是的，只有对一个人不抱希望了，你才能不被他（她）所伤。

　　抽血之后，我一直恍惚，脑袋不时会轰地"白"上一下，如同小时候在大操场看露天电影，胶片放到最后，屏幕上遽然闪现的空白。从那时起，我患上了神经性眩晕症，常常在瞬间丧失意志。但我从未后悔为父亲献血。想起几年前的那次冲突，父亲说他宁可等死也不要我去献血，我愤怒地诅咒父亲，希望他去死。可是，现在，我不想要我父亲去死。

只要能挽救父亲的生命，就是要我拿出生命也是肯的。

父亲再次苏醒过来。他睁开眼睛，茫然地望着我，眼角残留着含盐的泪痕，仿佛刚刚经历了一场沉重的睡眠，不相信看到的一切是真的。好一会儿，父亲终于明白了他并没有死。父亲摇摇头，侥幸得难以置信。他说："闹闹，有一件事我要告诉你。你哥哥的心理问题，我知道是什么原因。"

"嗯？"我一下没听明白。

"他心里有一件事，一直压着，他承受不了。"

"什么？"

"你还记得你5岁那年，我们一家人去玉渊潭公园，你和你哥掉到湖里。后来，有一次你问我我是先救起你，还是先救起你哥哥。"

"您先救起了哥哥。"我不情愿地说。

"我那是骗你的，"父亲说，"实际上，我先救起了你。"

"您先救起了我？不可能！"我喊道，"您明明先救起了何雨。何雨也是这么说的，他这么告诉我，我才去问的您。"

"他那是骗你的，你哥哥对你撒谎了。"

"撒谎？何雨为什么要撒谎？他为什么要骗我？"

"你哥当时一定是掉到水里受了惊吓，所以就撒了谎，好让自己相信我没有不管他。"

"那么，您……为什么要对我撒谎？"

"我是怕你再去刺激你哥哥。你哥从小就疑心重，遇事爱琢磨，我怕他放不下这件事。"

"您意思是说，您怕您先救起我这个'事实'伤害到何雨，所以就故意骗我，告诉了我一个谎话？"

"是这样，"父亲承认说，"你哥哥比你脆弱，你比他坚强。"

"我比他坚强？"我叫道，"呵！他一个男生，比我大，是我哥，他还比我脆弱？我……"我被这突然的变故震惊了。我怎么也没想到，发生在我5岁那年夏天的、18年来一直盘踞心头时常令我有身陷噩梦之感的意外，真相竟然是这样。我的鼻腔里仿佛又充盈着湖底淤泥湿润腥辛的味道，手脚又感受到被水草紧紧缠住的恐惧。那种恐惧寒冷冰凉，像在水中浸泡了千年，沉重得如同永恒的黑夜。我停在父亲床前，气急地说："既然这样，何雨怎么会又出现心理问题，他不是得到他想要的说法了吗？"

"何雨后来发现，你一直没能从那次意外中恢复过来。他觉得这是因为他向你隐瞒了真相，撒了谎，所以心里一直有负担。"

"我没能恢复过来？谁说的？"我骤然红了脸，以为父亲知晓了我时常做的那个梦。

父亲说："我和你妈都没有注意，玉渊潭那次事情之后，你很怕水，洗澡不肯进浴缸只肯用莲蓬。这个细节是何雨注意到的，所以，何雨就得出了猜想。"

"他猜想什么？"我被父亲说破18年来的秘密，羞愤交加。

"何雨猜想，你一直记着玉渊潭的事，计较爸先救了他。"

我沉默了。我没想到何雨早就洞悉了我的秘密，他明知道我这些年来的痛苦与他有关，可他居然忍得住，这么长时间里什么也不说，一任我在一个不真实的谎言中越走越远。许久，我问父亲："那么，您怎么知道这件事的？"

"前一阵儿，你哥给我来了一封信。"

"何雨额外给您有信？"我几乎难以置信。何雨竟在我之外与父亲另外建立了一条秘密通道，——不，这条通道也许一直就存在、从来就存在。何雨出国前一直对父亲抵触，出国后却到斯坦福大学读了和父亲相同的专业。看来，无论何雨和父亲之间有着多么大的矛盾，他们自有维护他们牢不可破的血缘纽带的秘方。

我忽然有被欺骗的感觉，觉得自己像一个小丑。我后悔为父亲输血。我一相情愿，以为只有我能够救起父亲。可父亲在就要死的时候，还努力保护着和何雨共同制造的秘密，以免何雨被我伤害。我指着挂在输液架上，正一滴一滴流淌的血浆袋，语无伦次地说："可是，您为什么早不说？您为什么刚才……不说？"

监护室的门被猛然撞开，母亲出现在门口。父亲见到母亲，顿感生离死别，一下又哭起来。父亲的哭泣却惹恼了母亲，母亲冲到父亲床前，一把扯下缚在父亲手背上输血针，连同盛着我鲜血的血浆袋狠力掼到地上，怒吼道："哭什么哭！你要是再这样就不用抢救、死了算了！你看看你像什么样子！哪像一个男人！就算何雨真的出了事，疯了、死了，我们也得认了，你难道还真就不活了不成？这个家难道真就散了不成？！"

母亲意犹未尽，止不住怒火，又追过去对着血浆袋狠命踩了几脚。我的鲜血喷射而出，溅到正推门进来的急救医生的白大衣上，令他瞠目结舌。

父亲在母亲的呵斥下突然收了泪，像一只惊恐的蝉，一声不吭。我也被母亲的举动吓呆掉，扭头去看父亲床头柜上的仪器——令人惊奇的是，心脏监视器的屏幕上，一个绿色的亮点在一阵急速的狂跳之后，骤然恢复了平稳均匀的节奏。

——这一生里，我最佩服母亲那一刻的勇敢和决绝。她敢于放弃！她不拒绝放弃！这多么动人！我就做不到。我总是对我爱的人牵肠挂肚，依依不舍。

深夜，我骑上车子一路飞驰到西单电报电信大楼。我要亲自问问何雨，我5岁那年和他一齐掉到玉渊潭，父亲是不是真的先救起了我。当初，他有没有对我撒谎。这些年，他是不是知道我一直被这个谎言囚困，却始终不肯说破。

"闹闹，我正要给你挂电话呢。"隔着遥远的海洋和时差，何雨欣喜地问我。

"你干吗要给我电话？"我愤怒地质问。

"告诉你一个好消息，我拿到绿卡了。"

"什么？"我握着听筒，愣住了。

"我的绿卡批下来了,没有谁能让我离开美国了。"何雨高兴地说。

"噢……这样啊,那祝贺你!"我突然又感到无措。

"谢谢你,闹闹,你前面帮了我很多忙。"我沉默了,无以回答。何雨顿了顿,又说:"对了,闹闹,你为什么给我打电话?"

"我……我……"我搪塞着,说,"什么也不为。"

"发生什么事了吗?"何雨追问。

"没有,"我说,"什么事也没发生。"

换妻俱乐部

后来,父亲还是知道了我为他输血的事。他想要向我表示感谢,我拒绝了他,叫他把话咽了回去。父亲欲言又止的难过表情,让我有种复仇的快感。

我又恢复了往深圳跑。北京伤透了我的心,那里不再有我爱的人了。至少深圳还有。许安阳用金钱改善了我们之间的关系,我发现我有些重新喜欢上他了。我们最终放弃了一夜一夜天方夜谭式的长谈,开始了做爱。我在再次来到深圳的那个晚上,让许安阳达到了高潮。许安阳先让我达到了高潮,一到高潮,我身体里又发出一阵刺痛,身上像有无数蚂蚁在咬噬。不得已,我中止了和许安阳的做爱,把他从我身上推了下去。

我感到抱歉，所以就替许安阳释放了出来。为许安阳做时，我想起了穆晨锤。因为之前被尚尧误解，我对尚尧的感情一下就淡了。我想尚尧这么聪明的男人，竟也是语言难以沟通的，你还指望跟谁心心相印呢？所以，再和许安阳做爱时，我脑海中出现更多的是穆晨锤的幻象。

尚尧后来知道了真相，他破天荒放下自尊主动向我道歉。我没有像对我父亲那样断然拒绝，但心里是冷的，波澜不惊。尚尧还像从前，抱住我以示好。我由了他，身体没有配合，但也不僵硬。尚尧就放开了我。

尚尧知道，我不再爱他了。

现在回想，我和许安阳还是度过了一段美好的时光。许安阳把生意交给搭档打理，整天和我在一起。我们又像我和穆晨锤同居那会儿，整天在房间做爱。不同的是：我和穆晨锤的做爱不同于一般情侣，像在做科学研究；我和许安阳的做爱也不同于一般情侣，像在彼此猥亵。

许安阳有过太多的商业性性经验，这蓄积了他对真情的渴望，也令他有跃跃欲试的冲动。深圳是一个特殊的地方，它令男妓"鸭子"行业应运而生。许安阳是一个要强的人，什么事儿都要争一争。许安阳早就想做鸭子了，他常自夸真要做了鸭会让其他鸭子都没饭吃。许安阳是飞行员出身，身体非常好，长期的色情生活又让他的性欲阈值变得很高，一般不容易高潮，所以可以做很长时间。

虽然整天跟许安阳做爱，但我还是不情愿叫他进入我的身体。许安阳很奉献，他每每总是先让我高潮，而我一高潮身体里就会疼痛，那种疼痛非常深刻，让我无法继续。要是我还没高潮许安阳就想进，我便阻止他，设法让他高潮。这样一来，他也就进不来了。因为我比之前已经进了一大步，又因为这个过程本身充满了刺激和趣味，许安阳对于真正性交的渴望显示出极大的耐心。

他觉得，和我发生关系是迟早的事。

通常的性爱方式已经不能满足许安阳，他开始往家里拿器具。一天，许安阳拿回一套据说是西门庆发明的金刚五玉连环球。我拒绝使用，因为那是一串连在一起的金刚珠子，要放进女人身体里，据说进去了可以发出响声和震颤，特别助兴。可我的身体不能让这东西进去，我的身体还从没被什么东西进去过。许安阳不知道这一点，他每天无数次地翻弄我的身体，舔舐每一寸肌肤，却因为相信了我最初的谎言，而对我昭然若揭的身份熟视无睹。后来，他为此付出了惨重的代价，后悔终生。

我拎起金刚球假装表示索然，说我们总玩这些东西多没意思啊。许安阳兴致勃勃，说那你想玩什么呢？我说："有什么更刺激的吗？"许安阳思忖片刻，忽地打了一个响指，说："我们去参加'换妻俱乐部'怎么样？"

周百威是深圳一个传奇人物。周百威有一个显赫的出身，十年前，周百威因流氓罪被判死缓，他父亲把他从局子里捞出后便断绝了父子关系,将他撵出家门。羞愤之余,周百威更名换姓,一个人来到深圳。

在深圳,周百威从建筑小工做起,尝遍了人间苦难。后来,周百威倒卖盗版光碟积累了第一桶金。拿着这一笔钱,周百威投资股票迅速致富。他接着把从股市赚来的钱投到工程项目中,很快成为深港两地颇有名望的财富名人。

这个过程中,没有人知道周百威是他著名父亲的儿子。

其实,这些年周百威远在北京的父亲一直关注着他疼爱的小儿子。父亲欣慰于儿子的发愤图强,原谅了他曾经的不赦之罪。父亲在生命的尽头召回了远方的儿子,父子实现了血浓于水的和解。

周百威是许安阳最敬仰的人。深圳有许多高干子弟,他们大多利用老子的荫福为非作歹坐享其成,这让许安阳很瞧不起。许安阳同周百威有过一面之交。许安阳一心想进入周百威的社交圈,但那对他是困难的。许安阳虽然也身价千万,但和周百威的财富地位比起来,无异于小学生和博士生的知识差异。

周百威有一个"换妻俱乐部",这在深圳富豪中是广为流传的秘密。像周百威这样的人物,坊间的一切情色娱乐都早已玩腻,他们需要更新奇的花样、更大强度的刺激。俱乐部是封闭的和秘密的,成员仅限于深圳商圈里的顶级富豪,他们是周百威最核心的朋友。这个俱乐部不是传统意义上的色情组织,这里没有商业交易下的性活动,不存在买卖关系。对于他们,换妻游戏与其说是色情活动，不如说是社交派对。他们像互赠礼物一样，靠交换彼此的妻子或情人联络感情、增进友谊。

许安阳敢于冒险、渴望挑战，换妻俱乐部的理念让他兴奋不已。但许安阳无缘加入周百威的俱乐部，他的财力和身份都不足以如此，而且在我来深圳之前，许安阳也没有固定的性伙伴。我重新回到许安阳身边后，他对加入周百威的换妻俱乐部燃起幻想，跃跃欲试。许安阳问我愿不愿参与，我听了笑笑，故意说："好啊，你去联系。"

许安阳花了两周时间才最终让周百威同意我们加入。周百威有一个助理专门打理换妻俱乐部的事，许安阳买通了他，并说我是一名在校研究生。许安阳希望把我当做礼物送给周百威——这个想法，是我们去俱乐部前一天晚上，许安阳才向我吐露的。

我听了心里"咯噔"一下，想许安阳真是处心积虑啊，竟然想到用"心爱的人"做诱饵。我心里隐隐地光火，但脸上没有反应。我说："那种性爱派对不是说随机配对逮上谁是谁吗，我怎么能把周百威弄到手？"

"你可以勾引他啊，"许安阳热切地说，"你又漂亮又有魅力，一定可以把周百威搞到手的。"

"勾引？"我想起当初兰空调查组调查我和许安阳的事时，许安阳为自己开脱也用了这个词，他说是我"勾引"了他。我不由得愤怒，想眼前这个男人真的是无耻，一辈子热衷于勾引和被勾引，即使在这样一个以淫乱为本质的性爱派对上，他也要把我置于一个"偷情"的可耻位置。

许安阳费了半天口舌,才叫我重又答应跟他同去。许安阳如果这时候取消说不去,那他会很没有面子,也会惹对方不高兴。按照道上的规矩,类似这样聚赌或聚淫的事,是很忌讳临时不来或者中途退场的。许安阳又是第一次参加,他临阵变卦弄不好会惹出麻烦。

可是,许安阳还是犯了一个错误。他不知道,他这样死气白赖非求我答应去周百威的性爱派对,却是在把自己往绝路上推。

周末下午,许安阳开车带我来到蛇口港。周百威的换妻俱乐部设在一条豪华游轮上,每次聚会都从深圳开到香港海,这样可避开中国大陆的司法管制。

见到周百威的第一眼,我立即喜欢上他。周百威漂亮、智慧、优雅;年轻,又不很年轻,浑身散发着成功人士的坦然与得意、自信与内敛,叫人不能不折服。周百威礼貌地迎接了我,亲自为我脱去外衣。周百威把他的情人蜜雪儿介绍给许安阳和我,请求我们拿这里像自己的家一样,有什么不便可以随时找女主人解决。

不过,刚刚转过身,许安阳就告诉我,蜜雪儿只是周百威众多情妇中的一个,是专门用来做"换妻游戏"的。周百威的妻子也是一位高干子女,常年住在北京,他们的婚约是一桩典型的政治联姻,坚不可摧。

按照"换妻游戏"的规矩,自来到游船上原本的夫妻或情侣就不再存在了。游轮一层大厅中央有一张巨大的汉白玉石桌，上面是一只刻花水晶鱼缸。鱼缸底下的细纱层上散落有一些特制的圆形钥匙，凡来的客人都先从鱼缸中摸出一枚钥匙，那是各自休息的房间。等吃过晚饭，女人再把她们钥匙上的一半掰下投到鱼缸里，然后由男人随机摸取，摸到哪一枚晚上就可以去哪个房间，与房间里的女人享受一夜夫妻。

我后来问周百威，为什么只女人把钥匙投到鱼缸里叫男人摸，而女人没有这个权利。周百威笑着回答："小姐，说到底，这个世界不还是男人埋单么。"

我摸到的钥匙是16号，16是我的幸运数字。许安阳摸到的是21号，这让他有些沮丧。许安阳不喜欢七，他认为那是不吉利的，而21可拆分成三个7，谐音连起来恰巧是"丧妻"。许安阳原本想把我当做礼物送给周百威，最终却失去了我。这是我后来回想起这件事，感到十分宿命的一个细节。

我在房间冲了个热水澡，泡了一杯绿茶就去房间外的阳台上看海。这时，李医生敲门进来，说要给我做体检。原来，俱乐部不但在参与人员上做了严格规定，技术环节也准备充分。我虽然在医学院待了这么多年，接受别人的检查还是头一次。

李医生原是广州南方医院的一名医生，许多年前周百威搞大了一个女孩的肚子，他那时还不是特别有钱，人也还仗义，亲自陪女孩去医院做人流认识了李医生。后来，周百威成为富翁，便高薪把李医生请来做他的私人医生，专门处理和女孩子之间的事。

我很不好意思，担心李医生会像看待周百威身边那些女人一样看我，觉得我是一个不好的女人。但我完全多虑了。李医生对我没有任何"态度"，有的只是周到和殷勤，让你享受充分的礼遇。

显然，李医生发现了问题。他忽然停住手，迟疑着不知该怎么办。

我静静地等待着，也一言不发。我这时已经不羞涩了，反而有种丢掉了廉耻的轻松，很放肆地在李医生面前暴露着我的身体。医生是一个奇怪的职业，它无端予人以权威和神圣，叫人很容易信赖、产生服从。李医生极为慎重地轻轻碰触了一下我的身体，我感到无齿镊冰凉的质感，我知道他在确认那一圈膜状物的真实性。李医生终究是专业医生，真假之辨他一目了然。他什么也没说，用清洗剂轻柔地为我做了清洗，扶我起来礼貌地说：

"好了，小姐。谢谢你！"

一起来，我又恢复了羞耻心。我用睡袍遮住身体，说："干吗谢我？"

这回轮到了李医生难为情，他仓促收拾起器械，支吾道："哦，没什么。"

晚餐时，客人们陆续来到餐厅。我看见李医生悄悄跟周百威耳语了几句，周百威随即抬眼冲我这边瞟了一眼。几乎是直觉，我判断他们的谈话一定与我有关。后来李医生告诉我，当时他的确在和周百威说我。一个处女出现在换妻俱乐部里，这是他们以前从未遇到过的事。

后来，李医生成为了我的情人。当然，这是在这一次聚会之后，在我离开深圳、结束了这一切糜烂生活之后。有一天，李医生忽然到北京找我，我和他四目相对的瞬间，就决定了和这个人上床。我说过的，患者对医生有着天然的信赖，一个庄严地看过了你身体的男人，你是很情愿再被他看的。而李医生像千百年来中国所有男人，对处女有着莫可名状的迷恋。李医生说，在他为周百威工作的那些年里，他一个真正的处女都没有见过，但他并没有把实情告诉周百威。所以，即使后来我已经不是处女了，他还是对我充满了想象。

周百威也对我充满想象。周百威一开始误会了，真以为我是许安阳送给他的一份礼物。周百威招来他的个人助理，授意他在一会儿的鱼缸里做点手脚，好叫他摸到我的房号。——从李医生那儿我才知道，原来一切游戏都有"潜规则"，庄家永远是掌控局势的那个人。游船上的房间装的都是电磁锁，周百威的助理那里有一只可调节的戒指，在换妻俱乐部里，周百威若看上了哪个女人，助理就会将戒指的电磁频率调到她所在的房间。这样，周百威便总能够在看似无意间，摸到他想要的那一枚钥匙。

为了让一切显得自然和不露痕迹，这之前周百威刻意回避了对我的兴趣，几乎没跟我说什么话。这让许安阳有些着急，几次小声催促我主动去跟周百威调情，并显得放荡一些。但放荡在这时是不恰当的。周百威的"换妻俱乐部"并不是一个纯粹性质的淫乱团伙，它兼有重要的社交功能。在下午的休闲活动和晚上的聚餐上，周百威和他的朋友们谈的都是生意上的事和国家大事，涉及上亿元的资金转手。即使在晚宴最后，最色情的豪华大餐"女体盛"隆重登场，就餐的人们依然端庄体面，丝毫不失身份。

　　游轮餐厅位于水面一层，晚餐所用的主桌上安装了一条双轨旋转轨道，为的就是让用裸体女子做菜盘的人体盛宴可以如古时的曲水流觞，在就餐者面前诗意地从容流转供人把玩。"女体盛"的风俗来自日本，只有那个极度压抑又极度变态的岛国民族，才想得出如此扭曲的性消费方式。

　　做女体盛的女子被称为"女蛙"。当然，女蛙是赤裸的，被冰块和鲜花包围。配菜师在女蛙身体不同部位摆放上造型精制的菜肴，客人看上哪一份就可以取来食用。为了显示高贵，女蛙身上的一切东西都可以拿掉，但阴部的位置会保留一朵鲜花。用什么样的鲜花遮蔽私处由女蛙个人喜好而定，出名的女蛙都有自己固定的习惯，她们也往往以这种花的名字流传在行业里。周百威今天请到的是深港最红的一个女蛙，绰号叫"阿菊"，因为她喜欢用黄色的菊花装饰下体。

　　这样一道养眼美宴，周百威肯定不可能把它搞成一个色情游戏，那与他的身份不符。实际上，周百威表现得非常优雅，他甚至要求每位客人在动手享用可餐秀色之前，都要与他联句对诗以助雅兴。这一下，我终于找到了露脸的机会。之前，我处身于一群尊贵的夫人情妇之中,就像还没有穿上水晶鞋,还在后妈家厨房里做粗活的灰姑娘,自卑而局促,毫无坦然与信心。许安阳还要我勾引周百威,那怎么可能?但周百威开始出对子,我知道我的机会来了。

因为是主人,周百威拥有给出上联的权力。周百威出的对子都是与性有关的,甚至就是直接的性描写,尽管他用了最文雅的词句。客人中能应付周百威的人并不多,场面一时有些沉闷,我挺身而出替大家解了围。周百威一共出了二十几个对子,我一一对上,可谓语出惊人、艳压四座。周百威的眼里射出炽热的火焰,在座的其他男女也没有不对我服气的。许安阳欣喜地看着我,在桌下不停地用手指抠我的手心。我看着他,意味深长地笑了。

——事实上,这些对子并不是我的即兴发挥,而是我从许安阳那儿"偷"来的。在许安阳众多的色情收藏品中,有很大一部分是亚洲最负盛名的色情产业集团"Z4Y"出版的同名画报,那上面刊登着最动人的色情女郎图片。许安阳有一个爱好,喜欢用古诗词给图片加注批语,我当时看到这些,心里难过得要命。我想许安阳怎么堕落成这样,当初那个背诵《猎人笔记》和赞赏陀思妥耶夫斯基的男人到哪里去了?

此刻,我才恍然大悟。原来许安阳做这一切都是为了周百威。许安阳从一开始就收集周百威的信息,设法向他靠拢,直至最终将他"拿下"。我不由得想起当初许安阳是怎样与我周旋,引诱我、迷惑我，即使已经拥有了我，却又不急于占有我，而是体验着掌控节奏、掌握局势的快乐。这是一个多么处心积虑的男人啊！多么可卑的一个男人！

我几乎无可救药地，心中再一次升腾起对许安阳的憎恶。几乎就在那一刹那，我决定按许安阳说的去"勾引"周百威，让他拿走我的贞节。

说实话，看到周百威的第一眼，我就迫切地想和他发生关系了。我的"V计划"要是能以这样的方式完成，那该有多么的刺激！

"果"

然而，我最终还是没有和周百威发生关系。

我因为巨大的犹豫而故意延迟了前戏的时间。当我实在再无花样与周百威周旋，不得不躺在床上让他进入的当口，许安阳破门而入。

周百威做手脚选中了我的房间，出于抚慰他安排蜜雪儿去陪许安阳。但面对蜜雪儿，许安阳不知怎地又不行了。他十分沮丧，一个人离开舱房来到甲板上。在这里，许安阳遇到了李医生。周百威的客人们在房间里翻云覆雨时，李医生需要随时待命，所以他总是到甲板上喝啤酒看星星打发夜晚。许安阳问李医生要了一瓶啤酒，他们就聊起来。交谈中，李医生提到我还是处女的事，他以为这是许安阳特别的安排。许安阳却被李医生说蒙了，他说我早就不是处女了，我是一个性经验极为丰富的风情女人。

李医生问许安阳："你确定她不是处女吗？"许安阳说当然，这是她亲口跟我讲的。这句话让李医生怀疑，他追问："你跟她上过床吗？"

"当然，我是她的初恋。我认识她时她刚上大学，什么都不懂，连'上床'都不知道是啥意思哩。"

李医生更奇怪了，问："你们做爱吗？""当然做啦！"许安阳逞能说，"那姑娘花样可多呢，她的'口活儿'尤其好！"

许安阳说我的"口活儿"好，李医生便猜到了什么，他问许安阳："你们性交过吗？——我是说，你真'干'过她吗？"

许安阳被问得语塞，结结巴巴，说："我们……我们……"

李医生得出结论，对许安阳说："要是我没猜错，那姑娘骗了你！她还是一个处女，一个最纯正的处女，一点儿都没破。——可是，她为什么要骗你呢？"

许安阳想起我第一次来深圳那天晚上的情形。此刻，许安阳明白了一切，知道我为什么要对他撒谎。他并且把之后我每每因为疼痛而不肯性交，也错误地归咎到自己的头上。许安阳感到极端痛惜和自责，他砸碎了手里的酒瓶子，带着淋漓的鲜血，冲过漫长的甲板和走廊，一头撞进我和周百威的房间。

那天晚上，游轮上所有交欢的男女都因为许安阳而坏了好事。

周百威终究是见过世面的,不想在这样的场合丢了脸面。他强抑着愤怒勉强从我身上翻下,用一条浴巾围住自己的下身,好脾气地劝许安阳,说如果他不满意蜜雪儿,可以另外再给他叫女孩子,比如"阿菊"。

许安阳不听周百威的,他完全疯了。他一只手就放倒了试图阻挡他的周百威的助理,扑过来用床单把我裹住,抱起我就往外走。许安阳用了这样大的力气,以致把同在床上的周百威都拽到了地下。周百威这下可火了。他给环伺在侧的保镖们一个眼色,他们立即将许安阳围住。许安阳看了看周围面露凶相的几条大汉,走过去把我放到房间里相对安全的一只长沙发上,转身回来平静地面对周百威和他的随从们。许安阳不怕打架,实际上,许安阳在知道了我还是一个处女的那一刻,就想冲谁挥上一通老拳了。

周百威却不想打架,他是一个有权势的人,不会再用简单的肢体碰撞这种原始的方式来解决个人纠纷。周百威告诫许安阳上了这条船就应该守船上的规矩,"换妻"本来就是一个游戏,没有必要太认真。而对于一个男人,守规矩是很重要的。

"你不能为了一个女人这样!"周百威以大哥的口吻教训许安阳。

"可这个姑娘不一样!"许安阳无法解释,但言简意赅、态度坚决。周百威误解了许安阳,以为他说的是我的处女身份。周百威感兴趣的也恰恰是这一点,所以他肯定不想让许安阳把我带走。后来李医生告诉我,周百威其实一直都知道他享用的那些所谓处女都不是真的,他只是不想扫兴罢了。周百威决定给许安阳最后一个机会,他语气强调地说:"我也喜欢这姑娘,你把她送给我吧,我不会亏待你的!"

这是许安阳多么梦寐以求的话啊。周百威拥有那样一个庞大的商业帝国政治集团,受他庇荫的人就是这个社会上的上等人了。许安阳为了进入这个阶层中多么的煞费苦心,甚至想出用自己的女人做诱饵这么下流的招数;可当真的如愿以偿获得周百威的承诺,他又莫名地改变主意不干了。许安阳摇摇头,说:"对不起!威哥,我更喜欢这姑娘!"

"有谈的余地吗?你我都是商人,商人没有什么不可以谈的,你开个条件吧。"

"不,威哥。我没有条件,只有请求——请您把这姑娘还给我。我知道我对不起您,除了这姑娘您让我干什么都行,惩罚我或是给兄弟派活儿,上刀山下油锅我绝无二话。"

"你这话是认真的?"周百威看出许安阳的决心,忽然改变了语气,十分悲悯地说。

"我是认真的,我用我的性命担保!"许安阳一挺胸脯。

"好!我记住了!"周百威转身吩咐助理,"放一条快艇,送他们回深圳!"说完,他扔下一屋子人,转身往卧室走。周百威关上套间房门时,站定回身意味深长地看了我一眼,说:"你真是个奇怪的姑娘,你会给男人带来麻烦的!"

我撕碎床单给自己做了一件套袍,和许安阳仓促离开了游轮。

在码头上,我说我要回北京,而许安阳执意不肯接受。他说他终于知道了我原来还是一个处女,他相信那是因为他的缘故,他所以要弥补、要珍惜,再也不放我走。我被许安阳纠缠得愤怒,终于撕破脸爆发了。我像一个没有教养的泼妇一样跟许安阳大声嚷嚷,我说:"我'这'跟你有什么关系啊!你非把我当你什么人似的,你看不出我很讨厌你吗?我比一个妓女还不喜欢你、还厌恶你。你是真不知道还是故意装傻啊,你这样忒让人瞧不起!"

这是我面对面和许安阳说的最后一句话。如果我能够预知许安阳后来会因为我而在监狱里度过余生,我怎么都会厚道一些,不这么刻薄。我当时是那样的绝情和狠毒,甚至没有看到涌进许安阳眼里的泪水。

我穿着床单做的袍子,从机场直接去了赵一荻的诊所。何雨的病好了以后我就没再见过赵医生了,但现在我要她为我看病。我将我屡屡失败的"V计划"向赵一荻和盘托出,我告诉她我总是没有办法跟男人完成真正的性关系。昨夜在周百威的船上,其实我是很想留下来不跟许安阳走的,但是我不敢。我对赵一荻说:"我一定是哪里出了问题,你要帮我找到。"

赵一荻让我躺在一张紫色沙发椅上,用一块混合了乙醚和香料的手帕将我引入睡眠。

睡梦中，我感觉有人褪去了我的衣服，温柔地抚弄着我的身体，我的思绪于是后退，回到了许多年前的从前。

我对秦怀玉的记忆有些模糊。我把他描绘成瘦高个子、身材单薄、神情拘谨，略微有些驼背，戴一副玳瑁边深度近视镜，什么时候都用麻油把头发梳得一丝不苟的中年男人。秦怀玉不是旺宁人，他原是城里人。在忻州读师专时，秦怀玉被一个女同学追求。女同学的父亲是地委专员，姑娘以为单凭这一点秦怀玉就应该对她投桃报李。没想到秦怀玉没有领情，女同学一气之下喝了农药。人虽救了过来，秦怀玉却被开除了学籍，被发配到遥远的旺宁，成为这个太行山深处名不见经传的小村庄有史以来的第一位民办教师。

在旺宁，秦怀玉受尽屈辱。他用了整整7年的时间才使旺宁接纳了自己，这个标志就是有一户人家肯把自己痴傻的女儿嫁给秦怀玉做了媳妇。那一天，全村人都参加了秦怀玉的婚礼。他们一起目睹了新娘子在被秦怀玉抱入洞房时，把一泡稀屎拉在了新郎官雪白的确良衬衫上。

9个月以后，秦怀玉有了一个酷似她母亲的女儿。

我第一次见到秦怀玉，是在我5岁那年的冬天。那是一个星期天。下午，我正蹲在客厅暖气片底下，查看我装在衬着棉花的注射剂盒子里的蚕纸。春节时，李婶给了我一张粘满密密麻麻小黑点的棉纸，告诉我等到春天，这纸上的每一个小黑点都能变成一只蚕宝宝。我试图搞清楚自己拥有财富的具体数额,可我数了好多次,总也数不清那纸上到底有778个蚕还是813个蚕还是793个蚕。

一阵谨慎的叩门声打断了我的工作。我懊恼地再次放弃糊涂的计数,抬头望着门口,等待将要发生的事情。从我低矮的视角望过去,我看见两截裸露的踝骨从一双不清洁的布底棉鞋里生长出来,我顺着黑色棉裤和蓝色粗布棉袄爬上秦怀玉冻得通红的脸颊。

那是一张和善而容易紧张的脸。

晚上,父亲把我单独叫到他的房间,问我是否想像何雨一样去上学。虽然我那时已经陆续认了一些字,但从来没有上过学,我对没有经历过的事情总是充满怀疑的。然而,受父亲的暗示,我觉得做出肯定的回答或许能够讨好,因为何雨就是在上学读书的过程中备受父亲青睐的,我于是冲父亲莫名其妙地点了点头。

"可是,你年龄太小,在这里上不成学。"父亲指了指外屋,说,"你跟那个叔叔去他家,在那儿你就可以上学了。"

我再次用盲目的点头回应了父亲。

第二天,我早早地被父亲叫起。吃完早饭,我跟随父母和秦怀玉下到院子里。天仍然黑着,几颗寂寥的星辰挂在残冬的树梢上,雪地反射起的光芒却使大地看上去已然苏醒。父亲把我放到自行车前梁上,转身对母亲说:"我送他们去车站,你回去吧。"母亲瞪了父亲一眼,没有理会他,兀自在前面走。母亲的脚踩在积雪上的声音，听上去很不高兴。

突然，后面传来一声尖利的叫喊："闹闹！闹闹！"

何雨像一条影子，遽乎从楼门洞里冲出，窜到我面前。何雨把注射剂盒子递给我，喘息着说："闹闹，你忘了带你的蚕纸。"

我感激地接过针剂盒抱在怀里。母亲停下脚步，拉住了想跟我一起走的何雨。

其实，我根本没忘记带蚕纸，因为我压根儿不知道应该带上蚕纸。我以为蚕纸要等到春暖花开的时候才会孵化，而我不知道，我将在旺宁迎来自己的春天。

半年后，我回到北京。天气已经过了仲夏，空气中充满了成熟的气味。

因为转学，我没有暑期作业，像一个盲流整天无所事事。这天下午，天气十分炎热，我把母亲大床上的篾竹凉席拽下铺到客厅地板上，在上面蹦来蹦去以自娱。何雨坐在电扇底下，照例博览群书。

我在凉席上折腾了很久，有些气喘和无聊，就躺下歇了一会儿。我躺着躺着，扭头看见自己的胳膊，决定来一手新的。我把左臂贴到嘴巴上嘬了一口，鲜嫩的皮肤上立即出现一个粉红色的印记。我高举胳膊呼唤正在看书的何雨："哥，你看，'果'！"

——至今，我也不确定我当时说出的这个词是一个什么字。除了那天我使用了两次之外，我再没有在其他地方见过这个词。

它或许应该写作同音的另一个字：裹，但我不确定。何雨没有理会我，仍埋首于他的书本。我不甘心，在右臂上制造了另一个"果"，接着在左臂第一个"果"附近又添上一个。我把两只胳膊都举起来，得意扬扬地再次说："哥，你看，我的'果'！"

这一回，何雨停止了阅读。他瞟了我一眼，表情不屑，扔下手里的书一步跳到凉席上，说："这个算什么，我早就会！"

看来，何雨对我自创的这个字眼儿毫不陌生。他挨我躺下，扭头在自己左臂上嘬了一口，那个地方也立即出现了一个红印。何雨给我看，不无优越地说："我的比你的红！"

接下时间，我和何雨展开了一场激烈的竞赛。我们在自己身体上嘴巴够得着的地方全部盖满了"果"。最后，我和何雨像两只从沸水里捞出的龙虾，遍体鳞伤地躺在凉席上，气喘吁吁地呵呵傻笑。笑够了，何雨忽然翻过身说："闹闹，我还会'打拼仗'，这个你肯定不会。"

何雨说着俯卧在凉席上，浑身有节奏地上下起伏。我也趴下，模仿何雨的样子扑通扑通地，却真的做不出何雨的效果。

"只有男孩才会'打拼仗'，你们女孩不行。"哥哥权威地说。

"为什么女孩不行？"我不服气，继续做着徒劳的努力。

"你们女的身上少了一样东西，所以不行，做不成。"

"那是什么？我少了一样什么？"

"这个我不能告诉你，等你长大就知道了。"何雨说，"不过，你可以趴到我背上来，我驮着你玩。"

"好的。"我说着翻身爬到何雨背上，手搂着他的脖子，双腿勾住他的腰。何雨弓起身体，一下一下地蠕动，节奏均匀、动作有力。

我在何雨身上很舒服，高兴得咯咯直笑。

我和何雨忘情地玩着"打拼仗"，完全忽略了下班出现在门口的母亲和她骤变的脸色。母亲像一只遭到侵犯的母豹子，怒吼着上前一把把我从何雨背上揪下，掼到水泥地上。我被摔得大叫。

我的叫喊让母亲注意到遍布我全身的"果"。母亲回身发现何雨身上也满是这样的"果"。母亲像又被狠狠袭击的母豹子，咆哮着冲向我和何雨。

我和何雨跪在地上，小声啜泣着。我身上已经出现了好几块青紫，却仍然不知道母亲何以发怒，以及如何让母亲息怒。母亲倒掐着扫床的笤帚质问何雨："何雨你说，你从哪里学来这个东西？"

母亲是指"果"。何雨哆哆嗦嗦，抽泣不语。母亲用笤帚疙瘩给他肩膀一下，又问了一遍。何雨被打得咧嘴，他抬起泪眼看了看母亲，又看了看我，犹犹豫豫地说："我……我是跟闹闹学的！"

我突然止住了哭，讶异地看着何雨。不对啊！我想，我给何雨看我的"果"时，他分明说他早就会了，他怎么能说是跟我学的呢？我对何雨说："哥，你不是跟我学的。"

"我就是跟你学的！"何雨停止了哭泣，平静地看着我。

"你不是！"我因为着急，又哭了起来。

"是你先做的。你给我看，我才接着做的。"何雨看着我，露出从不撒谎的孩子特有的纯真和坦诚。

我突然无言以对。

何雨在他的谎言后面添加了一句真实的叙述，我一下不知该怎么办。我当时那样小，正在被打，满心惊慌和恐惧，没有足够的智识将谎言从事实中摘取出来指给人看，我反而像一个说谎的孩子，惊恐万状地看着母亲。

母亲狠狠瞪了我一眼，推开何雨，不由分说拖起我往我的房间走。我像一只即将被宰杀的猪崽，在母亲身后绝望地挣扎着和号叫着。母亲把我拎起来压在床上，三下两下扒掉我的裤子，乒乒乓乓打起来。母亲下手如此之狠，我很快就失去了疼痛感，我最终晕厥了过去。

这中止了我一切不良的感觉。

我感觉有人在轻轻擦拭我的身体。我的伤口化脓了，高烧、惊厥、谵妄、昏迷不醒。为了减少我的疼痛，父亲总在我昏迷时候为我换药。那天，如果不是下班回家的父亲及时出手，我可能被母亲打死。父亲平生第一次对母亲动了手，因为除此以外，他实在无法让他丧心病狂的妻子停止对他女儿的暴打。

之后的整个暑假，我一直趴在床上，动也不能动一下。

我很快又陷入昏睡。敷料里火热的麝香和冰片散发出的强烈味道，制造出一种既混沌又清晰的氤氲。我的意识逐渐远去，飘荡到旺宁夜晚的晒场上最不起眼的那座麦秸垛里。我们在玩捉迷藏。吸纳了一整天的阳光，夜晚的麦草暖烘烘的，散发出太阳好闻的味道。透过若有若无的缝隙，我看见同伴们被一一擒获。他们在被俘的同时英勇地叮咛我坚持到底，我激动地屏住呼吸，发愁不能叫心脏也暂时停下。

然而，当我的隐遁逐渐超出寻找者的信心和同盟者的耐心，敌我双方的立场发生了微妙变化，他们的愿望趋同和一致了起来。那些曾经心急火燎要我坚守的孩子也鬼鬼祟祟地加入到寻找的队伍中，这里翻翻、那里捅捅。

我的处境开始尴尬。我想，我也许应该走出去，假装开心地嘲笑他们，给自己一个台阶。我甚至已经动手去拨麦草了，一个伙伴却突然说看看舒展会不会在麦垛里。旺宁的孩子是被他们父母严格禁止拿麦垛当玩具的，他们的钻进钻出很容易把麦穗上的麦粒搞脱掉。我立即敛声静气，将自己收藏起来。我听见伙伴们挨个扒拉麦垛的声音。有一回，一只五指张开的手臂已经伸了进来，在我眼前晃来晃去，它只要往回一收就能把我的衣襟给薅住。可惜，这只缺乏信心的手胡乱抓了一把，便又退了出去。

伙伴们散到其他地方去找我。我躲在麦垛里，像一只被囚禁在笼子里扔到荒岛的猴子。孤独和恐惧使我疲惫，我于是在逐渐冷却的麦草中不知不觉地睡去。

不知过了多久，我感到一个人在轻轻擦拭我的身体。我闻到一股隔夜麻油的浓郁气味。我好像尿湿了裤子。冰凉的感觉在裤子被扒下来的一瞬间豁然开朗，我不禁在睡眠中打了一个寒战。温热的毛巾驱逐了湿冷。我很欣慰，舒服地咕哝了一声，还顺便在床上换了一个姿势。我和秦怀玉一家人睡在一条炕上，从西向东依次是秦怀玉的老婆、秦怀玉的女儿、秦怀玉和我。

第二天早晨，我到猪圈后面的茅房拉屎。完事后我在小腹靠下面的地方发现了一个"果"。它绛红色的，呈橄榄形状，有一股麻油的味道。那以后，每天清晨我会在身上找到一两个"果"。我知道这些"果"是怎么来的，因为每次我都被弄醒。但每次我都忍着，假装没有醒来。我担心秦怀玉发现我醒了会难为情。不然，我想，秦怀玉就不会每次都趁我熟睡之后才悄悄来"果"我了。

一次，秦怀玉的舌尖游移到我的下身。他小心将我的双腿分开，轻轻舔舐着那里面最隐秘的地方。我似乎觉得那里的皮肤底下原本埋了一粒芝麻，这会儿破土而出，长出一朵芝麻树的嫩芽。秦怀玉也好像看见了那一点嫩芽，他放弃了周围较大范围内的亲吻，舌尖集中到它上面，温柔地触动着，如同给一棵嫩芽灌溉。

芝麻树果真长了起来。我能听到它抽节时发出的滋滋声，闻到它散发的麻油香气。芝麻树在舌尖张弛有度的导引下，不断向上、分叶，再向上、再分叶。我的芝麻树一直长到了天上。它长得那么快、那么高，几乎抵达天空的边界。在那里，它被一道厚重的云层所阻挡，无处可去。疯狂的芝麻树已经不能停下来。它在生长的过程中获得了无比的野心和冲动，剧烈地摇晃和振荡着寻找出路。

秦怀玉给了它出路。秦怀玉加大了力量和频率，整个嘴唇覆盖在芝麻树上，用舌尖抚弄，牙齿咬啮，口腔吸吮。我的整个身体难以抑制地向上扬去，以迎合秦怀玉。蓦地，芝麻树"轰隆"一下突破云层，爆出一捧灿烂的花朵，昂然挺立在无边的云海之上。

我一声大叫，欣喜无比，有种重获新生的虚弱和幸福。

除了一片耀眼的光亮，天堂里什么都没有。连那棵芝麻树也在盛开之后倏忽消失。仿佛它是用冰凌做的，在天堂之光的照耀下，心满意足地遁去了。

"舒展，醒一醒！"赵一荻唤醒了我，递给我一小杯红酒，她自己也倒了一杯，在我半躺的沙发椅前坐下。

"嗯？我怎么了？"我起身，茫然地问。

"你在6岁的时候体验了性高潮。"赵一荻思考如何向我解释。

"这怎么可能！那一年离我初潮还有整整3年，我根本还是一个孩子呢。"

"这确实有些奇特，但事实如此。我们来把整件事梳理一

下。"赵一荻放下酒杯,拿过纸笔写下一串标号:

"第一,6岁时,你曾受到过一名男子的性侵犯。这个人是你在旺宁的监护人秦怀玉。第二,同样在6岁,你的性心理遭受过严重创伤。这个伤害来自秦怀玉和你的母亲,但更主要是你的母亲。"

"我的母亲?"我怕听错了,"是的,"赵一荻说,"首先,秦怀玉对你的性侵犯是一种犯罪行为,尽管他没有对你的身体造成实质性伤害,甚至还让你获得了快感。秦怀玉留在你身上的'果'就是俗称的吻印,这是你母亲在你身上看到它们以后暴怒和拷打你的原因。出于某种复杂的心理,你在母亲拷问你从哪里学来的'果'时保护了秦怀玉,没有说出他的名字。你母亲的粗暴和不加解释,使你把被男人亲吻和体验性高潮与羞辱和惩罚联系在了一起、与疼痛联系在了一起,形成了一个顽固的'反射链'。当你进入青春期,遇到有异性向你示好求爱,隐藏在你潜意识里的对性爱的羞辱感就会出现,引发一连串负面效应。特别当你跟异性在一起达到高潮时,之前那条'反射链'就会启动,你会感到无法克服的疼痛。它像一列多米诺骨牌被迅速推倒,使你不能完成性交。"

"之前,我还以为患了痛经或神经科的疾病。"

"这是一种精神生理性疾病,最重要的根源还在心理上,你要尝试自我疗治。"

"我要怎样做呢?"

"去完成你的'V计划'!"

"什么?"我没有听明白。

"尽一切努力,丢掉你的贞节!"

第五章

小不点之死

　　然而，这是一件多么不容易的事啊，丢掉我的贞节！

　　在今天这样一个时代，谈论贞节已经显得非常可笑。那两片粉红色的薄肉不被暴力洞穿，并说明不了女人的纯洁无瑕。就像尚未离婚的夫妻，并说明不了他们彼此的忠贞不渝一样。但我依然丢不了它。

　　我想尽了一切办法，无所不用其极。我像一只夜晚的狼，瞪着一双发绿光的眼睛，整天搜寻着可以和我性交的男人。可是，我就是丢不掉我的那个破贞节！

　　那个贞节，就他娘的像一块胎记，牢牢印在我的私处，怎么也弄它不掉！

　　他奶奶的！我都快急死了！

我并没有真的急死，但小不点儿死了。她在一天深夜毫无预兆地出现微循环中毒症状，医院紧急抢救无效，第二天凌晨小不点停止了呼吸。

小不点的父母要求医院给一个说法。医院称其死因为恶性肿瘤并发感染。因为小不点的家境贫困，为了表示爱心，院方决定免除小不点应交的9000多元费用，退回38000元的治疗费，同时还承诺负责她全部的丧葬事宜。当天下午，小不点的尸体被火化。随即，小不点的父母离开了医院。

可是，第二天一早，小不点的父母突然返回来，以女儿的死因不明为由，要求医院彻查。医院说这件事已经了解，钱也付了，再无案可查。谁都没有想到，小不点的父母竟拿出一份病历复印件，说有人篡改了小不点的病历，以此掩饰医疗责任事故。

医务科到神经外科去调档。果然，他们发现小不点的住院病历中，她死亡前一天的病历与她父母所提供的内容不同。博雅医院的病历页都是编号的，调查组对照了小不点的病历本和复印件的页码，发现病历本上第37页之后紧接着是第39页，中间恰恰丢失了复印件的第38页。

博雅附属医院成立了专门的调查小组，对小不点的死因展开调查。人们首先想知道的，是小不点的父母从哪里弄来的病历复印件。这是问题的关键。

对于此，小不点的父母守口如瓶。

调查组询问顾铮，他是小不点的主治医生。顾铮解释说，当时因为忙别的事，不小心写错了病历，所以撕掉重新写了一份。按照博雅的病案记录规定，这样做是不对的。病历不允许撕掉，即使撕掉了也应该粘贴在病历本的后面以备查。顾铮承认撕掉病历的失误，但是他说自己确实将病历页贴在了病历本后面，但那张纸却不知去向。顾铮无辜地说："恐怕是小不点的父母偷去了这张病历，想要以此讹诈医院。"

调查组反过来诘问小不点的父母，非要他们说出病历的来历。小不点的父母没有办法，只好说容他们回去商量商量再说。下午，小不点的父母找到调查组，说他们不必说出病历的来历也可以证明顾铮在撒谎，事实是那页病历纸是小不点死之前顾铮下的医嘱，他在小不点死后将其撕下补写了新的。按照博雅医院的规定，一份完整的病历上除了有主治医生的签名以外，值班护士完成医嘱后还要在病历上签字。小不点的父母指着他们提供的病历复印件上当晚值班护士崔美瑛的签名说："这里已经有了崔护士的签名，说明这份医嘱是已经执行了的。"

调查组由博雅医院一位副院长牵头，主要人员来自医务科，而顾铮的母亲蒋丽英恰是医务科的主任。事已至此，调查组只好再去质询崔美瑛。崔美瑛首先崩溃了精神防线，哭诉说这一切都是顾铮主使自己做的，与她无关。调查组找顾铮对质。面对崔美瑛的指证，顾铮只得承认。但他同时翻盘，说小不点死后他重新检查小不点的治疗记录，不小心撕掉了最后一页病历，为了不引起误解，不得已才又补写了一张，让崔美瑛签了字。即便如此，顾铮坚称他将那页病历纸贴到了病历后面。

医院再次要小不点的父母交代从哪里得来的病历纸,小不点的父母还是不肯吐露实情。第二天,他们又找到调查组,要求调查组对照两份病历,看看所写医嘱中下的药品有没有不同。小不点的父母说,如果两份医嘱内容完全一样,那他们即刻撤回状诉;如果两份医嘱内容有出入,则医院必须对小不点事发当天所用的所有药品进行检查。

调查组的人很困惑了:小不点父母身后似乎隐藏着一个神秘的人物,他(她)总是在关键时刻给小不点的父母以至关重要的指点,叫他们每每都能绝处逢生、柳暗花明。这个神秘人物到底是谁,是调查组比想搞清楚小不点的死因更想搞清楚的事。

调查组对照了两份病历,发现小不点死亡前一天顾铮给下的处方中,有一种名叫"β-安脑活素"的静脉药,是后来他补写的病历中没有的。小不点的父母也要求医院对他们女儿死亡前使用的药物做全面的检查。可是,当调查组对这些药品进行取样检验时,却发现神经外科病区药房里,所有药品中唯独β-安脑活素这一种药没有了。

崔美瑛说,那天她的确按照医嘱给小不点加注了β-安脑活素,当时药房里还有很多,可它们在小不点意外死亡后不翼而飞了。直到这时,顾铮才承认小不点的确死于β-安脑活素的药物意外。他同时交代,这件事后来的动作,都是马炳财一手策划的。β-安脑活素是马炳财负责开发的一种抗癌制剂,因未获得国家正式批号，只在附属医院内部使用。顾铮对这种药物的毒理实验表示怀疑，起初一直没有用，后来吕正荣打了招呼，迫于压力顾铮只好让这种药物进来。

小不点出事当晚，凭职业直觉，顾铮第一时间就想到问题可能出在β-安脑活素上。顾铮从家里赶到医院，一边组织对小不点的抢救一边排查原因。第二天，马炳财获悉小不点意外死亡，知道出了大事，当即采取应对，将已发往各科室的同批次β-安脑活素全部收回做了处理。紧接着，马炳财找到顾铮，要他修改小不点的病历，抹去使用过β-安脑活素的医嘱。马炳财说小不点原本就是脑瘤晚期患者，只要顾铮不承认给她用过这种药，他便可找负责尸检的人出具一份死因报告。小不点的父母不懂医学，不懂得如何取证，即使闹到天上也无济于事。

吕正荣终于又出面了。穆晨锺离开中国后，马炳财成了神经生物教研室主任。马炳财用研究室的牌子搞了许多所谓生物制剂，对内大行贿赂，对外坑蒙拐骗。吕正荣之前收了马炳财的红包，所以才极力阻碍调查组调查，帮助马炳财避祸。他召集事故调查小组听取汇报，指示调查组要以大局为重、以长远为重。要像爱护自己眼睛一样爱护博雅的荣誉！调查组的人心领神会，领命而去。

一周后，调查组答复小不点的父母，说将小不点意外当天所用的药物全部检查了一遍，没有发现什么异常。小不点的父母似乎早知道会有这样的结果，他们直接要求复查β-安脑活素。调査组的人无法相信小不点的父母有如此尖锐的判断力，他们的背后一定有高人指点。这个"高人"对小不点事件的前后经过了如指掌，甚至对其中最关键最机密的部分也了然于胸，他暗中指挥着小不点的父母，不断给他们提供致命的证据，让他们一步步向医院逼近。

可是，这个人的目的又是什么呢？他真的是想帮助小不点的父母讨还公道吗，那他为什么不直接把证据公开？或者，他是顾铮或马炳财的宿敌——是顾嘉辉的、蒋丽英的，甚至是吕正荣的也说不定。要是这样，这个人就一定是医院内部的人。调查组环顾周遭，没发现谁（敢）有这样的企图。一时间，神经外科、博雅医院和学校里遍布流言、充满猜忌。

调查组当然拿不出小不点的父母要求的β-安脑活素。这时小不点的父母却向医院提供了一支β-安脑活素。他们说这一支与小不点事发之前使用的药物是一样的，属同一个批次。调查组查看了病历记录，果然如此。

调查组像头上炸开了一个惊雷！顾铮、马炳财的头上像炸开了一个惊雷！吕正荣的头上实实在在炸开了一个惊雷！也就是说，这个厉害的幕后高人，竟然在马炳财销赃灭迹之前，抢先拿到了最关键的证据。而这个证据，可能置他们所有人于死地！事情发展到这一步，似乎已不是单纯的医疗事故纠纷，而变成一场你死我活的拼杀！吕正荣气愤之极，他明示调查组：第一，坚决否认医疗事故；第二，坚决把这个幕后操纵者挖出来。

在吕正荣看来，这个人不是吃了豹子胆，就是不想要命了，竟敢于和自己为敌，他会让他死得很难看。——直到这时，人们都以为这个足智多谋的隐秘者是一个男人，没有人想到他会是一个文静孱弱的女子。

她并且真的就要死了。

在吕正荣的直接授意下，调查组销毁了小不点父母提供的证据，将那一支β-安脑活素砸碎冲进了下水道，即刻回答小不点的父母：送检的β-安脑活素完全合格，没有任何问题！调查组同时要小不点的父母交纳200元样品检验费。——这也是吕正荣出的主意，他要调查组绝不给小不点的父母一点好脸色。

小不点的父母没有想到会是这样的结果。虽然之前调查组明显有偏袒责任方的迹象，但好歹还在基本的程序内一步一步往前走；而此刻，调查组竟然彻底撕破伪装，一力要置小不点的家人于死地了。面对医院蛮横强势的态度，小不点的父母跟对方发生了严重冲突。于是，吕正荣指示医院保卫科叫来派出所警察，将小不点的父母抓去押了起来，罪名是损坏他人财产和妨碍医院正常工作。

第二天晚上，贺兰突然打电话找我。我去到医院，贺兰匆忙递给我一个信封口袋，求我替她办一件事。贺兰说："我害了小不点的父母，我要帮他们讨还公道！"

原来，那个一直以来隐藏在暗处的，不断向小不点的父母提供重要证据，不断向医院方发难的"幕后高人"居然是贺兰！

我也给这情形吓住了。小不点跟贺兰是同房病友，两人感情好没错，但顾铮也是她的主治医师呢。顾铮为贺兰做了两次大手术，等于延长了贺兰的生命。并且贺兰本身就是神经内科的研究生，她和顾铮不但是医患关系，还是同门的师兄妹，贺兰干吗对顾铮下此"黑手"呢？现在，连吕正荣都牵扯了进来，贺兰这是在玩火、在尖刀上跳舞啊！

贺兰说，最初她并没有要与顾铮为敌，更没有想到事情会发展得这样严重。小不点发生意外当晚，贺兰最先发现危情，她急忙叫来值班医生抢救小不点。小不点的情况迅速恶化，所有的人都手忙脚乱，职业的训练让贺兰本能地做出反应，首先想到要留取小不点的药物以备查。贺兰来到护理部，找出小不点的病历。按照病历上的记录，贺兰将小不点当天使用过的药品全部留了样品，并且到资料室将小不点的整份病历做了复印。

贺兰做这一切时轻车熟路，科里的医生护士也都忙着抢救人，没有注意她。

小不点死后，马炳财为了掩盖实情，说服顾铮篡改了病历，又游说医院医务科免除了小不点的住院费，想以此打发掉小不点的父母。事情原本可能就这样了，然而那天贺兰在护理部又看到小不点的病历，却发现病历记录被撕掉重写了。贺兰不肯坐视可怜的小不点就这样不明不白地死去，她立即联系到小不点的父母，告诉他们医院可能欺骗了他们，要他们向医院提出告诉，小不点父母之后的每一个步骤都是贺兰悄悄指导的。现在，小不点的父母被派出所抓了去,如果贺兰不能拿出有力的证据,他们可能被反诉。所以,贺兰决定拼死也要把真相公之于众。

"可是,这太危险了。"我替贺兰担心,"你知道,吕正荣和马炳财都是很狠的人,收拾对手一点不会心慈手软。"

"那我也不能不管!"贺兰说,"他们这样是犯罪!"我沉默不语,想贺兰说得没错,如果马炳财吕正荣他们的罪行不受到惩罚,还会有无辜的生命被戕害。贺兰已经病得这么严重,生命随时可能离她而去,她还这样坚持公理、坚持正义,她蕴藏在孱弱身躯里的侠骨柔情与刚毅坚强再次迸发了出来,令人感动。

我想我应该替穆晨锤"报仇",叫整过他的那些人受到惩罚。我不怕吕正荣,更不惧马炳财。再有一个星期我们就毕业了。虽然受了青荷的影响,我的TOEFL成绩依然称得上优秀,之前已有三家美国大学的研究所给了我奖学金。即使我不去奥地利,也可以去美国,而这正是我打算的。

我几乎整夜未眠,想着怎样完成贺兰的托付。贺兰当时偷拿了两支β-安脑活素,调查组销毁了一支,现在只剩下一支了。这是小不点死亡案唯一的证据,是揭露真相、揪出马炳财吕正荣的最后机会。

第二天一早,我去药理教研室找梅丹冰,把贺兰告诉我的事原原本本向梅丹冰讲了,我说:"贺兰要我帮她做毒理实验。"药物毒性检验属于药理教研室的范畴,正是梅丹冰的专业。梅丹冰仔细想了想,说:"你把那支药给我吧,我来做。"

"那不行！"我说，"你可不能牵扯进去，你还要在博雅干下去呢。"之前，梅丹冰已经考取了本教研室的博士，不出意外一定会留在科里工作。

"没有别的办法，"梅丹冰说，"这件事不能让别人知道，马炳财的关系可多着呢，弄不好就走漏风声了。"

"可是，你要是掺和进来，吕正荣马炳财他们记恨上你怎么办？"

"那我也不能不管啊！我们做医生的最重要的是要讲良心，小不点那么可爱的一个孩子，这样不明不白地死了，我也不会答应。"

梅丹冰说这话时轻声细语的，却给了我无比的力量。我说："那好吧，我把样品给你，你只管做出分析，别的你就别插手了。"

和梅丹冰分开后，我回到病理教研室。我从实验室冰箱里取出保存的β-安脑活素，又到我的办公室准备给梅丹冰送去。这时，楼道里有人喊我说有我的电话。

来电话的竟是许安阳。我很久没有和许安阳联系，几乎把他给忘了。电话里，许安阳的声音很压抑，他告诉我因为前次在周百威的"换妻派对"上冒犯了他，令他对自己狠下毒手，被公安局以经济罪贿赂罪和走私罪羁押，他的公司被封、财务被查，连家都给抄了。

我一听，脑袋"嗡"地炸开了。我想起上次在周百威的船上，许安阳请求周百威放了我，说为此他肯接受任何惩罚。当时，周百威追问了一句是否当真，原来他在那时就已决定收拾许安阳了。我问许安阳现在的情形怎样，许安阳说很不好。许安阳刚得到消息，他已经被检察机关起诉，即将转入司法程序。

我听了愕然，不知说什么好。许安阳也不容我彷徨，他说：

"舒展，我不能跟你多说了。情况紧急，以后我们恐怕也没有机会联络了。你仔细听我下面的话，我只说一遍：舒展，我不后悔把你从周百威的身边带走。你是一个纯洁的天使，周百威不配得到你。舒展，我很爱你，我从看见你的第一面就爱上了你。当时，你坐在一架飞机的翅膀上，在夕阳的映照下像一个天使。我远远地看到你，心脏的地方竟狠狠疼了一下。为了掩饰我的秘密，我假装严肃批评了你，怪你不该坐在飞机上。如果那时你仔细看我，你会发现我军装底下剧烈的心跳。哦，舒展……

"舒展，我对不起你。我不能给你长久的幸福，却支取了你的爱情。我是有罪的，今天受到惩罚也咎由自取。但是，有一件事我还是想向你说明，虽然我答应过你的父亲，永远不道出实情。你的父亲他很爱你，竭尽全力保护你。你父亲不知从什么渠道知道了我们的恋情，那年夏天他突然来到飞行团，向组织上告发说我利用职务诱骗了你。你父亲很气愤，无论我怎样向他发誓我们之间没有真正发生性关系，你父亲就是不肯原谅我，他要把我撵出军队、要置我于死地。

"舒展，你是知道的，我多么热爱我的军人身份、热爱我的职业,迫不得已我向组织上撒了谎,辩称说你勾引了我,缠着我带你上天。哦,舒展,你那次在电话里质问我,为什么那天早晨没有要你。我无法回答你,我没有脸面对你说,我是怕伤害到你的纯洁。舒展,我之前对你说过,虽然你认为我那天没有动你是贻害无穷,但我坚信我做了一件正确的事。如果说我们的爱情从一开始就是错误,从来就是错误,那么这是这其中唯一一件正确的事。

"舒展,上面这些话都不重要,下面的话你要听好,要用心记住。第一,你要爱惜自己,爱惜你的身体,不要挥霍它、践踏它,要把它留着给一个值得你爱的人。第二,不要为难你父亲,他做了一个爱护女儿的父亲应该做的,你也要爱他。第三,我给你留了一些钱。我的家被抄了,全部财产都被查封,但有一笔钱我放在了另外一个地方。它是我在深圳掘到的第一桶金,对我意义非凡,所以我一直保存着没有动。这笔钱数额不算多,但足够你出国留学和将来创业的基金,还够你给自己置办一份像样的嫁妆。我希望你收下它,我受到的惩罚已经可以洗刷它的肮脏,它们是干净的。你记住,银行的密码是那次在蓝天上,我吻你的当时我们飞机所在的经纬坐标的头三个数字。第四……第四……啊,没有第四了。如果有,舒展,你能允许我能再叫一声你的小名么?能允许我还能再说一声'我爱你'么?闹闹,我真的很爱你!"

嘟,嘟,嘟……嘟,嘟,嘟……

我像一块被液氮冻住的标本，僵硬地立在那里一动不动。不能行动、不能思维、不能让心感到痛。

恰在这时，电话又响了起来。我以为还是许安阳，急忙抄起听筒喊："喂？喂？"

对方是收发室李大爷，他说门口有我一份特快专递，深圳来的。我听"深圳"两个字，放下电话便向学校门口跑去。我拿着信封往基础楼走，路过翠湖时在一块山石旁停下。我看左右没人，撕开信封，一个卡片掉出落进草丛里。我拾起来看，是一张招商银行的自动存储卡。许安阳人在看守所里，居然还这样料事如神，时间掐算得分秒不差，没法不叫人佩服。许安阳一直是一个要把握命运的人，他唯一没有把握好的，就是对我的爱情。这一点毁了他的人生。

我正想着这些乱七八糟的事，传呼机忽然叫了起来。我一看，是梅丹冰找我，问我为什么还没把β-安脑活素送过去。我连忙跑回教研室我的办公室。

可是，书桌上，我之前放着的β-安脑活素却不见了。

我顿时惊出一身冷汗！我第一个想到的，是有人将它偷走了。忽然，我的脚下踩到什么，我低头看发现一支破碎的安泡。我弯腰拾起，竟就是那支β-安脑活素的玻璃残骸，而药品已经流失殆尽！

我的脑袋又大了一下，"嗡嗡"作响。我想这下完了，那是贺兰唯一的证据啊。我记得清楚，离开办公室时我特地将它卡放

在一本打开的书中间以固定,它怎会掉到地板上呢?我看着想着,猛地,心里一惊,脱口喊道:

"小白!小白——!"

房间里很安静,没有一点回应。

我收养小白很久,和它建立起深厚的感情。小白是一只极聪明的豚鼠,我后来就将它放出笼子散养,允许它在房间里自由活动。平时我到办公室,小白远远就能嗅出我的气味,我一开门它就会过来迎接我跟我亲昵。可是,我才注意到,我从刚才进屋,一直没见小白的影子。

一个不祥的念头猝然袭来:小白出事了!

我喊着小白的名字,翻箱倒柜,几乎把办公室所有的家具都挪动了一遍。最后,我在书架后面的角落里发现了小白。

它已经死了。

小白眼球严重地充血外凸,舌头耷拉在外面,嘴角渗出鲜红的血丝,身上遍布出血点。我猜想,可能是小白在我办公桌上玩耍将β-安脑活素的玻璃安泡碰落到地上摔碎,而它又误食了洒出的药液,中毒身亡。

我有大约3分钟的思维空白。大脑停止思维的同时,我的双脚已经离开了办公室。我捧着小白的尸体向动物房走去。我把小白放到手术台上,转身去配生理盐水和灌注固定液。几乎就是本能,我木然而熟练地解剖了小白的尸体。我取出小白的大脑和肝肾器官,将它们保存到福尔马林液里。

做完这一切，我收拾手术台上小白零落的残肢。直到这时，我才仿佛确认小白它已经死了。眼泪夺眶而出，肆意地流淌在脸上。

传呼机又发出振动，是梅丹冰的，她一定急坏了。我索性关掉传呼机，回到办公室把自己反锁了起来。

结束前的仓皇

我离开基础部大楼，径直向行政楼走去。我上到三楼，找到挂着"党委书记"标牌的房间，敲门进去然后反锁上了门。

吕正荣诧异地看着我，半张着嘴不知所措。良久，他困惑地眨了一下眼睛，接着就又困惑了。我在吕正荣的困惑中看到了我希望看到的，高度污秽和高度近视的镜片放大了他眼睛里的贪欲。我和穆晨锤的事闹出来后，吕正荣曾恶毒地诅咒穆晨锤，愤恨他"又老又驼背的样子"，居然"艳福不浅"。在吕正荣看来，如我这样青春勃发的性资源是应该他首先享用的，穆晨锤哪里配得上消受？

我可以让吕正荣消受吗？在来之前的路上，我对此是毫无疑虑的。我打碎了贺兰给的β-安脑活素样品，失去了揭露马炳财吕正荣的最后机会，也失去了可爱的小白。悔恨之极，我想到来找吕正荣，我要跟他做一笔"交易"。如果我允许吕正荣进入我的身体，我就能获得反制于他的把柄。与自己头上的乌纱帽和屁股底下的金交椅相比，吕正荣一定会放弃对马炳财的保护。只要马炳财失去了吕正荣撑腰，即使没有β-安脑活素的毒性实验报告，单凭既有的事实也可以告倒他。谁让马炳财那样对待穆晨锤呢，他本身就是一个坏心眼的人，他必须为自己的卑劣负责。

至于吕正荣，他一样也要为自己的罪孽抵债。对于一个党务干部，作风问题往往是撕开他诸多问题的导火线，是让他致命的第一粒子弹。我反正要出国了，不介意在博雅的名声。——我原本名声就不好。

再说，我一直渴望完成"V计划"，却总是不能够。这样正好，若做成了这些事，它还要更值得。

吕正荣从桌前站起，朝我走了过来。吕正荣不傻，他从眼睛里也看出了我的意图——或者说，他误解了我的意图。吕正荣伸手松了松领口下的领带，下意识地捋了捋那根长东西。符号学家说，男人打领带是天生性欲和征服欲的公然外露。想到这儿我笑了一下。我想要是那样，那岂不满大街都是雄起和裸奔的男人？

一想到雄起，我忽然反了胃，一阵恶心涌了上来。我记起那次在党校宿舍里，吕正荣让我看到的他那截"皮样手套"一样丑陋的性器。那是我见过的最难看的性器，它细软多皱，色泽暗淡，浑身散发着腐败的气息，你简直不相信它是一截活物。

吕正荣的手离开领带，向他的下体摸去。我忽然恐惧，生怕他又将那东西掏出来。我不是怕那东西本身，或是怕它增粗长大，成为一条真正的阳具；我反倒是怕它不能长大。我吓得往后退了一步惊叫了一声。我的叫声暂时制止了吕正荣，他停下来观望我的反应。

我又后退了一步，几乎抵住了门。我在心里鼓励着自己，用之前巨大的仇恨鼓励着自己。可我越鼓励心里越恐惧，越恐惧心里越厌恶，到后来竟然真的有了胃肠反应，呕吐起来。吕正荣这时已经走到我面前。我一下没忍住，"哇"地一声将宿夜的食物混着发酵的牛奶和果汁，一点儿不剩全吐到他的身上。吕正荣被我的举动吓住了，他怎么也没想到，我来找他就是为了冲他呕吐。吕正荣立即又变得污秽和腐臭，愣愣地站在那儿。

趁着这个空当，我返身拧开门，夺路而逃。

那以后，我再也没看过《法医学图谱》和类似的东西。吕正荣用他没有拿出的性器，治愈了我对那些东西的恐惧。

我在翠湖边转了很久，直到把想吐的欲望安抚回肚子里，把自己清洁干净。

我又回到基础楼。已经过了下班的时间，大楼里冷冷清清几乎没了人。我去药理教研室找梅丹冰，梅丹冰等不到我已经离开了。我重新开启传呼机，里面有梅丹冰的三条留言和贺兰的三条留言。她们都在找我，但我无法面对她们。

我返回科里，十分沮丧。路过尚尧办公室，房门玻璃里透出灯光。我忽然想见尚尧，便推门进去。尚尧办公室的外间空无一人，里间的门关掩着。我没有多想，压下把手推开了房门。

蓦地，一幅场景扑面而来：丁薇面对面骑跨在尚尧身上，两人正忘情地拥吻。半年前,丁薇与他父亲手下的一名技师闪电结婚,不久肚子就大了起来,再不久大肚子又没了。学校里流传着难听的传闻,丁薇也似乎受到打击,人突然间增肥了许多,像一个更年期的女人。尚尧和丁薇看见我都愣住了,而我像完全没有看到丁薇的存在,径直走到尚尧前面对他说:"教授,我有话跟您说。"

尚尧原本可能想对我发火,但看到我失魂落魄的神情又改了主意。尚尧推了推还赖在他身上想向我示威的丁薇,脸色沉了一下。我看着丁薇离去的背影,想起三年前我也是在这个位置,从丁薇离去的背影上顿悟了辨别处女的眼光。当时我还为此吃醋,想想真是幼稚。我从丁薇的背影收回目光,转头对尚尧说:"教授,我犯了一个大错!"

我把小不点意外死亡的事情经过原原本本告诉了尚尧,我说:"我弄没了贺兰手里唯一的证据,我现在怎么办啊!"

从我唐突闯进房间那一刻起,尚尧一直凝视和倾听着我,丝毫没有为之前的尴尬而感难为情,仿佛他专门为了等我才在这里坐着。尚尧待我断续说完,问道:"那只死亡豚鼠现在在哪里?"我说我给它灌注了固定液,取了器官标本。

"你这样做是对的,很好。"尚尧简短地夸奖了我,接着又问,"那支β-安脑活素的残骸在哪里?"

"啊,我忘了收拾,还在我办公室。"我说。

"你带我去看。"尚尧说着从大班椅里站起,取下白大衣麻利地穿上,不等我缓过神儿,先就开门走了出去。

尚尧检查了小白的心肺肝肾脑等器官,初步判定小白的死系药物中毒。尚尧要我把小白的器官做冰冻切片,然后做抗原抗体孵育。尚尧又到我的房间看了地上的β-安脑活素玻璃碎片,要我用消毒瓶将它们收起来保存。我都照着做了。最后,尚尧说:"这件事基本上就这样了。等你的实验结果出来,我来写这个报告。根据这些证据,应该可以认定是一项责任事故。"

"教授,这么说,您答应替小不点做主?"我惊异地问。

"当然,发生这样的事,每一个人都应该站出来主持公道。"

"这件事牵进去了很多人,还有学校的上层,您不担心……"

"你把我看成什么了!"尚尧板起面孔说,"我是一个科学家,一名医务工作者!"

"可是,我以为……"我心里想着事情,嘴上就支吾起来。

"你还是不了解我啊!"尚尧半是玩笑半是认真,强调说,"我是一个有原则的人,人命关天的事,我是一定要管的。"

尚尧实在聪明,竟知道我刚才想到了那次贾鸿图破格晋升弄虚作假,尚尧并没有出手帮助穆晨锤。因为这个,我对尚尧产生看法,拒绝他的求欢,还不客气地说了他。尚尧当时没作反应,可这一记就是三年,今天到底说了出来。

尚尧肯在这个时候出面给予支持,对我是莫大的安慰。就如一年前我遭遇"桃色事件",穆晨锤又撇下我偷跑出国,我内外交困被众人所指，当时也是尚尧挺力出手给了我容身之地。尚尧平时多情而轻佻，为人又精明、敏感，不讲情面；但他这两次帮我，却如同救命，绝非一般人可以有的胸怀和胆识。比起穆晨锤的执著和专情，尚尧这样的男人也有他感人和动人的一面，也不全是冷漠和薄情呢。

我脑子跑了神儿，想到当初若是我没有在那个夕阳西下的傍晚看到穆晨锤的名字投考他的研究生，我从一开始就跟了尚尧，那后面的情形会是怎样呢？我会和尚尧产生感情、发生关系吗？我想一定会的。——要是那样，会不会比我跟穆晨锤的这一段更好呢？

也许会呢，我想，尚尧还是一个值得爱的男人。

这样想着，我不禁上前一步拥抱了尚尧。我将身体贴住尚尧的身体，尚尧也抱住了我。尚尧看了我片刻，随即吻住了我。我回应着尚尧，手伸向尚尧的下体。

我一下就碰到了那里。尚尧的那里，已经无比地坚硬了起来，并且火热。

"噢，教授！"我被尚尧的身体刺激得动了情，忍不住呻吟了一声，动手去做下面的动作。

"噢，不！舒展！"尚尧忽然反手抓住我，固定住了我。我愣愣地看着尚尧，尚尧将我的手从他的身上拿下，推开我到一肘的距离："舒展，我告诉过你的，我是一个有原则的人。"

"我没说您没有原则啊。"我不知尚尧在说什么。

"看来，你真的是不了解我。"尚尧放开我，和我面对面地站着，摇头笑说，"我跟你说过的，我不做'交易'。"

"我没有做交易啊。"听到尚尧这样说，我手足无措一头雾水。

"'感激'我也不要。"尚尧说，"你不必用这种方式感激我，你不欠我什么。"

我的脸"刷"地红了，几乎无地自容。尚尧真是太敏锐、太犀利了，居然看出我心里复杂的情感波动。而这些，有时是我自己都难以体察、难以说清的。我刚才对尚尧的冲动里面确实有投桃报李的成分，但不能说全部都是感激，应该还有爱意在里面。尚尧这样讲，我也不好意思辩解。因为就在十分钟前，我还撞见尚尧和丁薇的缠绵。此情此景，即使我对尚尧心有爱恋，自尊也不会让我说出口的。我默然站在尚尧面前，一时不知进退。

尚尧又看出我的心思，他亲昵地拍了拍我的脸颊，说："对不起，我刚才的话不全是那个意思。我知道你喜欢我，我也喜欢你，你知道我第一次想要你是什么时候吗？那次在尸体房，你给那个死者剥脸皮时跌倒了；但你在身体失去平衡的状况下，仍然完成了必要的操作，把他的脸皮固定在下颌上。这个细节让我对你十分满意。你当时倒在我怀里，一缕阳光从天窗射进来，笼罩住了你。我看得到你脸上细密的绒毛，在阳光下熠熠生辉。这层闪光的绒毛刺痛了我的眼睛，那一刻我就喜欢上了你。"

"我记得那件事。几乎就是那次，我差点儿相信了人是有灵魂的。"

"坦白说，我一点都不怀疑我将得到你，——但不是现在。"尚尧把我揽在怀里抱了一下，又放开，"现在，你还是一个处女，你身体里的灵魂还在沉睡。它不应该由我来唤醒，应该由一个值得你爱的人来唤醒。我已经老了，我是一个老头子啦。"

"您怎么知道……"我惊叫，欲言又止。

"傻瓜，"尚尧俏皮地抬了一下我的下巴，笑说，"一个姑娘和一个女人太不一样啦，这谁都看得出啊。"

然而，当我赶去医院找贺兰，贺兰却突然翻脸，说我打碎了样品，这样一来没有了证据没法帮助小不点的家人，她只有中止行动。我说我保留了样品残骸，给小白做了病理实验，已经把损失降到最小，况且尚尧答应出面写报告，这远比原先贺兰一个人偷偷摸摸地调查取证有力量得多。

可是，无论我怎样向贺兰解释，贺兰就是不肯再继续下去了。贺兰是一个文静的姑娘，从没有发过那样大的火，几乎歇斯底里。第二天，梅丹冰也来劝说贺兰，可贺兰依然固执己见，毫无商量的余地。

贺兰如此激烈和决绝的态度叫我难以接受，这样一来小不点的冤死不能得到伸张，责任就全在我头上了。我不知道贺兰是怎么想的，她一向就这么古怪，而且意志坚定、不可动摇，就像穆晨锤一样。梅丹冰说，也许贺兰又顾及到顾铮，想到他对她的救命之恩吧。

我和贺兰的关系也再次变得尴尬。后来，听说小不点的父母撤掉了对医院的指控，他们同时又额外得到5万元的抚恤金。至于医疗责任，谁都没有再追究，顾铮和马炳财都安然无事，只有那个叫崔美瑛的护士离开了医院。

很快，一切又归于平静，就像什么都没有发生过一样。

罗艺兵要去美国了。罗艺兵夏天博士毕业，联系到明尼苏达州州立大学医学研究所读博士后，决定离开博雅。临走之前，罗艺兵请我吃饭。席间，罗艺兵告诉我他将和沃尔克一同回美国。我说："唔，沃尔克也回去吗，他还来不来？"罗艺兵略一沉默，说："舒展，这件事我必须告诉你。也许你会恨我，不肯原谅我，但我一定要告诉你，——我现在，和沃尔克在一起了。"

"什么？"我嘴里含着一块蜜汁排骨，咀嚼妨碍了我的听力。

"我现在和沃尔克在一起，我们已经有一段时间了。"罗艺兵又说。

"'在一起'是什么意思？"我吞下排骨肉，舔着嘴角的浓汁。

"'在一起'就是……就是我跟他好了。"罗艺兵很困难地说。

"'好了'是什么意思？"我又问。我这时已经有些明白了，只是不能确定。

"'好了'就是……就是……舒展，你知道我的，我一直是这个样子。"

"'哪个'样子？"我发觉自己在明知故问，见罗艺兵露出窘态，又觉得不厚道，咕哝着说，"主任不是治好你了么？"

"那没用的！"罗艺兵颓唐地说，"这个世界上，谁都改变不了谁。"

"那沃尔克呢，他难道也和你一样？"

"沃尔克是后来发现的。"

"什么时候？"

"就是那次他到研究室来给你送花。你当时不在，我替你收下了，就是那次。"

"就是说，那次你俩就好上了？他追求我只是一个幌子，为的是和你接近？"

"当然不是。舒展，你千万别么想！我发誓，我们是他跟你分手后才好的。"

"他跟我分手？也就是说，沃尔克是为了你才跟我分手的是吗？"

"是这样的吧。"罗艺兵低下头，说，"对不起，舒展。"

啊，真是讽刺！我还以为是我甩了沃尔克、跟他分手，原来竟然是他心里有了别人——这个人还是一个男人！我回想和沃尔克在一起的情形，难怪他从来都彬彬有礼客客气气，没有对我有过任何冲动行为。我当时还觉得那是沃尔克的教养，就在不久前我还试图"勾引"沃尔克，让他帮我完成"V计划"！

"为什么告诉我这个？"我问罗艺兵，"你完全可以不告诉我。你们悄悄去了美国，接下来的事谁都不会知道了。"

"我必须要告诉你。你是我最好的师妹，我不想失去你。"片刻，罗艺兵说，"舒展，你会来美国吗？"

我一时难以回答。我原本很生穆晨锤的气，已经决定和他分手。但这段时间发生了这许多事，它们让我重新审视和穆晨锤的过去，我又觉得穆晨锤其实还是一个好人，对我也是真爱。我要是不跟他，他的未来真的会很凄凉。

"舒展，有一句话我一直想告诉你。"

"嗯……"

"你不要去奥地利，还是来美国吧。"

"干吗？"我听出罗艺兵的弦外之音，感到诧异。

"舒展，医患关系最好不要发展成别的关系，那样是危险的。"

"什么'医患关系'？谁跟谁是'医患'？"

"我跟主任就是'医患关系'。"罗艺兵巧妙地回答。我知道他说的是我和穆晨锤。穆晨锤为了治疗我的心理病症才收我为研究生，这件事罗艺兵是知道的，他也知道我和穆晨锤后来恋情的缘由始末。

"主任对你不是很好吗，他对你的爱护真是有目共睹，谁都看得出。"

"是啊，就是太'有目共睹'了，对我才是一种压力，是背上永远的十字架。"

"主任并没有要你感激他啊,他对你完全是无私的。"

"就因为是'无私'的,这个债才永远还不清。——但实际上,谁对谁都不可能真正无私。"我想到之前穆晨锤是曾反复向我提过他帮助罗艺兵的事。那样的话说得多了,倒也让人觉得他确实拿这事儿当一回事。

罗艺兵又说:"舒展,听我一句话,'感激'不是爱情,'依赖'也不是爱情,'需要'更不是爱情。你还年轻,重要的是寻找到真正的爱情,别的都不值得你用爱情去交换。"

我看着罗艺兵,半天没有答话。

罗艺兵走后的第三天,穆青荷启程去了英国。穆晨锤为青荷联系到一家语言学校,然后准备让青荷考护士学校。在英国,上护校是不花钱的,而且还有津贴,出来也好找工作。青荷对这个安排很满意。青荷不爱学习,好动,可我心里有些难过。我想穆晨锤要是再多有一些钱,他是不会让女儿去读护校的;但因为我,辜负了女儿。

青荷走之前,我拿着许安阳送我的银行卡到自动取款机上想看看能不能取出一些钱来送给她。可是,我怎么也记不起我和许安阳在蓝天上第一个吻时的经纬度坐标。我试着输了几个数,机器显示都不对。我更不敢去银行柜台取款,我不知道许安阳的案子进展到什么程度,怕他的一切都已被监视。我拿着银行卡无所适从,我想许安阳果真是爱我的,他居然记得我的初吻,并且记了这么多年。

这样想着，我又觉得对不起许安阳，害他到今天这步境地。

我最终什么也没有给青荷。我很抱歉，我毁掉了青荷的家庭，夺去了她的父亲，还使她和母亲断绝了关系。——我那晚去看望青荷，恰巧刘苏娜也过来看她。刘苏娜从别人那里得知女儿即将出国，她大约带了一些礼物，可能还有些钱。但青荷没有让母亲进门，很不礼貌地回绝了刘苏娜。

房间里，只有我和青荷两个人。那一刻，我对青荷产生出从未有过的感情，想要和这个孩子共度一生。因为青荷的离开，我改变了之前的想法，决定去奥地利跟穆晨锤在一起。

我，青荷，穆晨锤，我们三个是一家人。

穆晨锤得知这个消息激动万分，他从奥地利给我打来电话，说："舒展，我就知道，你是一个好姑娘。你是爱我的，你不会离开我，你最最爱我了，是吧？"

说实话，我现在已经不习惯听穆晨锤说"爱"字了，宁可他不要这样讲。但是，无论怎样，我持续了十个月的"V计划"，还是宣告了流产。

我依然带着我的贞节，让它成为我身体的一部分。我生活的一部分。

说你们，我自己都讨厌我、看不起自己。是的，我堕落、下流、胡来，可我为什么？我怎么愿意这样？我怎么不知道羞耻？你们谁做过'小姐'？谁会为了300块钱跟一群男人整夜喝酒，然后被他们轮奸？你们谁做过人流？谁知道刮宫器一次次伸到身体里去的那种痛？"

"白灵！别说了，你需要安静。"我试图安慰白灵灵。

"啊，我知道！这些滋味我都知道！我真的就那么贱么？不是！我只是不甘心！舒展，你生活在城市，你不懂在我老家那个地方，女人的命有多么苦。她们一出生就命定了属于男人，四五岁就开始干家务，十来岁就嫁人。到了男方家，白天累死累活不说，晚上还要当男人的出气筒、泄欲工具。在我们那里，男人死了女人必须一辈子守寡，女人死了立即就有人给男人张罗再婚。为什么？凭什么？好多城里的画家艺术家到我们那里来采风，夸我们那里民风淳朴，秉承中国传统美德。去他娘的狗屁美德，女人守寡就是美德，男人胡来就是本事，什么混账逻辑！"

"白灵！你冷静点儿！"白灵灵的脸色越来越白，我强制她不要说话。

"不，我要说。也许我过不了这一关，你让我死之前把话说完。"白灵灵奋力挣扎着，说，"我妈妈就是个寡妇，她一个人拉扯大我们姐弟三个，受尽了苦。我从小就发誓，将来决不要过妈妈那样的生活，就是卖身做妓女，我也要过好日子。告诉你，我初三就不是处女了。我把第一次给了我们学校的教务主任，就在他办公室，前后不到3分钟，连衣服都没脱。完事后他给了我一张报考县一中的推荐表。结果呢，我上了全县最好的高中、考到博雅到了北京。你会说我无耻，是吧？可如果男人不无耻，我怎么会无耻？我就是在这样无耻的环境中长大的，我不无耻谁无耻？"

我立在白灵灵的床前，不知不觉中已泪流满面。大学同学7年，我从未试图走进白灵灵的内心；而她也从不向人示弱，一副要强的样子。可是，我没想到，她的生命里也有如此深刻的痛。

"舒展，还有一件事，我知道你一直不原谅我。因为我，你和穆晨锤有了那么大的矛盾。其实，我不是真的喜欢穆晨锤，我是因为恨。我恨穆晨锤，因为他阻挠贾鸿图的晋升。我以前发过誓：谁阻挡我的好事我就让谁好看。我还恨他对你那么好，拼了命也要保护你。我身边就没有这样的男人，我身边的男人永远只想一件事，那就是上我和我发生关系。我嫉妒你。舒展，我对不起你！"

"别说了，"我擦掉脸上的泪，说，"安心手术吧，我在外面等着你。"

我坐在四合院外的墙根儿底下，一边等白灵灵，一边看着早晨一点点到来。我一直是不喜欢白灵灵的，我想我将来也不会喜欢她。我们的背景不同、家教不同，道德认知价值体系都不相同。可是，7年啊。我们人生中最光彩照人的一段岁月是在一起度过的。单凭这一点，我就无法拒绝她。

这个清晨,我在城中一条胡同的墙根儿底下明白了一件事:无论我喜不喜欢白灵灵,我已经认了她了。

白灵灵还是受到了"惩罚"。给白灵灵做手术的是一家私人诊所,白灵灵手术不彻底,回到学校后又继发大出血,到附属医院做了二次手术才保住性命。

因为多次人流和手术感染,白灵灵再也不能生育了。白灵灵虽然生性放荡,骨子里却是极传统的,最大的愿望就是有一个家庭,将来儿女成群。在妇产科的术后休息室里,白灵灵得知自己将不能再有孩子,竟扯断了输液管和引流管,从床上翻滚下来,最后昏倒。

深夜,白灵灵苏醒过来,看到妇产科主任林姝一直守候在床边。林姝给白灵灵喂了些流质食物,轻声对她讲起自己的经历。林姝出生在一个封建世家,父母早早为她定下了婚姻。后来林姝识字读了女校,一心向往现代思想,不肯接受自己的命运。为了和男性一样获得求学的机会,林姝出走家庭,发誓终身不嫁。林姝是中国第一位执业西医的女性,创建了辉煌的医学事业,享誉世界。

"可是,我也有后悔。"林姝对白灵灵说,"我亲手接生下那么多孩子,但自己没有生一个。看着新妈妈抱着自己的孩子给他们喂奶的情景,我觉得那真是世界上最幸福的事,可我却放弃了这种幸福。我所以认了,因为这是我自己选择的人生。孩子啊,我们都必须为我们的人生负责,不能后悔!"

毕业典礼在一个阳光灿烂的日子举行。

315宿舍只有三个人参加了这个仪式。——学校最终还是知道了白灵灵的事,开除了她的学籍、取消学位资格。贺兰也不是自己来的,她躺在担架车上被送到会场,由梅丹冰和我用轮椅推着走上授领台。

我们穿着肥大的学位袍,头戴方形帽,一本正经地从学校校长手中接过扎着红丝带的学位证书,接受他仪式性地把我们方形帽上的黄色流苏从一边移到另一边。四周掌声雷动,许多学生都哭了。我也哭了,回想着7年前第一次走进博雅时的心情。那时,我像一只突破藩篱的小野猪,浑身洋溢着蓄积已久的冲动。我相信,我的人生从此开辟了一番广阔的新天地,来日方长、光阴可待,命运女神会眷顾每一个年轻的孩子。世界是你们的,也是我们的,但终究是我们的啊!

可是,现在,我能说什么呢?为了这样的时刻,我和我的同学们心甘情愿地交付出我们生命中最美丽的一段时光。7年间,我记不清我有过多少忧郁和惆怅,也记不清流过多少泪了。人生如罗马广场,四通八达。但每个人终其一生只能走一条路。

为什么我走的是这一条路,而不是那一条,另外的那一条?

晚上,贺兰把梅丹冰、我和白灵灵请到病房,说要开一个小型的聚会。贺兰的癌症又扩散,第二天她将再次接受手术。

贺兰的头发已经被剃掉,青白的头皮在冰凉的日光灯下闪着古怪的光芒。前两次手术留下的暗紫色缝合针眼仿佛响尾蛇幽暗的啮印，令人不寒而栗。但这丝毫未能掩饰贺兰的美丽和动人的神情，贺兰看上去像一个被赋予了灵魂的女神雕像，庄重而神情高雅。

那时，贺兰已经决定自杀。她一切都准备好了，但一点儿风声都没有透露，谁都没看出来。

我后来想，其实，我们应该看得出，如果我们有一点点经验和世故，我们应该注意到贺兰那天不同寻常的平静和美丽，发现她的可疑之处。一个人，只有当他（她）将生死打通，并决定以生赴死，他（她）的脸上才会呈现出那种样子的平静和美丽，毫无焦躁、没有渴望，满足且居高临下的幸福。

那晚，在病房里，贺兰第一次主动提到姜健雄的名字。

"没错，姜健雄是我的男朋友，他在新疆一所监狱里服刑。"贺兰说。梅丹冰、我和白灵灵面面相觑。"我们从七年前就在一起。原来，还有倪娇娇、张静和欧文珮。我们不一定是最要好的，你们也知道，我一向不太会跟人相处。但是，现在回想起来，我的整个大学时代就只有你们几个人了。过了今晚，你们也会离开我，所以，有些话我想在今天说了。"

贺兰顿了顿，接着说："你们记得刚读研时，有一次晚上熄灯以后我们开'卧谈会'，谈到什么是女人'最大的财富'。当时我们聊了很多，张静说是智慧，白灵灵说是美丽，梅丹冰说是好的性格——呵呵，舒展那时还小，对这个话题不感兴趣，自己睡着了。我觉得，女人最大的财富就是她心中有爱。我已经8年没有见过姜健雄了。我父母不允许我见他，因为他是一个囚犯。为了这个，我父母双双提前退休回到上海。这样，我就没有可能去新疆了。我父母严格限制我的生活费，我所有的生活用品他们都从上海寄给我。他们不给我一分钱，他们怕我攒钱去新疆。"

贺兰的头又疼起来，她不得不停下，皱着眉等待阵痛过去。"我父母猜对了，我一直在偷偷攒钱，可是新疆太远了，这笔钱我很难攒够。后来，我发现了白灵灵卖东西的钱，——是的，我做了可耻的事。那些钱散在床上，我怎么也控制不住不去拿。因为……因为……我太想见到我的男友了。"

贺兰长吁一口气，摇头说："看来，这个愿望我可能实现不了了。"

我和梅丹冰、白灵灵都愣住了。我们怎么也想象不到，那桩让人费解的"失窃案"背后，原来隐藏着一个如此沉重的秘密。梅丹冰说："贺兰，你应该告诉我们。至少，我们可以帮你一些。"

贺兰笑了一下，说："不可能的。有些事永远只是自己一个人的事。别人不懂，也不可能懂。"

贺兰的目光很宁静，丝毫没有忏悔、负疚和祈求原谅的渴望。"不过，我还有一件事，要请你们帮忙。"贺兰说着，从床头柜上拿过装着她的胶质瘤标本的广口玻璃瓶，对梅丹冰说：

"丹冰，请你答应我，如果有一天我不在了，替我保管这个瓶子，等姜健雄来时交给他。"

一下子，贺兰把我们都说哭了，梅丹冰推开贺兰的手，说："贺兰，你别这么说，你会好起来的。你会有很多很多的日子，很美好很幸福的生活。"

贺兰又露出艰难的笑容，痛苦地摇摇头，说："我也渴望好起来，但我的病我自己最清楚，你们也不用安慰我。别人不明白，我们学医的还不明白吗？"

"那你也不用现在给我啊，"梅丹冰流着泪说，"我就留在学校，我会经常来看你的。"

"我已经在手术单上签字了。"贺兰说，"你们知道，这种手术危险性很大，我们不必避讳，我必须把这件事托付好了才能放心上手术台。"

梅丹冰擦了擦眼角，接过标本瓶抱在怀里。贺兰看着玻璃瓶里像海葵一样漂浮的大脑标本，平静地说："将来，你们见到姜健雄，替我告诉他，我一直爱他——到死都爱！"

第二天早晨，值班护士来叫贺兰去手术时，发现了她已经冰凉了的尸体。贺兰给自己注射了致死量的杜冷丁，摆脱了一切疼痛。

可是，贺兰从哪里得到这种被严格控制的毒品类药物，是令大家都感到惊奇的。学校就此展开调查，调查才刚开始，顾铮便主动投案。原来，在之前小不点医疗事故期间，贺兰的身体又出现症状。就在贺兰给我β-安脑活素证据，要我回来做毒理实验那天，贺兰拿到检查报告，显示她的脑癌进一步恶化，需要再次手术。得知这一消息的当时，贺兰就决定了结束自己的生命。姜健雄有17年的刑期，贺兰知道等不到那一天；如此，这一次次的手术就毫无意义了。恰巧我不小心弄坏了药物样品，贺兰便假意责怪我的过失，拒绝再为小不点的事出力。与此同时，贺兰去找了顾铮。她把她收集到的小不点死亡的全部真相向顾铮摊牌，以此为要挟要顾铮给她提供杜冷丁针剂。贺兰撒谎说是自己癌症实在太疼了，需要杜冷丁止痛。顾铮虽然也有怀疑，但迫于贺兰的威胁，他只得按照贺兰的要求从科里专控药房中偷取出杜冷丁来给她。

接着，贺兰劝服了小不点的父母放弃继续申诉。她同样欺骗了他们，隐瞒了自己决意轻生的想法，而是说他们这样势单力孤地与整个医院对抗，必不会有好结果。贺兰又通过顾铮做工作，要马炳财给小不点的父母追加赔偿了5万元抚恤金。小不点的父母只好认命，黯然离去。之后，贺兰将她手里的小不点的病历复印件交给顾铮，又问我要去了β-安脑活素安瓿的玻璃碎片给顾铮看，告诉他她已经把最重要的证据毁掉了。——这是贺兰向顾铮撒的最后一个谎。

整个过程中，贺兰一直在撒谎。但她冷静、温和、绝情，所以所有的人都被她骗了。她做得成功，非常漂亮。顾铮也在向学校自首时隐瞒了最核心的真相，只说贺兰撒谎为止痛向他讨要杜冷丁,他考虑贺兰是本校研究生,对药物使用应该有分寸,所以违规给了她一些,没想到她偷偷把药品攒起来,是要用来自杀的。这样的解释听上去还算可信,学校也不想把事情闹大,只是撤了顾铮神经外科副主任的职务,作为惩处。

至于之前闹得厉害的"小不点事件",学校到底也没能弄清背后的主使是谁。知道这件事真相的只有顾铮、尚尧、我和梅丹冰——还有死去的贺兰,她是这一出谜案的导演和第一主演。

因为不了了之,吕正荣和马炳财并没有如我期待的被小不点的案子扳倒。吕正荣在我离开博雅后的第二年正常离职、全身而退。马炳财的运气更好。那一个阶段,国内生产生物制剂成风,违规药品引发许多医疗事故,政府终于痛下决心进行整治。马炳财因为小不点的事被迫收了手,这不但救了他一命,他转而又瞄上中老年保健品市场,抢先进入,后来竟赚了大钱。

最倒霉的是顾铮。顾铮独自隐藏着小不点的死亡真相,这令他精神备感压力,加之贺兰的自杀也与他有直接关系,他在心里不能原谅自己,一年后终于难以承受,辞职出国去了欧洲。顾铮最后定居挪威,在一家大学研究所里做技术员。顾铮原本是一名前途无量的神经外科医生,但他再也没有勇气拿起手术刀了。

顾铮的母亲蒋丽英也受到牵连,提前退休,在一次交通意外中丧生。

又过了一些年,国家终于通过保护弱势者权益法律,宣布凡发生医患纠纷,患者一方不必承担举证责任,而应由院方负责提供一切免责证据。这个法案从酝酿到最后通过，很大程度上有赖政协委员、博雅医学院教授尚尧院士的积极推动。促使尚尧提出这个法案的最初缘由，就是已经被人淡忘了的"小不点事件"。

这时，我早已离开博雅。我和梅丹冰处理完贺兰的后事，便离开了学校。

我的大学生活，我风华正茂的青春时代，就这样匆匆地结束了。

空空荡荡的坟茔

去奥地利的签证已经办好，我就要走了。

下午，陈子东突然来找我，叫我准备一下第二天去西藏。

这次出国，我是打算不再回来了。这样想着，走之前就很想去一趟西藏。我一直记得五年前在青海湖畔见到的那位磕着长头去朝圣的藏族阿妈。我当时对自己许诺，有一天，我也要沿着阿妈朝圣的足迹，去那个离天堂最近的地方看上一看。

我把我的想法告诉了陈子东，要他帮忙。陈子东通过在总后勤部一位朋友的关系联系到一个进藏采风的媒体团队，他们一路上由部队协助交通住宿，他们便同意带上我。

原本我第二天要去公安局注销户口。陈子东说："得了！您受累再当几天我们中国公民吧，去西藏回来再说。"

我去了西藏，回来后一切都变了。

在我离开北京的20天里,陈子东接连给我家送来7封奥地利的来信。

这些信件并没有在一开始引起我父亲的注意,坏就坏在多嘴的陈子东。陈子东第三次来送信时跟我父母唠了一句家常嗑儿,说:"闹闹这导师对她可真好,这几年不知给他写了多少封信。"其实,穆晨锺只离开中国了一年多,可在陈子东的感觉里,他似乎为我当了许多年信使了。

陈子东的话立即引起父亲的警觉。父亲进而发现,这几封信的封面都是手写的,而不是国外公函常用的打印体。这个细节像黑幕上撕开了一道口子,多疑的父亲毫不犹豫就采取了行动。

我父母震惊地发现,原来,他们的女儿一直欺骗着他们,说是去欧洲留学,实际上是要跟一个大自己31岁的老男人私奔!我父母刻不容缓地撬开了我的抽屉,穆晨锺给我写的全部信件、十多张穆晨锺在奥地利的照片、他托朋友捎给我的一对匈牙利烫花玻璃鸳鸯、一份有我落款的5页纸的血书,所有这些东西都赫然眼前、一览无余。

我从西藏回来,进家门迎面第一眼,便看到客厅桌子上堆了一堆的那些东西。我的脑袋"嗡"的一下就炸了。我知道出了事,但坏到什么程度我还不清楚。我努力让自己镇定,对父母说:"你们凭什么偷看我的东西?"

我的话把母亲惹火了,母亲拍着桌子咆哮道:"偷看你东西?!我们要是不'偷看',还不知道你都干了什么不知廉耻的事!"

我和父母吵了起来。我们之间的争吵如此激烈,以至于我们谁都听不进谁的话。我又想起那个"通天塔"的故事,我恼怒地想,我和我父母真的不是同一类人啊,我从来不能跟他们实现理解。我感到极度受伤,强硬地说:"我做了什么我自己负责,不用你们管!"

我的话再次激怒了母亲,母亲抄起一只细瓷茶杯向我扔过来。茶杯如同一朵洁白的山茶花,在我的额头上粲然绽放。与此同时,母亲抓起桌子上穆晨锺的信,疯狂地将它们撕成碎片。母亲掀翻了客厅里的桌子,顶着雪花一样纷纷扬扬的纸片向我冲过来。

我脸颊上传来清脆的响声。它们异常清脆有力,像用竹片打在新鲜的冻猪肉上,和着母亲发出的像打劈了的竹子一样破碎尖利的谩骂声响彻了整个房间。我想我可能哪里出血了。我的眼睛被从头上流下的黏糊糊的液体阻挡着,有些睁不开。嘴巴里,一股温热的甜腥带着隐约的咸味充斥在齿间,有一缕液体顺着嘴角极不体面地流到外面,挂在我的下巴上。

我一直站着没有动。起初,我还本能地用胳膊抵挡;但我很快就放弃了,垂下手臂只尽量控制住自己的脑袋不要随着母亲的动作来回乱摆。父亲就站在离我不到两米远的地方,他没有像小时候我挨母亲打时那样出手救我。他看着母亲无动于衷。

母亲如此愤怒,她的脸变得比新做的布鞋底还白。我感到了恐惧，我怕母亲再打下去会出问题。我不知哪来的冲动，突然推开母亲，自己扇起自己的耳光来。当我的左手第一次接触到我的左侧脸颊，并发出响声，我意外地获得了力量，而变得无所顾忌。我一边抽着自己一边痛哭。我不是因为皮肉之苦，而因为伤心。我想我也许错了：我不该爱上穆晨锤，破坏人家的家庭，让父母丢脸。我父母骂我和打我都是对的，可他们还是不该偷看我的信！

——我就是伤心这一点：他们说什么也不该看我的信。

哭泣消耗了我的体力。母亲和父亲一同扑上来，跟我争夺我的手掌。我努力维护着我的手不被夺去，努力打着自己。我看见了落在母亲头发上的纸片，奇怪的是，它们和母亲的头发都变成了红颜色，而且在发生波动。我忽然感觉糟糕极了，像遭人强暴，却被父母撞见。我是多么的看重尊严的啊，我宁可死去，也不希望和我的父母共同面对这个场面。我心脏的地方好痛，眼泪不停地流下来，把我脸上的血冲得到处都是。我站在一片狼藉的屋子中央，出声地哭着，说："爸，妈，你们别生气听我说。这件事不怪穆晨锤，是我想要离开你们。从小你们就不喜欢我，你们喜欢哥哥、偏向他，妈动不动就打我，爸都不肯让我姓他的姓。既然你们不喜欢我，干吗还把我生出来呢？我一点都不想活着，这个家一点儿意思都没有。真的，我特别想死；可我又下不了决心，没勇气去死。爸，妈，我今天把真心话都说出来了，你们就别管我让我走吧，就当没有我这个女儿，当我死了吧！"

说完这些话,我带着一脸鲜血和泪水往门口走。母亲踉跄着过来,"扑通"一声跪在门口挡住了我的去路。母亲抱着我的腿,浑身不停地哆嗦,呜呜地说:"舒展,妈对不起你!妈给你跪下了。舒展,小时候妈打你是妈不对,你要原谅妈。舒展,你是妈的女儿,不管怎样你都是妈的女儿。你不想活,一定是心里难受,妈知道,那你就先把妈杀了吧。不然,没有了你,妈也不能活了。女儿,妈求你了!"

母亲哭倒在我的脚边,不断地用头去撞地板,发出非常响亮的"嘭嘭"声。母亲一向是一个暴虐的人,性格刚烈、脾气暴躁,从未向谁服过软。她突然瘫在我面前,像一堆无助的破棉絮一样的样子让我心疼,我想蹲下去扶起母亲,跟她哭到一起。我已经哭得不成样子了,为自己使母亲这样而吓得浑身发抖。我向母亲伸出了手。母亲仰起脸,再次将我紧紧抱住,喊了一声我的名字。我在母亲的眼神里看见一种我从未见过的光芒,一种空洞的、无觉的、像漆黑森林一样茫然无助的眼神。我对这眼神心生恐惧,以至我身不由己,原本想搀扶母亲的手,竟使劲去掰母亲紧扣着我的双腿的手指。

我从母亲怀里挣脱出来,拽开房门,跑出家去。

一星期后我回到家时,身上的伤已经好得差不多了。

父母以为我死了。他们找遍北京城却不见我的只身片影。他们向派出所报了案,一个在玉渊潭公园打扫卫生的师傅说,那天凌晨他在湖边看到过一个年轻女孩。可一转眼,她就不见了。

母亲心脏病发作，被送进医院。父亲疯了一样跑到西单电话大楼，在电话里用万分恶毒的语言辱骂了穆晨锤，让他不要纠缠他的女儿，让他跟他自己的女儿去睡觉。父亲说："穆晨锤你这条老狗，你给我听好了：要是我女儿出了事，我一定杀了你！"

我当然不知道我离家出走期间父亲干了这么一桩不体面的事，这件事是后来穆晨锤告诉我说的。那时，我父母刚刚同意了我出国去找穆晨锤，而我又不干了。

那晚在玉渊潭湖边，我确实想到了死。我是一个对生命很苛求的人，如果我看不到生存的价值和尊严，我便要对其蔑视。而且，我就是要死给父母看。我要上演一出悲剧，让父亲和母亲知道：不是别人，恰恰是他们"谋杀"了他们的女儿。我要让我父母为他们的罪责忏悔一辈子，我要以死的方式永远"活"在他们身边，让他们永世不得安宁。

在决定行动之前，我简短回顾了一下我的一生。我已不再计较那些不愉快的生活细节：为什么我降生在这样一个家庭，父母这样与众不同，在压抑和寂寞中成长，这些都已是过去。小时候，我总觉得我们家莫名其妙，像一棵空投到大院里的树。可即使是一棵树，这么多年也会入地生根了。想到树和树根，我忽然想回故乡看一看。我在就要离开这个世界的时候，忽然想弄清楚自己的来龙去脉。

我一个人回了湖南老家何家冲，在那个传说中世外桃源的地方，我发现了父亲隐藏多年的秘密。我还意外遇到了多年以来一直出现于我梦中的那个陌生人,他是我的祖父。我很亲的亲人。

祖父何季铭是当地一位传奇人物。他年轻时做过道士,曾手持罗盘在附近的山岭上游荡,给人家指点宅穴之地。祖父一生娶过两房太太。发妻早年病故,留给他一个儿子,我的大伯。祖母是邻乡一对私奔的维吾尔族青年的弃婴,父母留话说姓鞠。祖母在常德城中天主教堂的育婴堂里长大。祖父受这第二任妻子影响,见识了西方的算术和地理,从此放弃道术潜心西学,在家乡土地庙里办起当地第一所小学。解放前,何家冲考到常德和长沙的中学生都是祖父送出去的,直到全国解放,然后开始土改。

土改时"抓地主",每个乡都有指标。何家冲山水好,能管温饱,但也出不了大富贵。"贫协"抓地主完不成指标,就想到了祖父。他们说祖父的大儿子参加过国民党军队,国民党是地主阶级的走狗,所以他必然应该是地主。他们把祖父抓起来拷问,要他交代欺压人民的恶霸罪行,以及藏匿在不知何处的浮财。

祖父深感冤枉。大伯固然是国民党部队的兵,却是在抗日时期"常德保卫战"中牺牲的。解放前,国民党是执政党,一般人家都得服国军的兵役。第一次,大伯被抽到兵役,祖父花了20块银元替他买了一个"兵捐"躲了过去。两年后,大伯又被派到兵役,而他刚刚娶妻,妻子才有了身孕。这时,适逢父亲小学毕业,想到长沙考中学。祖父手里只有一笔钱,他一时犯了难。父亲那时十一二岁,已经开了眼,知道了外面的世界,死活不肯在乡下待下去。父亲不明说,只是不吃饭,不说话。

最后，大伯让了弟弟，跟他们的父亲说他要去当兵。

大伯参军后的第二个月就死了，是被日本人的飞机炸死的。祖父后来送父亲去清华大学，要他学习飞机制造，发誓将来参军入伍、报效国家。大伯牺牲后不久，他的妻子生下一个遗腹子，自己上吊死了。这个孩子一直活到现在，是我在乡下的堂哥，按辈分我叫他大哥。

我原本还有一个亲哥，同父异母的兄长。过去的人听父母话，都习惯早婚。父亲在准备到清华读书前，依照祖父的安排娶了一位朱姓的女子。第二年，父亲有了一个儿子，取名亮亮。

土改中，贫协的人不停地折磨祖父。他们用布带拴住祖父的手指，把他吊在小学校里的房梁上，十根手指生生勒断了七根。他们又扒光祖父的衣服，捆住手脚罚他跪在太阳底下，不承认罪行不许吃饭不许睡觉。

祖父这时已经50多岁，身心都非常不适合刑讯了。他这样跪了三天两夜，人就不行了。不是饿的，是渴和困。贫协的人不允许家里人给祖父吃喝，否则会挨死打。是亮哥哥救了祖父，他用自己的尿液暂时保存了祖父的生命。

祖父最终还是死了。那天早上，他被贫协的人捆起来用麻袋罩住头，说要绑他去枪毙。祖父一听就瘫了，屎和尿都拉在裤子里。祖父被人像牲口一样扔到农用车上，和另几个人一起拉到县里控诉大会会场。控诉大会后执行枪决，就在场院当中，枪声响起，祖父一头栽倒在地。过了好久，祖父被凉水泼醒，他以为自已死了，问拿水盆的人这里是不是阴曹地府。祖父自然又挨了一顿暴打，因为他竟敢诬蔑社会主义是地狱。祖父那天其实不该死，他是被拉去陪斩的，只是为了吓唬他。

这天晚上，祖父趁看守上茅房的空档从羁押他的土地庙里逃出来，跑到村外的池塘投水死了。祖父知道，他这个样子迟早是要死的。

他于是就先一步死了。

晚上，我独自睡在大哥家的祖屋里。这是祖父唯一留下的家产，大伯、父亲、二叔和姑姑都出生在这里，大哥和亮哥哥也出生在这里。

父亲还有一个弟弟，我的二叔。"大跃进"时，在乡里做教师的二叔画了一个打肿脸充胖子的肥猪，结果被打成右派抓了起来，三年"自然灾害"期间，饿死在娄底的监狱里，尸骨也没有。我姑姑是父亲那一辈的老幺，家里唯一的女孩。祖父的死让她失去了好日子，15岁上跟一个出来贩木材的湘西佬去了山里，后来再无音信，生死不知。

我又想起我在医学院。我那时多么的轻狂啊，看到整天奔波在医院里的求生病人，心里忍不住怜悯和傲慢，想他们为什么如此留恋生命，为什么不去死。那时我完全没有想到，我远在故乡的亲人，他们却死得这么仓促，这么轻易，这么没有余地。我以为凭我的经历和感悟，已经洞彻人生到不行，到目空一切了；实际上我多么可笑啊，多么浅薄且无知。我的生命没有真正受到过威胁，我根本没有权力说这个。我的祖父有这个权力，我大伯有这个权力，我二叔有这个权力，我从未见过也难以想象的亮哥哥有这个权力。他们是死了的人，才配得上说生死。

那一晚，我因为自己的无知，而格外想念我的亲人。

祖屋的房子太老，空气里飘荡着潮湿的泥土和霉变麦草混合的气息。我喜欢这气味，我将脸贴在冰凉的墙壁上，用舌头轻轻舔舐。我在墙壁上舔出一个小坑，进而更大了一点。我像一只从冬眠中意外醒来的虫子，热切地急于破土而出。我的舌头像一支有力的钻探头，很快将祖屋的墙壁凿出一个洞。我欣喜地发现，外面的气味更加浓郁甘醇。我手脚并用，将洞口扩大了一些，最后跻身钻了出去。

穿过暗夜里的村庄，我顺着气味的线索一直来到村外池塘，那种美妙的气味就是从这池塘里散发出来的。我在池塘边坐下，看着一池墨绿如玉的水，心里百感交集。我捡起一根树枝，一下一下敲打着水面。湖水被树枝划开时，像被剑刺入的伤口，翻卷着破开。可转眼，它们又合拢到一起，平展、爽滑，仿佛从来不曾被伤过。我多么希望我的生活也能像这湖水，抽刀断水、复又弥合，不留一点伤动过的痕迹啊。这样想着，我不知不觉向下，"哧溜"滑到水中。

一下到水里，我立即游动起来。我惊讶地发现，我一直以来对活水的那种恐惧忽然消失了，我自如得像一条土生土长的鱼。我翻了个身，一头向湖水深处扎去。我穿过一片茂盛的水草，进入到一条散射着光亮的隧道。我对这里非常熟悉，仿佛旧地重游寻迹而来。我被光柱紧紧包裹，像飞舞的一粒尘埃，身体不断地下降，感觉却在上升，浑身洋溢着绒毛一样的幸福感。忽然，隧道尽头的光亮被什么挡住了，那里出现一个身影，我听见一个天籁般的声音："来吧，我的孩子！来吧！"

那个声音那么空洞、那么亲切，像从另一个世界里传来，令人渴望不已。光影里，我看见那个人向我伸出双手。他举起手臂，做出鼓励和期待的姿态。我奋力向他游去。

"——爷爷！"快到隧道口时，我让自己停下，冲那个人喊了一声。

我终于认出了他。我终于认出了这么多年来一直出现在我梦中的那个陌生人。

"来吧，我的孩子！"祖父的声音亲切无比。

"爷爷！"我欣喜地叫着，起身向他游过去。

忽然，我被什么绊住了，一下没能游动。我低头看，是一缕水草缠住了我的脚踝。我伸手去拽水草，试图把它们从我身上解下。可水草缠得很紧，并打了一个死结，像我出生时母亲赋予的脐带。我的手上沾染了水草的汁液，我于是又闻到湖底腐生植物那种特别的气味。奇怪的是，这种气味不再让我产生恐惧，而让我心生感激。我终于记起一个一直被我忘记了的细节：那次在玉渊潭水下，就在我快要不行的时候，父亲游过来抱住了我。父亲撕扯不开缠住我脚踝的水草，便俯身用牙齿将它们狠狠咬断，然后托举着我离开了湖底，游向水面。

"爷爷！"我再次停了下来，看着不远处祖父的身影，忽然十分犹豫。我知道，当年祖父把自己沉入池塘后，他的亡灵一直没有得到超度。他一直在地下这幽闭冰冷的水系里游荡，寂寞而孤独。我5岁那年沉溺玉渊潭，祖父当时就在我身旁不远的地方。我们见了面，几乎就拥抱到了一起。

那以后，祖父的亡灵便常常到我的梦里来。他呼唤着我，喊我过去陪他。我也很想到祖父那里，可水草缠住了我，它给了我突然的留恋。我忽然很想回家，回到我原来的生活中。

"爷爷！"我难过地喊。

"幺妹！"一个声音在叫我。

"爷爷！"我越发地不舍。

"幺妹！"大哥隔着纱窗在屋外房檐下叫我起床。

我听了一惊，急忙答应着，再去解缠在脚踝上的水草。这一次，它们很容易就开了。但我却哭了，眼泪滂沱而出。我想我再也见不到祖父了。天光已亮，大哥在叫我，我就要从睡梦中醒来了。一旦醒来，我将彻底离开这个我做了无数次的梦，再也不会来了。

我知道我以后不会做这个梦，我已经从5岁那年的意外中走出，它再也不会像水草一样绊住我的生活了。初升的太阳将一把光束透射进水里，它们冲淡了我处身其中的那条散发着耀眼光芒的隧道，让它形成许多逃逸的缺口。隧道尽头，祖父的身影越来越虚弱、越来越模糊,我也被水流裹挟着,离他越来越远。

"爷爷!"我最后叫了一声。

"我的孩子……"

吃早饭时,大哥说一会儿去给山上祖父上坟。我心想,祖父还在池塘里,怎么会有坟?大哥吩咐二叔的儿子三哥四哥准备纸钱和香火,自己去柴房拿了把镰刀在院子里磨。

吃过早饭,我和大哥三哥四哥出来往山上去。我们经过一片稻田绕到一座小山上,大哥在前面带路,拿着镰刀砍去阻挡我的荆棘,他自己却光着脚。大哥在半山腰转了好几圈,最后站定到一个地方,犹豫着说:"应该是这儿吧。"

那里被灌木掩着,分不出眉目。我说:"没有碑,你们怎么知道这就是爷爷的坟?"

"大哥知道,他每年都来祭祀的。"三哥说。

"可是,刚才大哥还找了半天!"我不放心,"除了大哥,你们不知道么?"

"也……知道。"三哥四哥都答应着,不敢否认。我不再有话,默然面对一蓬乱草。

我是一个城里人,文明和矜持阻止了我在祖父的坟前大行跪拜或者号啕大哭,我甚至连鞠一下躬都没有,就那样毫无作为地站着。大哥用镰刀去砍祖父坟头上的荒草,我不懂乡下的规矩,许是他们认为坟上长草不好吧。可依我看,即使是草也好,总还是茂盛,比光秃秃一座坟茔要好。

"这里面并没有埋着爷爷。"大哥见我一直立在祖父坟前，死死看着那个土包，终于说了实情。

"我知道。"我说。

"你怎么知道，你爸爸告诉你的？"大哥第一次表现出惊讶。大哥并不知道，关于故乡的这些往事，父亲从来没对我说过一个字。

大哥说，祖父死后贫协的人说他是畏罪自杀与人民为敌，不允许打捞他的尸体。家里人只得收拾了几件祖父的遗物，偷偷在祖坟山上为他修了一个衣冠冢，栽下一棵泡桐，连墓碑都没敢立。"大跃进"时，泡桐又被砍了去炼钢，以后就完全荒了，彻底成为一座空坟。

祖父的坟边，分别是祖父前妻和我祖母的坟。她们都是单独埋的，谁都没和祖父同葬。祖母死在"文革"中。因为祖父的历史问题，以及她自己不明的来历和在育婴堂生长的背景，祖母不可避免地受到打击，没几下就死了。

"去看看你爸妈的坟地吧。"大哥说。

我吓了一跳！什么？我爸妈的坟地？有那么一瞬间，我脑子突然发蒙，竟以为我父母出了什么意外。大哥说没有，他说但是父亲之前已经在这里给他和母亲订了坟地，地方是大哥给选的。

"我爸居然定了坟地？"我一直以为只有愚昧和迷信的人才会土葬，可父亲是文明人啊。——况且，父亲是什么时候偷偷跟老家联系上的？还有我母亲的，母亲知道这事儿吗？

我随大哥和三哥四哥转到另一座山上。这座山现在是三哥的家产,满坡种着油桐。到了山顶,三哥推开一扇栅栏,里面是一个菜园,有油菜、蓖麻、辣椒、洋姜,一派生机盎然。我们穿过一片辣椒地来到院子尽头的一棵油桐下,三哥指了指对我说:"就是这儿。"

大哥瞻前顾后地视察着,向我介绍说:"这里面南背北,眼望山川,风水好,将来我也埋在这儿。"大哥继承了祖父早年的本事,现在也给人家看风水。我不懂风水,看到的只是繁乱的杂草。我不能想象未来的某一天,这片草底下将躺着我的父亲和母亲,冰凉而湿冷,逐渐腐朽。我站在那里,像给人从后脑勺打了一闷棍,我断然说:"不行!这里太远了,我来一趟不容易。"

"我们都在家,每年会替你拜祭的,"大哥说,"你就不用管了。"

"我怎么能不管呢?"我几乎生气了,"他们是我的父母,又不是别人的!"

以前开玩笑,也曾和父母谈过他们的后事。何雨出国以后,我觉得给父母送终的事迟早会落到我的头上,想起来不免觉得麻烦。可在那一刻,面对着父母虚设的坟茔,我突然生出强烈的无法割舍的痛。我不知道这件事在多大程度上已成定论,我想至少我母亲不会愿意来的。谁知道父亲怎么想的,他一辈子都不肯回来,叶落了却要归根。叶都落了,归根与飘零又有什么区别呢?不都是化土成泥随风而逝么?是什么阻挡了父亲回家的路,又是什么叫父亲一定要回来呢?

我对大哥说,我想一个人在这儿待一会儿。大哥担心我找不到回家的路,我说我记住了。大哥把父母坟前的杂草镰了镰,给我清出一块空地来,又在园子里来回转了好几圈,确信草丛里没有咬人的蛇,然后才下山离开了。

我一个人在油桐树下坐下,旁边是父母的坟穴。我向远处眺望,山峦尽收眼底。来的路上,大哥说老家有九条冲聚向一个山卯,叫做"九龙戏珠",这座山就是那颗珠子,是当年祖父勘察出来,特别为我们这一脉家族预留的。对于家族和故乡,我以往一直模糊。小时候,上学需要填各种各样的表格,在籍贯一栏前我总是犹豫不决,不知道该怎样填。我从小生长在北京,可父母都不是北京人。我生活的那个大院里大部分都不是北京人,他们来自五湖四海,成为北京的占领者和统治者。但他们并没能有效地融入这座城市,反而用砖头和哨兵把自己封闭起来,与外界格格不入。至于父亲的故乡湖南和母亲的老家东北,我也不愿意承认自己就是那里的人,因为我从没有去过这两个地方。对于连去都没有去过的地方,怎么能说是那里的人呢?

我想,人为什么非要给自己找一个所谓的故乡呢?那么一个地方,跟自己有什么关系呢?四海为家不好吗?那时候,我满脑子被各种叛逆和不切实际的幻想占据,觉得自己像鸟,高高在上,一心寻找天涯芳草,世间的儿女情长是我不屑的瘪谷。

直到有一天,我忽然觉得翅膀很沉,脚下开始生根。我莫名地伤感，想到人果然是需要一个出处的，他需要一个传承的谱系，告诉别人他（她）的来历，解释自己何以成为这一个而不是别个。这时，我读到了一个关于故乡的定义，它说：

> 如果这块土地下面没有埋葬过你的亲人，它就不能算做你的故乡。

这句话恰在我开始需要故乡的时候进入了我的视野。它以它否定的句式精确地确定了故乡的坐标，令我感动不已深以为对。我身下这块土地下面并没有埋葬我的亲人，它是一块空坟；但我却认了这里，认它为我的故乡。

我因为终于确认了故乡的所在，而默默哭了起来。

我哭了很久，最后趴在地上睡了过去。好久，我被一个不平的东西硌醒。我伸手到草丛里挖掘，摸出一块硕大的洋姜。洋姜呈人形，四肢的地方牵扯出一些藤葛，又连接着另一些洋姜。据说，洋姜是一种特别的蔓生植物，它的一块根茎埋在土里，不久会生出许多根茎，像一个家族在土里潜行蔓延，能覆盖很大的地方。走得最远的可能跟最初的一块相隔很远，但它们都丝丝缕缕地连缀着，总能找到脉络。我用手刨开泥土，地里果然现出更多的洋姜。我掰下一块放到嘴里，它有一种辛辣的清新，爽口而甘甜。我想我就像这洋姜，是那最远最小的一块，我固然走得很远，但只要以手为犁剖开土地，终究有迹可循。

离开山顶菜园子时,我从地里挖起一块洋姜,把它揣在口袋里带下了山。

御风而飞的蚕

我缓缓扭动钥匙,房门应声而开。我一抬头,父亲正端坐在客厅中间的桌子前。我离家出走的这些天,父亲每晚都这样坐着。

父亲迎上来,说:"闹闹,我有话要对你说。"

我错身避开父亲,去厨房冰箱里取了一听可乐,回来在客厅沙发里坐下,问父亲:"爸,蚊子不吃人的时候吃什么?"

"什么?"父亲没听懂,愣愣地看着我。

在老家,夜晚家里人坐在大哥家场院里聊天。大哥的大儿媳在旁边猪圈前烧起禾草驱赶蚊子,我忽然好奇:这么多的蚊子没有人咬的时候吃什么呢?大哥说它们吃露水,我笑说不可能,我说:"露水哪有营养。"

大哥不好意思地挠头,说:"小时候大人这么说的。"

那几个晚上,附近的族亲都过来说话,告诉我父亲的故事。在他们的回忆里,少年的父亲竟然是十分任性的。每年的三五月份,前一年的粮食快吃完了,新粮食还没长熟,家里就用米面拌上野菜来蒸了吃,乡下管那个叫"蒸饭"。父亲挑食,只吃白米饭,若端上来的是蒸饭他就不吃,让自己饿着,实际上是给人看。大伯因为下地干活,经常有一份白米饭。每次,他都把他那一碗白米饭让给我父亲吃,他吃他的蒸饭。

  我听着奇怪,十分匪夷所思。我心想,我认识的父亲怎么完全不是这样。我清楚地记得,从小到大,家里所有的剩饭剩菜都归父亲吃。父亲的胃像一个优质的泔水桶,永远不会抱怨。他是什么时候开始改变的呢?是从祖父死掉以后吗?祖父死后,父亲被从苏联召回。组织上准父亲回家乡一趟,名义上是休假,实际上是想清除掉父亲,让他转业回家。父亲当然知道。父亲假意说他病了不能回乡,自己却偷偷跑了回来。父亲只在家乡待了半个晚上。那晚,何家冲连降豪雨,天仿佛被捅了个大窟窿,雨水冲散了田埂,房屋如蚁巢般碎裂。父亲趁村民抢救漏屋的机会,鬼祟地回到家里,匆匆见了我的祖母和他的妻儿。

  祖母是一个坚强的女人,她要父亲连夜离开,不要他再受牵连。母子抱头痛哭,夫妻忍泪相别,父亲又仓皇走掉。他一身单衣、一把破伞,不敢惊动人,只有二叔送到村口。分别时,二叔从兜里掏出浇湿的九毛钱塞给父亲,兄弟间来不及嘱托,来不及叮咛。雨打得父亲睁不开眼,看不见路,伞已不能挡雨,只好当做拐杖,瞎子一样跌跌撞撞。如果父亲知道此一去将与故乡永成天涯,将与亲人生做死别,他该多看一眼。

  可是,凡眼如何能透过雨瀑看破命运呢?夜太黑。

  从此,父亲再也没回过故乡。回到北京,父亲做出一个痛苦而决绝的决定:他向组织上递交了一份决裂书,声称与"抗拒改造、抗拒人民"的地主父亲划清界限。父亲靠这一招竟躲过了清洗,成功留在部队。

我早前从董小山那儿得知父亲向组织上递了决裂书,便对他不齿,深以为辱。这次回到故乡,听了许多也见了许多,才知道可辱的不是父亲,而是那个时代。在那个时代,活着太不易,需要丢弃一切尊严道义,将自己贬为蝼蚁。我开始理解父亲,感激他以破碎的羽翼,给我和何雨在异乡的都市里遮蔽出一片勉强安全的天地。

回京的路上,我想好了到家后要跟父亲好好谈一谈,我至少要告诉父亲我对他的感激。可是,当迎面见到父亲,我忽然又开不了口、什么都说不出了。我只好又重复了一遍刚才的问题,说:"咱们老家乡下,夏天蚊子吃不到人的时候吃什么呢?"

这回父亲听明白了,他想了想,说:"它们吃树叶上的汁液。"

"这就对了。"我笑了,想还是父亲有学问。大哥他们看蚊子在天上飞就以为是喝露水,其实它们是该吃草木植物的汁液才对。

"闹闹,我有话跟你说。"我喝完可乐站起来,父亲想拦住我。

"什么?"我在原地站住,冷淡地看着父亲。我原想对父亲一点好脸色,但看到他就做不到,脸就僵起来。

"关于你,还有你哥哥的事。"父亲磕磕绊绊地说。

我打断父亲,佯作强硬道:"您不用说了,那都无所谓了。"

这次回乡下我才明白,父亲何以对何雨那么好。父亲原想先跟乡下断绝了关系,躲过风头在北京站稳脚跟,再设法把妻儿接出来。但亮哥哥没等到那一天。因为祖父是地主,到了上学的年龄亮哥哥也不被允许读书,亮哥哥就偷偷跑到学校窗户底下听。学校还在原先的土地庙,桌椅也还是祖父当年出钱修的。老师却很坏,发现了偷听的亮哥哥,挑唆班上的学生欺负他,生生把亮哥哥给打死了。

亮哥哥死后,父亲跟他的第一个老婆办了离婚。那女人是祖父给定的,父亲一直在外读书,原本就没什么感情,她又是邻村一个保长的女儿,成分不好,随军是不可能的。儿子一死,两人之间的情分也就断了。父亲在这件事上多少自私了一些,但也没有旁的办法,他那时只能顾到自己。

父亲独自生活了十几年后,母亲让他再度有了一个家,并给了他一对儿女。父亲视这一对儿女为他的生命、他的新生。特别是哥哥何雨,他因为承载了死去亮哥哥的魂灵,尤其为父亲看重。知道了这些往事,我对父亲对何雨的偏爱多少理解了。几年前何雨回故乡,一定也是知道了他曾经有一个死去的哥哥,才改变了对父亲的看法不再恨他,自己也放弃了轻生的念头。

我虽然为父亲的行为找到了理由,却并不愿跟他握手言和。时过境迁、往事成昨,有些事是我们彼此都必须背负的,它们是我们的宿命。"爱"是稀有品,得到和付出都需要代价。父亲付出了他的，就不应该得到我的。这样，我们才算公平。

"爸，给我做些姜糖片吧。"我解开背包，在桌子上倒出许多洋姜。大哥说祖母做的姜糖片最好吃，酸中有甜、甜中带辣，吃了满口生津，是父亲最爱的。

父亲从桌上拾起一块洋姜，忽然就泪流满面。

我撇下父亲抬脚去母亲的房间，母亲在那里喊我。

我不知道母亲病了。我来到母亲床前，发现她整个人都脱了相，如同一具包在一张悲伤的干皮里的骷髅。我一下就哭了，扑倒在母亲枕边。小时候，我跟母亲玩"奔丧"的游戏，"剧情"要求恸哭时我总假意号啕；此刻泪水却像石崖上的清泉，顺着脸颊止不住地往下淌。母亲没有了平日不容置疑的强悍，连那天跪在我面前的那种决心都没有了，显得很认命的样子。母亲拉着我的手，气喘地说："舒展，你坐起来，妈有话跟你说。"母亲一向不亲切，从来不叫我的小名，母亲说："舒展，这些天妈一直在想你，一分钟都没有合眼。妈先要向你道歉，那天的事妈不对，不应该打你，骂你也不对。你是个好孩子，从小没有做过出格的事。你这次离家出走，一定是伤透了心。妈想通了，你说得对，妈生了你就应该给你幸福。这个家不好，不能让你快乐。我和你爸我们年纪大了，跟不上时代，不能给你幸福。你就走吧。妈不拦你，只要是你愿的，妈就支持你、祝福你。"

我跪在母亲床边，默默地没有说话。从故乡回京的路上，我已经决定了自己的未来。我当然不会再去自杀，我这辈子都不会再做那样的傻事了。父亲是对的，他无论怎样都要维护生命，这世界上最珍贵的就是生命，活着是最重要的。我要好好地活下去，像土地一样生生不息。可是，我还是要出国，去奥地利跟穆晨锤结婚。经历了之前这许多事，我对穆晨锤已不再有爱，但我必须要"爱"他。他是我的宿命，是我生命中所有秘密的解码，是我必须将自己代入的方程。这样，我就必须要离开我的父母了。我必须像一颗成熟的洋姜，埋进陌生的土壤里，成为一片新的田地。

　　我唯一舍不下的是母亲。母亲从我的沉默中看出我的决心，她说："舒展，你已经是个大人了，读了很多书，有文化、有见识，妈相信你能把握自己，知道该怎样做。妈不是绝对反对你跟一个离了婚的男人结婚，只是你还年轻，不知道生活中的很多细节，包括夫妻间的事。妈是担心，穆晨锤那样的年龄，恐怕连性生活都做不了。到时候，你就受苦了。"

　　我听了难为情，十分窘迫。母亲是一个极严肃的人，性的话题在我家是从来不涉及的。此刻，母亲却跟我谈起夫妻间的事，我一下不知所措。之前，我跟穆晨锤在一起时，他也说到将来可能的性生活，担心满足不了我。我觉得两人之间最重要的是爱情，性生活好不好有什么要紧呢？——那时候，我对性一点儿都不了解。我的生活里只有爱情，还没有性。

　　终于，母亲决定给我以性启蒙。虽然后来回想起来，我觉得这件事还是来得太晚了一些。母亲因为自己不堪的性经历，放弃了一个母亲对她女儿应尽的责任，以致我的青春像一枝错过季节的花，背时而绝望地悄然盛开。

按照母亲的说法，她4岁没娘14岁没爹，基本算个孤儿。东北解放时，母亲便参了军。部队里管吃管穿管住，最适合像母亲这样孤苦无依的人。部队是一个奇妙的地方，任何像母亲那样瘦小干枯的苦孩子，在这里都能被迅速营养茁壮，出落成挺拔俊美的姑娘。然后，她们中的大部分会被上级男性首长选中，娶回家里做老婆；或者由组织出面分配给这些首长，作为对他们浴血革命的犒赏和福利。

母亲最初的情况似比这些还好些，几乎算得上那个年代里难得的自由恋爱。男人是一个职位挺高的首长，已经到了不需要亲自上战场冲锋陷阵的地步，当然年龄也不小了。倒霉的是他在一次视察胜利战场时，竟被一枚延迟爆炸的炮弹遥远地削掉了四分之三粒睾丸和半厘米龟头，光荣负伤。母亲当时在战地医院做护士，她像我后来仁慈对待附属医院病房里那些意外勃起的男患者一样，以更大的善良和爱意照料受伤入院的首长，并毅然以身相许。

母亲是一个孤儿，没有父母亲人，所以在她嫁给一个缺了四分之三粒睾丸和半厘米龟头的男人时，身边没有一个人站出来反对，告诉她那样不行。大家喜气洋洋地将年纪尚轻的母亲推进了绣着双喜鸳鸯的棉布门帘背后灾难的深渊。

母亲并没有在第一时间发现这是一个悲剧，她甚至在婚后数周里都还沉浸在为战斗英雄和上级首长奉献青春的美妙情绪中，而不解男女婚姻的实情。急的是那男人。他显然是过来人，第一个晚上就想要，但是不行。怎么也不行。

母亲痛苦的婚姻持续了两年时间，最后以离婚收场。母亲的痛苦不来自她无性的爱情，母亲从未体验过性的美妙，因此对它缺乏想象和渴望。那个首长不同，性事上的无能让他无比羞愤，他于是不能控制地虐待母亲，用一切可以成为凶器的凶器残忍地折磨母亲，弄得她一想到天黑心就绞着的痛。母亲的身体最后是被首长的拳头给捅破的，那是他们作为夫妻的最后一夜，首长说我不能留着你的身子，那样所有人就都该知道我不行了。那晚首长喝了整整一瓶烧刀子，然后把母亲按在床上，徒手强奸了她。

我回想母亲后来是怎样的惧怕和人有身体接触，哪怕我想摸一摸她她都像被电打了似的一机灵，母亲能够生出何雨和我不能不说是一个奇迹。母亲像一个仇恨的巫婆一样向我灌输男人的歹处，看管我和一切异性的交往，哪怕这异性是我的哥哥，而我只有6岁。得不到爱情的父亲却变成一个变态的母亲，用贪婪的目光偷偷跟踪我的一举一动，把我当做他的小爱人。如今，母亲倒反过来劝我理解父亲，她说："你爸就是那样的人，偏激、固执、容易冲动，但他是一个好人，是他的坎坷经历把他害了，你要原谅他。你爸他是关心你的，比我关心你。你还记得你初潮那件事吗，你爸后来总批评我，怪我没有尽到母亲的责任。你爸说你后来每次例假前都爱发脾气、心情不好，就是那次事情留下的后遗症。"

"爸怎么知道？"我终于开口，因为吃惊。

"所以说，你爸是真的关心你。前几年，你和军训时的那个团长谈恋爱，你爸气得不行，就跑到飞行团去告了人家。他的做法固然欠妥当，我说事情都不是那么简单，不要绝对地说谁是谁非，尤其感情的事；但他的心情是可以理解的，就是生怕你吃亏，心里急！"

"妈，这事儿……你们……"我的脑袋一片空白，说话结结巴巴。

"是陈子东告诉我们的。那时候，你总去陈子东那儿给飞行团打长途，陈子东回来悄悄告诉了我们。这次这件事也是陈子东透露给我们的，陈子东这孩子聪明，虽然你爸不喜欢他，但他很了解你爸。"

我又一次哑口无言，无话可说。我不知道原来我周围存在着这样多的秘密，是它们长久以来控制着我的生活，而不是我自己。但我现在已无力反抗，甚至无力惊讶了。母亲见我沉默，以为又生气了，她挣扎着说："舒展，妈知道，你从小就觉得父母对你不好、偏向你哥。其实，你比你哥泼辣、有能力，爸妈才对他多照顾一些。听妈的话，你长大了，很自立、很独立，有些事就不要再想了。像风筝的事、旺宁的事，你都不要再记在心里，朝前走，你今后的路还长着呢。"

我忽然警觉，说："什么'旺宁的事'？"

母亲又歇了口气，说："你爸前两天专门又去了一趟旺宁，哪知道秦怀玉已经得病死了。当年你在那里的情形到底怎样现在无从调查，好在你并没有受什么大的伤害，——要说有，也是妈给你造成的，妈不该那样重地打你。妈现在怎么向你道歉都无济于事了，你就原谅妈吧。"

我的头皮突然发紧，好像每一根头发都变成了钢针，扎得我生疼。母亲一定是知道了我的什么秘密，我神色严峻地说："这话您听谁说的？"

"到这时候，妈也不想瞒你了。"母亲像攒起一个很大的力量，说，"你爸给穆晨锤打了电话。穆晨锤说你心理有问题、不正常，一直陷在童年的事情中不能自拔。他说只有他能够帮助你、医治你。他的意思是让你爸放你出去，他说没有他，你不可能过正常人的生活。"

"穆晨锤他是这样说的？！"我不肯相信。

"舒展，听妈的话，妈是了解你的，你很健康，很好，没有任何问题。以后，你永远不要跟别人说你有问题，永远都不要。"

已经干了的眼泪又从眼眶里流了出来，我又一次产生那种当众被轮奸的糟糕感觉。赵一获帮我找到了我不能完成和男人的原因，我写信告诉过穆晨锤。可是，他怎么能把旺宁的事告诉我父母呢？他怎么能对他们那么残忍啊？我父母，他们一个71岁，一个67岁，他们都风烛残年了啊！他怎么能这么狠心！

最终，我没有去奥地利。穆晨锤在电话里哭着哀求我，说我答应过他不离开他的。

"可是，你答应我的，不把旺宁的事告诉任何人！"我歇斯底里地说。

穆晨锤说他是被迫的，因为我父亲在电话里骂了他那些不堪入耳的话。我这才知道，父亲都对穆晨锤说些什么。我父亲固然卑劣，但穆晨锤也让我看到了他最卑劣的一面。难道魔鬼可以让天使不再成为天使吗？穆晨锤最后暴露给我的面目像一个输光了全部家产的赌徒，而他的"家产"里面，除了剩下的人所共有的虚弱、猥琐、挣扎、绝望和疯狂，完全没有了他以往令人敬慕的高尚和优雅，没有了他一贯坚持的宽容和爱意。我曾经想为穆晨锤和父母决裂，不顾一切；但我此刻忽然觉得不值得，他不配我这样。我说："教授，您还记得三年前，我们第一次见面的情形吗？您问我是不是愿意一辈子穿着红舞鞋跳舞，我说我不愿意。但是我说，我会对我的诚实负责，我会在我不再想跳的时候告诉您。那么，现在，我想告诉您，我不想跳了。"

"你去祈祷上帝吧，求他救赎你的灵魂。你已经迷失了善的方向，成为一只邪恶的羔羊。"我最后说。

我也没有再回家去。我离开了我的父母，离开了那个家。我向父母道歉，承认我做了糊涂事，令他们伤心，我请他们原谅。可是，我仍不肯原谅他们偷看我信件的行为。他们用不正当的方式阻止了我继续犯错,他们成功了,但代价是失去女儿。同时,我也失去了他们。这是我们彼此必须要背负的责任。

我托陈子东在海淀一家部队学院的单身筒子楼里借了一间宿舍。那间房子在一栋破旧的红砖楼房顶层最靠西北角,它的位置恰巧跟我在家里的房间格局一样。那间房子朝北的一面窗外有一棵高大的梧桐,上面一年四季都有鸟。透过朝西的一面窗,我可以看到夕阳。

有时,我也会想起过去发生的事。有一件事我一直没有对人提起过,连对赵一荻和穆晨锺也没有。那是关于秦怀玉的。你记得我说过,我到旺宁时带去了一张李婶送我的蚕纸。春天来了以后,我才发现旺宁竟然没有一棵桑树,连勉强替代的榆树也没有,而我的蚕宝宝已经陆陆续续地出生了。我着急地给父母写信,请他们寄一些桑叶来。我的请求却如泥牛入海、杳无回音。

蚕纸上每天都会有针孔一样细小的蚕孵化出来。它们快乐地游走,身体奇妙地一耸一耸。有时候,新生的蚕居然还会挺直上身,极目远眺,像一个对世界充满了好奇的孩子。我采来各种各样的树叶和草,还有米饭、饼子、鸡蛋黄,放在幼蚕触手可及的地方,可所有这些东西都不能让它们动心。它们茫然地四处爬行,无辜而无助地寻找着生存的依据。

我的蚕开始了它们的死亡。它们爬着爬着,突然就不动了,"吧嗒"一声,一头栽倒在地,就死了。那一阵儿,每天早晨醒来,我都会在放在炕沿儿上的簸箕里发现许多条幼蚕的尸体,它们是在我熟睡的时候死去的。这张离开家那天清晨何雨上气不接下气地跑来塞给我的蚕纸,是我在旺宁唯一值得炫耀的宝贝。我早就得意非凡地向村里的小伙伴们描述过蚕的美丽和神奇。他们无论如何都想象不出,一条外形类似槐树鬼的虫子,会因为终日不停地啃噬树叶而在某一天起,突然从嘴里吐出一根又细又亮的丝线,将自己封锁在里面。他们尤其不认为这枚作茧自缚的虫子有一天会化蛹成蝶,像天使一样飞来飞去。

每天都会有小伙伴到家里来,看我所谓的会织房子的虫子。可是,他们看到的不过是些气息奄奄行将死去的软体怪物。我被他们不信任地嘲笑着、奚落着,好像我是一个靠编织谎言谋生的骗子。伙伴们离去的时候总是阴阳怪气地说:你说的那种虫子该不会是蛆吧,要是蛆我们这里可多着呢。但是蛆不吃树叶,它们只吃屎。我百口莫辩,急得一个人哭。我的小脸整天灰土土的,如同一颗发育不良的马铃薯。眼睛像两个冻坏了的火柿子,红彤彤,水汪汪的。我绝望地想,我的蚕算是完蛋了。我可怎么办呢?

那天晚上,秦怀玉说明天要到县城一趟。第二天,他早早地起身走了,当时,我还没有醒来。秦怀玉是次日凌晨才回来的。他回来的时候我依然睡着。我是被一股好闻的混着植物香气的露水味给弄醒的。我睁开眼睛,枕边上放着一个纸包。我把纸包拿过来,一层层地打开,看见最里面是一厚沓鲜绿肥硕的桑叶,正将它们特有的清香气味源源不断地呈示出来。

我激动惊叫了一声。面对从外屋闻讯而来的秦怀玉，我竟然不知道说声谢谢，我只是怀抱着桑叶，冲着欣慰的秦怀玉傻笑。秦怀玉翻山越岭给我弄来桑叶的那天早晨，我放在炕头的簸箕里只剩下了一条蚕。但这唯一一条一息尚存的蚕已经足够挽回我的面子，重新确立我在旺宁小伙伴中的地位。

那条吃起桑叶来发出春雨一样急促细碎的沙沙声的蚕，在我离开旺宁的时候，已经结成了一个美丽的雪白色的茧。我把这枚茧留在了旺宁。我知道，在即将到来的秋天，某一个早晨，会有一只粉蝶如我预言的那样，在旺宁的天空里，御风飞翔。

你能想象吗，那将是多么美丽的一幅画面啊！

尾声：西藏的欢床

我把跟姜健雄见面的地点定在圆明园东门外的必胜客。

中午，梅丹冰给我电话，说姜健雄来北京了。我问："哪个姜健雄？"梅丹冰说："贺兰的男朋友啊，那个在新疆监狱服刑的。早晨突然给我电话，说他到北京了，来取贺兰的标本。"

贺兰自杀前有交代，让梅丹冰替她保管她用自己的脑瘤制作的标本，说到时候姜健雄会来取。看来贺兰在死之前把一切都安排好了。当年，贺兰的父母从上海赶来为她处理后事，才第一次知道女儿得了脑瘤。看来，贺兰欺骗了她的父母。贺兰的父母不能原谅女儿，头发一夜间全白了。

我决定不去奥地利的同时，也决定结束我的医学生涯。我后来做过不少职业，翻译、广告文案、电视、平面媒体。我现在的身份是自由撰稿人，给时尚杂志写"性学"专栏，告诉那些小白领或伪白领们，吃什么东西可以助"性"、房间刷什么颜色能够提高性欲、用什么姿势有助于怀孕或者避孕等等。我多年积累的医学知识和性经验终于派上了用场，它们使我在这个圈子里颇具名声。

我的个人生活，老实说过得并不好。我曾经生活得很热闹，但结果都一样，都什么也没有留下。我的生活就像海潮退却后的沙滩，荒凉得什么也剩不下——并且还继续在失去。这期间，我失去了我的母亲。还有，我的爱人。

搬离空军大院单住后，我有时一个星期两个星期回一次家，有时一个月两个月，从不过夜。后来一次，母亲外出走失，3天后才在香山被找到，她被确诊得了老年痴呆症。人一旦爆发了这个病就没有办法了，它像一列启动的列车，会加速度地朝着死亡的方向飞奔而去。不久，母亲开始认不出我来。我那天回家，母亲热情地问我找谁，她问我认不认识她的女儿，她说，我女儿好久没有回来看我了。我听了，突然就决定结婚了。

我去问陈子东："你愿意娶我吗？"陈子东愣愣的，一下子不好意思。我说你不是早惦记这事儿了吗，要是没改主意就赶紧的！我要在母亲完全失去记忆之前让她看到我结婚，这些年母亲对我最大的期待就是希望我幸福。而对一个女人，只有结婚才能获得幸福。

我对婚姻的细节完全没有想象，连婚纱照都懒得照。我们选了陈子东在西山庭院的一处公寓做为新房，去超市买了必需的洗漱居家用品，只花了半个下午。陈子东执意要送我一枚婚戒，我们去了燕莎,他挑了一款戴梦得1.8克拉的独钻给我。钻石恒久远,一颗永流传。

我和陈子东回到空军大院,我告诉父母我要和陈子东结婚了。我父母居然没有特别的惊讶,当然更没有反对。母亲高兴地搓着手,说:"你看,我也没什么送你们的。"然后她给了陈子东和我一人一张100块新钱,是联号的,像小时候过年我和何雨得到的压岁钱。我拿着钱,像小时候挨了母亲打一样,不出声地哭了起来。

晚上,陈子东带我父母去公主坟的东来顺吃了一顿涮羊肉。我父母第一次对在外消费表示了享受,我后悔没有带照相机拍些照片。吃完饭,陈子东开车把我父母送回空军大院。我们向他们告了别,说好第二天领完结婚证晚上回来一起吃饭。

但我们并没有马上回到西山庭院。我叫陈子东开车去了香山脚下,我们在"雕刻时光"室外的阁楼上坐到很晚,直到第二壶台湾冻顶也都喝不出一点味儿来。陈子东了解我的想法,知道我对婚姻的迷茫,这使他也不知所措。等我们不得不回去时,我们只好回到了寂静的西山庭院。

所幸家里有两个浴室,这缩短了尴尬的时间。当我和陈子东带着好闻的芬芳并排躺在一起,我总算变得稍微自在了一些。我和陈子东说起小时候的事。我出生那天,李婶非常冒险地把我从我妈肚子里弄出来,剪掉绕在我脖子上的脐带,连拍带打控出我气管里的羊水,让我终于发出了第一声啼哭。李婶用温水洗掉我身上的污秽,把我放到母亲身边。陈子东惊讶地看着一切,他指着裹在大毛巾里像一只剥了皮的老鼠一样红虾虾的我对他的养母说:"这个小东西,是一个人吗?"

李婶说:"是啊。他是一个小妹妹。"

"她为什么是一个小妹妹?"陈子东问。

李婶让陈子东看了我的身体,笑着说:"喏,你看了她的秘密,将来可要娶她啊!"

"好吧,我会娶她的。"陈子东郑重地承诺。那一天,他刚满6岁。

我们笑着挤作一团。共同的回忆让我们变得亲切,仿佛认识了好几辈子。我们于是脱光衣服,彼此拥抱在一起。我们羞涩地地爱抚着、轻轻亲吻,渐渐进入佳境。多年来笼罩在我心上的对婚姻和性的恐惧像遭遇热度的冰雪,悄无声息地融化,转而成为阵阵好闻的带着潮湿气息的味道。我闻到了高潮来临的味道,我和陈子东还没有真正交合就发出了高潮的味道。我们是多么的幸福啊,我们多么的陶醉。

忽然,我发现了什么,停止住陈子东,说:"天哪,你原来竟还是一个处男?"陈子东一愣,说:"说什么呢,别胡扯!"又要继续动作。我再次制止了陈子东,又惊讶又欣喜,说:"哈!真的耶!你真还是一个'处宝宝'呢,这怎么可能!"陈子东很早就踏入社会,后来下海赚了钱,整天声色犬马纸碎金迷,生活糜烂得不得了。可是,他怎么会还是一个处男呢?

"说吧,你为什么还是一个'童子鸡'?"我知道处男的气味。我第一次去西藏时在那曲的念青唐古拉山下见到了艾苋草,一下就记住了它。"说啊,你是为我保留的吗?"我兴致勃勃,幻想陈子东说出一桩默默暗恋、坚贞不渝的爱情故事。不管我跟多少个男人上过床,知道自己未来的丈夫还是处子之身,那种感觉真的非常好。

"干吗非要问。"陈子东挠我的痒痒,逗我说,"我什么时候问过你?""那可不一样!"我一边躲避陈子东一边笑说,"要是你早不是处男了我反而不会问,现在13岁以上的谁还是处男啊。你肯定有问题,说!老实交代!"我把陈子东的手臂反背过去,像"文革"中批斗反革命一样,逼他坦白从宽。

我和陈子东打打闹闹,到后来不知哪句话没说好,竟然翻了脸。我突然不高兴,把陈子东撵下了床,扯过被单裹住自己,赌气说:"你必须说清楚你干吗还是处男,否则我们明天不去领结婚证!"然后,翻过身睡去。陈子东在床边静默了好久,最后抱起自己的枕头悄悄离开卧室。

第二天早晨,我起得很晚。我穿了睡衣来到客厅,外面很安静,空无一人。陈子东不在家,我在餐厅的桌子上发现一份准备好的早餐:一杯牛奶、一个火腿三明治、一枚单面的煎蛋和两个巴朗果,我想陈子东是用这种方式在向我赔罪呢。

洗漱完毕我坐下来吃早餐,同时给陈子东挂电话。陈子东的电话处在关机状态,也许他有重要的谈判吧,或者在给我买礼物也不一定。吃完饭后我又回到床上睡了一觉，中午我又给陈子东电话，可是还是联系不上。我心里开始发毛，隐隐有种不祥的预感。

傍晚，父亲来电话问我们几点回家、想吃什么菜。我谎称陈子东公司有急事没去领结婚证，晚上就不回家了。那晚我又是自己睡的，后来的几天都是如此，陈子东像人间蒸发了一样。直到有一天，派出所的人来找我，说他们发现陈子东自杀了，要我去警局协助调查。

公安局的人详细询问了我和陈子东最后一夜的情况，我详细做了回答，但没有讲我因为发现陈子东是处男而没有和他发生关系的事。我觉得那跟事件没有关系，哪个男人会因为被妻子发现是处男而自杀呢，又不是阳痿、又不是捉奸在床，但我确实想不出陈子东为什么会自杀。

还没等我弄明白这件事，我又陷入到另一场纠纷中。董小山的母亲葛翠玲跳出来，跟我闹了起来。事情是这样的：陈子东死后，他的财产需要处理。陈子东是孤儿，按道理这个财产该由我继承；但我和陈子东并没有领结婚证，我手里有的只是一张街道办事处给开的婚姻登记介绍信而已，介绍信是没有法律效力的。正在公安局觉得事情难办时，葛翠玲跑来说陈子东的遗产应该全部归他们所有。

葛翠玲说的"他们"，是指除她以外他们家所有姓董的人。这又牵扯出几年前的另一件事。大约5年前，董小山的女儿姗姗得了急性淋巴性白血病，医生说只有骨髓移植或可挽回一命。董小山和孩子的父亲去做了骨穿都不合适，董小山的父母和三个哥哥也去做了检查，结果全不匹配。孩子眼看无救，这时董小山的父亲董大山说了话，他要董小山去找陈子东让他去医院试试。——我写到这儿你就明白了，原来陈子东不是陈克的儿子，而是董大山和萧潇的私生子。

化验结果显示陈子东是唯一可以挽救姗姗性命的人。葛翠玲在陈子东为她外孙女捐献了骨髓之后大闹了几场，砸了陈子东的公司，还把董大山差点儿逼疯。但现在，陈子东死了，葛翠玲却要来接管这个"野种"的财产了。葛翠玲向法院提供了陈子东和董家人的血缘证明，葛翠玲很有本事，居然把陈子东有几处房产、有多少股票债券、存款多少弄得一清二楚。法院拿着这张说一不二的清单，只得把陈子东的遗产判给了葛翠玲。

我不得不搬出西山庭院，回到我在海淀部队大院里的那间单身宿舍。为结婚买的一切东西我都没有拿，唯一带走了陈子东送我的钻戒。我看重它并非因为它的价值，它就像一件玩具，让我回忆起过去的时光而已。

事情过去大约一个月，一天我忽然得到一封信。信是夜晚塞在我门缝底下的，我打开看，竟然是陈子东的笔迹。我很惊讶，恍惚间以为他还活着。看了信我更加惊骇，信中陈子东向我坦白了一件隐藏多年的秘密：十几年前陈子东有过一个命案，他杀了李婶。而今天，李婶又杀了他。陈子东的叙述凌乱而不连贯，他读书不好，恐怕也多年不动笔了，许多地方还写了别字。但是据此搞清楚事情的真相还不难——如果陈子东说的一切都是真的。

我可以想象李婶在那个风雨交加的夜晚，避开狂热革命的人潮，独自踏上陈克家漆黑苍凉的小楼，从他刚刚自裁的温热的血泊中抱走才出生只有百天的陈子东时，她脸上会划过怎样复仇的微笑。李婶没有扼杀这个孩子，虽然此刻易如反掌。她需要把他抚养大，养成一枝"恶之花"。

总体上，李婶对陈子东还是非常好的，比如她每年都冒险带陈子东去给他妈祭奠，但又很难说这不是她阴谋的一部分。谁知道一个日夜被仇恨煎熬的女人，她的心会变成怎样。陈子东还是一个幼童时，李婶就开始了她切实的复仇。她用非常恶毒的手法阻止了陈子东通往成熟的道路，将他扭曲成一个健全的衰人。当陈子东长大成人，他对此何等痛苦和愤怒，于是在离家当兵的前夜，杀死了李婶，制造了一个煤气泄漏的现场。

"反复仇"的成功并没有医治陈子东多年的痼疾，而让他背上更沉重的心理负担。很难说要是我那晚不发现陈子东是一个处男他会怎样，也许能顺利开始新生活，将过去的一切永埋心底。即使不行，他也可以以一时紧张做借口蒙混过去。可偏偏我戳穿了陈子东的秘密，又任性地用狠话吓唬他，以致逼他无望而走上绝路！

读完信，我颓然呆坐，心里一片凄凉。我去楼道里的公用水房把脸洗干净，回来化了淡妆，换上一条墨绿色的连衣裙准备回家。我想母亲了。

母亲这天精神很好，一眼就认出了我。我扶母亲到阳台的摇椅上坐下，我在母亲身边给她剥橘子。我一直没有告诉父母陈子东的事，父亲发憷和我说话，母亲似乎把这事全给忘了。大约因为我穿的裙子，母亲给我讲起外公和外婆第一次见面时的情形，这是以前母亲从没有说过的。

母亲出生在吉林伊通，祖上是满族的大户，累世做药材生意。母亲的祖父和父亲都是族里的掌门人，外公性格豪爽、暴烈，行侠仗义，大冬天里会解下自己的腰带摘下貂皮帽子，送给要饭的乞丐。外祖母是异族，一个朝鲜族姑娘。外公自己看上的，据说一见钟情。那是在通化的一个朝鲜族节日聚会上。外公跟随他的叔父去贩药材，闲暇时逛到这里。外公挤在人群中，漫无目的地欣赏着异民族的新奇与愉悦。集会的高潮在一片开阔地上，一群彩蝶一样的朝鲜族姑娘正在斗秋千。秋千架下聚集了无数青年男女。他们一律仰着脸，如同拥挤在一起的向日葵，跟随着飞舞在天空中的那些姑娘，不知道该往哪边转好。在那些拥挤的向日葵里面，就有我的外公。

说不清外公是怎样喜欢上那个秋千荡得最高的姑娘的。我猜想，外公一定在看到她的第一眼就爱上了。外公是这样的人，赤诚、热烈、极端、勇敢，如果他爱了，那就是爱上了。所以，外公不再是一朵茫然无助的向日葵，他成了一张坚韧的靶纸，渴望被心爱的姑娘击中和穿透。外公不错眼珠地盯着那个姑娘，他替她担心，每当姑娘的秋千荡到最高点并且停在那里的时候，外公的心也骤然停下、紧缩，不能跳动。外公觉得自己快要不行了，他觉得，这样下去自己一定要出事。

"那天，你外婆也穿了一件你这样墨绿色的裙子。"母亲在摇椅里前后晃悠着，也像在荡着秋千。

"您怎么知道？"我递给母亲一瓣剥好的橘子。

"我看见了啊。"母亲幸福地说。

"那时候还没有您。"我小声提醒母亲。

"唔，我是看见了。"母亲闭上眼睛似乎睡去了，橘子滚落到我脚边，我拾起来在胳膊上蹭了蹭放进嘴里，又在母亲身边坐了一会儿，看她没有醒来的意思，便起身离开了。

第二天早晨，父亲打来电话，说我母亲走了。母亲是深夜在睡梦中离去的，没有痛苦，没有遗言。母亲火化后，我留下了她的骨灰，装在一个粗陶罐里，放在我每天可以看到的地方。

两周后，我送父亲去了美国。我让何雨给父亲办了移民，我告诉何雨："爸以后的事就交给你了。"何雨现在是波音的高级工程师，他后来和朱迪结了婚，就是那个曾给他做心理治疗的单亲妈妈。

在首都机场，地勤人员破例允许我跟随父亲进到安全线内，帮助他办理登机手续和托运行李。父亲的行李很多，因为他将不再有可能回到中国。就要到安检口之前，父亲犹豫了一下，说要我陪他到旁边的休息椅上坐一会儿。好一段时间我们谁都没话，进到房间，我们再次拥抱在一起，扑到床上做了一直都没做的事。然后我和尚尧告别，平静地离开，却忘记了采访任务。

在路上，我给梅丹冰的儿子壮壮买了一本新出的《米老鼠》。梅丹冰在读博期间发现怀孕，申请了延期。读完博士，梅丹冰又去瑞士做博士后，回来不久便被提拔为教研室副主任，进入博雅科研后备人才库，是同学中干得最好的。

梅丹冰已经在必胜客等候。我要了一杯热巧克力和一份绿茶慕思，问梅丹冰是否带来了贺兰的标本。梅丹冰指指旁边座位上一个用黄颜色绸布包着的包裹，我要过来打开看，那块脑肿瘤组织变成了灰暗生硬的颜色，沉在容器底部，而固定液还是清亮透明的，可见梅丹冰一直按时为它清换液体悉心照料着。

"姜健雄是个怎样的人？"我好奇地问。

"我也不知道，电话里听声音似乎挺老实。"梅丹冰说。

"能不老实么。在监狱里关了十几年，多硬的骨头不给你整酥了啊——可他到底为什么进监狱呢，贺兰还那么爱他？"

"谁知道呢，恐怕还是有某方面的魅力吧。"

我和梅丹冰正聊着天，楼梯口出现一个近中年的男子，他跟服务员交谈了几句后往我和梅丹冰坐的桌子走来。男子很客气地询问梅丹冰的名字，有些点头哈腰的样子，他说："我叫姜健雄！"

姜健雄个子不高，粗看上去怕都不到一米七，好像还没有我高，面色蜡黄身形瘦弱，神情胆小畏缩，穿着农村风格的深蓝色西装,像一个进城找事儿的民工。但他又生着乌黑卷曲的头发和不整洁的唇髭,看得出是在西域水土下生活的人。我伸手把桌子上的标本包裹拿到身边的座位上,把姜健雄"挤"到了梅丹冰的一侧,我要好好看看这个让贺兰如痴如醉直至丢了性命的男人。

姜健雄很沉默,面对梅丹冰和我几乎不知该说什么。梅丹冰简单叙述了贺兰最后的日子,也无法展开细说。事情过去了十年,再提又有什么意义呢?但我有一个好奇,我问姜健雄:"你是怎么进监狱的?"

姜健雄愣了一下,很谦卑地冲我伏身点头,像回答劳教干部似的说:"我犯了强奸罪。"

"强奸罪?"我和梅丹冰大吃一惊,两人交换了一下疑惑的眼神,又一起去看姜健雄。

"那时我上高二,若静上高一,我们在同一个学校。一次我们几个人打赌,说看谁能把若静搞到手。我想逞能出风头,一天喝了半瓶伊犁特,借着酒胆就把下晚自习回家的若静给……给……"

"什么!"我和梅丹冰都瞪大眼睛。

"当时正赶上'严打',法院拿我做典型说要重判,但庭上若静又翻案说我们是恋爱关系,这样性质就变了,法院就不能判我强奸了。"

"贺兰这样说?你们原先认识吗,贺兰认识你吗?"

"不认识……啊,不!我认识若静,她不认识我。若静是勘探基地的子女,她父母都是上海知青,她人漂亮、学习又好,在我们学校非常显眼。我家是内地迁移来屯边的农民,我是一个差等生,一个混混。"

"你是够浑的,还不该判吗!"我说。

"是,我是混蛋。"姜健雄马上低头,表示认罪服法的样子,"若静的父母不放过我,坚决告我强奸。因为若静当时还不满16岁,她父母要求法院不采信她的证词,最后判了我17年。"

"那也不多啊。"我狠狠地说。

"是。我毁了一个姑娘的一生,我危害社会罪有应得。"姜健雄像在背忏悔书。

"那你怎么今天才来?"梅丹冰算了一下时间,觉得不对。

"是。我服刑期间越过一次狱加刑了5年,后来一次立功减了3年,总共19年。"姜健雄老老实实地回答。

"你越狱是因为贺兰生病住院吧?"我联想到这一点。

"是。若静最后一次手术前知道自己不行了,来信说想见我一面,我就……我就……"

"你跟贺兰到底什么关系,你们谈恋爱了吗?——我是说,你入狱以后?"我注意到姜健雄一直称呼贺兰的名字,而我们同学都习惯叫她的姓,可见我们并不如姜健雄对贺兰亲昵。

"这个……这个……我入狱后若静每周都到监狱来看我,我服刑的地方离勘探基地有三十多里,来回要一整天。"姜健雄避重就轻地说。

"你们到底明确恋爱关系了没有？你，或者贺兰，谁跟谁明确提过吗？"

"这个……若静一直要跟我交朋友，我不同意。我是一个罪人，伤害过她，还有判了这么长时间，我不可能给她幸福。"

"那时候你很帅吗？不然贺兰凭什么爱上你？"我不解。

"哪里，我一点儿都不帅。不过那会儿我比现在胖一些，——唔，还高一些。"

"那也算不了什么呀。"我说。我托着腮审视姜健雄，看得他十分不自在，脸竟就红了起来。看到姜健雄羞涩的神情，我忽然问："你跟贺兰发生关系了么？"

"啊？"姜健雄一脸尴尬。

"我是说，你到底强奸成了贺兰没有？"

"舒展！"梅丹冰在一旁制止我，我眼睛依然盯着姜健雄，要他回答。

"唔。我……我……干了。"姜健雄低下头小声地说。

"好了，就这样吧。"梅丹冰终于听不下去，挥手中止了谈话。

我和梅丹冰点了一款9吋的超级至尊、一份自助沙拉、一份香酥烤虾、一份奶油蘑菇浓汤、一份红菜汤和两杯冰水。姜健雄取了贺兰的标本就离开了。出狱后姜健雄留在监狱农场当职工，这次是请了假出来的，他不想耽搁太久。

虽然是我喜爱的必胜客，虽然和梅丹冰久未见面，晚餐却吃本是一个世界里两扇相对而立的门扉，他们的思维、行为、情感和心肠全不一样，他们几乎永为陌路。不过，仁慈且善于捉弄人的造物主终究还是给了男人和女人一个彼此识认的标志，它们被医学家们形象地刻画成"♂"和"♀"的符号。只有当这两个标志像虎符一样相合到一起，那扇门才被打开，生命的全部华美才会异彩纷呈。

可是，母亲对男人的偏执和病态，已经如血液深刻地融进了我的身体。我那么固执和坚持，即使我那么信任穆晨锤，也不肯认同他告诉我的道理。我是在西藏领悟到这个人生真谛的。那是一个离天堂最近的地方，一个最接近生命本质的地方。在此之前，我的生命混沌不堪。我恋爱，也做爱，体验高潮，但是，我从未跟男人有过真正的性交。我不知道，只有爱情而没有性交的爱情是脆弱的，只有高潮而没有性交的高潮也无济于事。

也许，宿命使我注定历经情感的磨难，在与成熟男人的纠缠中，让他们一次次冲击我的身体，如钻燧深入我的生命，为我破开一个导孔，使生命的汁液流出，使我豁然开朗、如同新生。在这个过程中，穆晨锤为我付出最多、用心最重、用力也最深，他用他巨大的耐心和爱意，将我的身体揉搓得滚烫、圆熟，如同将一张生涩的羊皮鞣得温暖动人。穆晨锤将我身体最菲薄的地方磨出一片光亮，从那里望进去，我的身体里已经可以看到闪烁的亮光，像火一样发出透明的响声。

一朵花的种子，就要开了。

至今，我仍然清晰记得当时的那个情形：我躺在纳木错湖畔的草地上，被一个男人近乎粗暴地压在底下，我盘在他的身体上，像长着吸盘的章鱼裹住他，极力纠缠着他、迎合着他，将他身体最有力的部分送进我的体内，一直送到我最隐秘最深邃的那个地方。那个男人的身体犹如一股灼热的钢水浇铸进我的生命，将我猝然间烫醒、重新塑形。他的身体深刻地插进我的身体里。他像一把思路清晰的钥匙，润滑而顺利地打开了我的那一刻，我看见高原触手可及的璀璨夜空中，划过一道异常耀眼的流星。

这流星的光亮仿佛是我生命中期盼已久的，我不可遏止地情愿用一切所有与它交换。以前，我有过那么多次高潮，却从未有过倾心交换与付出的愿望，那种愿望像甘露一样沁遍了全身的每一个细胞。我像一棵饱满的根瘤植物，因为感到难以言表的快慰和深刻遗憾，而在静谧的繁星点点的纳木错湖畔，由衷地尖叫了起来。